# Feminisiert!

SM-Roman

von

Edyta Zaborowska

Edyta Zaborowska wurde 1970 in einem kleinen Dorf in Südostpolen geboren. Ihre Kindheit, Jugend und Erziehung waren geprägt vom Niedergang des Sozialismus und von strenger katholischer Lehre. Nach dem Abitur folgte ein Studium der Musik und Kunst. Im Alter von zweiundzwanzig Jahren siedelte sie ohne Kenntnis der deutschen Sprache und gegen den Willen ihrer Familie nach Deutschland aus. Später folgten verschiedene Anstellungen, unter anderem im kaufmännischen Management, sowie musikalische Engagements im In- und Ausland. *Feminisiert!* ist ihr achtes Werk.
Weitere Informationen unter: http://edytaswelt.jimdo.com/

Ebenfalls von der Autorin erschienen:
Flieg mit mir, mein Schwarzer Schwan!
Der Tanz des Schwarzen Schwans
Die Wahrheit hinter der Maske
Sklave, bis der Tod uns scheidet!
Entdeckung der Dominanz
Das Bildnis der Domina
Lucys Versuchung (Kurzgeschichte)

Information der Deutschen Nationalbibliothek:
Die Deutsche Nationalbibliothek verzeichnet diese Publikation in der Deutschen Nationalbibliografie; detaillierte bibliografische Daten sind im Internet über dnb.d-nb.de abrufbar.

© 2018 Edyta Zaborowska
Foto: EdytasWelt, Gestaltung: Oliver Wahl
Korrektur: Doreen Männel, dm@die-korrektoraetin.de
Herstellung und Verlag: BoD – Books on Demand
Hergestellt in Deutschland
ISBN: 9783752814385

# Inhalt

# 1.

## Am Swimmingpool

Für einen kurzen Augenblick fühlte ich mich wie schwerelos.

Der Druck auf das Trommelfell stieg an. In meinem Kopf begann es leise zu summen. Mit einer schnellen Bewegung stieß ich mich vom Beckenboden ab und ließ mich emportragen.

Nach Luft japsend schoss ich durch den wabernden Spiegel der Wasseroberfläche.

Mit ein paar kräftigen Schwimmzügen durchquerte ich den Pool, machte am Rand eine Wende und setzte zu einer weiteren Bahn an. Sonnenlicht brach sich glitzernd auf den kleinen Wellen, blitzte in den winzigen Tröpfchen zwischen meinen Wimpern. Weiter hinten, wo es am Horizont ein wenig dunstig wurde, war der Wald auszumachen, der die weitläufige Parkanlage nach Norden hin abschloss. Von dort aus waren es noch gut zwei Meilen bis zum River Tamar, einer der Flüsse, der die grüne Hügellandschaft von Cornwall durchzog.

In der Mitte des Pools wechselte ich von der Brust- in die Rückenlage. Der Baumbestand und das Grün des Parks waren jetzt aus meinem Sichtfeld verschwunden. Stattdessen blickte ich auf die Rückfront von Black Swan Manor, das sich würdevoll vor mir aufbaute.

Ich verharrte in der Bewegung. Regungslos ließ ich mich auf der kühlen Wasseroberfläche treiben und versank im Anblick der flirrenden, von der Sonne beschienenen Sandsteinfassade. Majestätisch streckte sich der zu Beginn des 19. Jahrhunderts erbaute Prunksitz der damaligen Earls von Devonshire in den azurblauen Sommerhimmel hinein.

Die zweiflügeligen, in den Innenbereich führenden Terrassentüren waren weit geöffnet. Cremefarbene Fenstervorhänge flatterten in der sommerlichen Brise. Louise, eines unserer Hausmädchen, stöckelte gerade die weiße Marmortreppe zu uns herunter. Longdrinkgläser mit orangerotem Inhalt, einem gebogenen Strohhalm und einer auf dem Rand steckenden Zitronenscheibe standen auf ihrem Tablett. *Sex on the Beach!* Ziemlich unpassender Name, den man sich für diesen Cocktail aus Wodka, Pfirsichlikör, Zitronensaft, Grenadine, Orangensaft und Ananassaft einst ausgedacht hatte, überlegte ich. Vielleicht wäre *Dominatrix favorite* wohl besser gewesen, zumindest hier auf Black Swan Manor.

Als Louise die auf Sonnenliegen am Pool dösenden Ladys, die kaum Notiz von ihr nahmen, bedient hatte, machte sie einen braven Knicks. Dann verschwand sie mit einem auffälligen Wackeln ihres in einem süßen Zofenkleidchen steckenden Hinterteils. Eine Weile war noch das markante Klacken der hohen Pfennigabsätze auf dem Marmor zu vernehmen, bis es immer leiser wurde und dann ganz verstummte. Jetzt war nur noch das zu dieser Zeit allgegenwärtige Vogelgezwitscher zu hören.

Das Wasser umschmeichelte meine Haut mit einer angenehmen Kühle und ich entschied mich, noch ein wenig im Pool zu bleiben. Mein Sklave sollte sich gefälligst in Geduld üben. Ich warf einen Blick zu meiner Freundin Michelle, die ihre Sonnenliege verlassen und einen Gartenstuhl direkt an den Beckenrand geschoben hatte. Verspielt plätscherten ihre Füße im Wasser. Eine Weile haftete mein Blick an ihren schönen Fesseln mit den rot lackierten Fußnägeln. Wie oft mögen sie schon von demütigen Verehrern geküsst worden sein, fragte ich mich und blickte wieder auf die imposante Fassade von Black Swan Manor.

Zwei identische Gebäudeflügel erstreckten sich zu jeder Seite. Sie endeten in markanten Türmen, die zu Stein gewordene Zurschaustellung von Einfluss und Reichtum der damals hier residierenden Earls. Bei starkem Wind war das Flattern der Flaggen auf den beiden kegelförmigen Turmspitzen bis hier unten zu hören. Ein Schwarzer Schwan auf weißem Hintergrund zierte den an den Rändern vom Wind zerfetzten Flaggenstoff. Der *Schwarze Schwan* war mehr als nur ein normales Wappentier. Er war der bildliche Ausdruck dessen, was Baronesse Hanna und ihre Ladys – zu denen auch ich gehörte – hier auslebten: die weibliche Vorherrschaft über das männliche Geschlecht.

Bei diesem Gedanken legte sich ein Lächeln auf mein Gesicht und mein Blick wanderte die Fassade bis ganz nach unten zu dem aus grau-braunen Natursteinen gemauerten Souterrain, wo die Fensteröffnungen nur knapp über dem Erdboden lagen. Das eigentliche Geheimnis des Hauses lag aber noch darunter. Ein Stockwerk tiefer und vor neugierigen Blicken geschützt, verbarg sich im Kellergeschoss das Herz des Anwesens. Dort befanden sich ein gut ausgestattetes Foltergewölbe, eine Gummiklinik, Verhörräume, eine Kapelle mit Beichtstuhl und die Kerkerzellen, in denen sich solvente Kunden für eine oder mehrere Nächte einmieten konnten. Hier durften unsere Klienten Rollen einnehmen, die ihnen im normalen Leben verwehrt blieben. Bei uns verwandelten sich hochnäsige Politiker in demütige Sklaven, die sich für Peitschenhiebe mit Stiefelküssen bedankten. Berühmte Profisportler verkleideten sich als menschliche Ponys, die den Sulky der Ladys zogen. Versnobte Adelige wurden zu Babys, die in rosa Gummiwindeln pinkelten. Und knallharte Geschäftsmänner ließen sich hier in feinfühlige Transvestiten umwandeln.

Kurzum: Bizarrer Sex, Erotik, ein ordentlicher Schuss Perversion, Bisexualität, Sadismus und Dominanz waren zum unverrückbaren Teil des Lebens und Denkens auf Black Swan Manor geworden und bestimmten unseren Alltag. Gleichzeitig war Black Swan Manor aber auch ein lohnendes Geschäftsmodell der umtriebigen Baronesse Hanna, der Eigentümerin des Anwesens und den dazu gehörenden Ländereien.

In Rückenlage glitt ich langsam und nur von den Bewegungen meiner Füße angetrieben in Richtung Beckenrand, ließ mir dabei Bauch und Gesicht von der Sonne bescheinen. Im Moment sah es nicht danach aus, dass noch eines der heftigen Gewitter aufkommen könnte, welche die Spätnachmittage der letzten Tage bestimmt und für einen ordentlichen Wachstumsschub der Pflanzen im Park gesorgt hatten. Der Wetterbericht mit der Vorhersage: *„Ein von den Azoren hereinziehendes Hochdruckgebiet, siebenundzwanzig Grad, nachts Temperaturen um achtzehn Grad, null Prozent Regenwahrscheinlichkeit"*, sollte wohl tatsächlich einmal recht behalten, freute ich mich und warf einen prüfenden Blick nach hinten, wo im Schatten eines Sonnenschirms mein Sklave kniete. Hinter ihm stand Zoe, unser zweites Hausmädchen. Sie hielt den Mann wie einen Hund an einer Leine. Schon kurz nach dem Mittagessen hatte Zoe den Auftrag bekommen, ihn für eine Session vorzubereiten und zu mir zu bringen. Seit fast einer Stunde kniete der knapp dreißigjährige, nur mit einem Lederstring bekleidete Mann jetzt schon dort und wartete darauf, dass ich ihm meine Aufmerksamkeit schenkte. Eine schwarze, eng anliegende Ledermaske umspannte sein Haupt. Erst gestern war er zusammen mit einem frischen Schwung Sklaven angekommen und war mir bei der ersten Beschau wegen seiner schlanken Figur und des attraktiven Aussehens sofort aufgefallen. Da hatte ich meiner Freundin Hanna zugeflüstert, dass meine besondere Aufmerksamkeit ihm gelten sollte.

∗∗∗

„Wo sind die anderen?", fragte ich Michelle und schaute zu den Sonnenliegen. Sie waren nicht mehr besetzt. Hatte ich tatsächlich so lange über unsere neue Heimat hier im südenglischen Cornwall sinniert, ohne zu bemerken, dass sie ins Haus verschwunden waren?

„Nur noch wir zwei sind hier", klärte Michelle mich auf. „Vera und Seiyoua ziehen sich für eine Gruppenerziehung im Studio um. Aimée und Hanna empfangen gleich zwei neue Kunden und Venus muss sich auf eine anstehende Klausur vorbereiten."

Ich hielt mich am Handlauf der Beckenleiter fest und nickte in Richtung unseres Kunden, der noch immer reglos im Schatten ausharrte.

„Wo wollen wir mit ihm spielen?", fragte ich.

„Darüber habe ich mir noch keine Gedanken gemacht. Hast du einen Vorschlag?", kam Michelles Gegenfrage.

Als ich aus dem Becken stieg, wackelte ich einen kurzen Moment in einem Gefühl aus Leichtigkeit und Erschöpfung.

„Das Wetter soll ja so bleiben! Nehmen wir die alte Blockhütte im Wald und bleiben über Nacht dort?!", schlug ich halb fragend vor und gab ihr zu verstehen, dass ich vorher noch schnell den nassen Bikini ausziehen und unter die Dusche wolle, mich unbedingt noch schminken müsse, meine Haare zurechtmachen, mir was Passendes anziehen und ...."

„Was mindestens ein oder zwei Stunden dauern wird!", unterbrach mich meine Freundin mit einem süffisanten Lächeln und gab Zoe den Auftrag, ihr etwas frisches Obst zu bringen.

„Und was mache ich derweil mit ihm, Herrin?", erwiderte Zoe in einer unnatürlich hohen Tonlage und mit einer abwertenden Geste in Richtung des Sklaven. Unsere beiden

11

Zofen ließen kaum eine Gelegenheit aus, den Sklaven zu zeigen, dass sie in der Rangordnung am Hof über ihnen standen.

Zoe bekam von Michelle daraufhin zur Antwort, dass sie das Objekt am vorgesehenen Fixierholz neben der Bank fesseln möge. Dabei wies sie mit der Hand auf die Parkbank im Schatten einer großen Akazie. Sie wolle sich die Zeit bis zu meiner Rückkehr mit Lesen vertreiben und hätte ihn dort im Blick.

Die etwa achtzig Zentimeter hohen Pfeiler aus massivem Eichenholz – wir nannten sie *Fixierhölzer* – befanden sich an unterschiedlichen Stellen des Außenbereichs und waren mit Hilfe von Betonsockeln fest im Erdreich verankert. Hier konnten wir unsere Kunden wie Hunde anbinden, wenn wir einmal beide Hände frei haben mussten, oder uns ganz einfach die Lust danach stand, sie auszupeitschen. Auch banden wir sie dort fest, wenn sie uns überdrüssig wurden. Dabei konnte es schon einmal vorkommen, dass wir sie vergaßen und sie die ganze Nacht an solch einem Balken verbringen mussten.

Zoe zog daraufhin einmal ruckartig an der Hundeleine und stöckelte in Richtung der auf einem Rasenstück stehenden Akazie, in deren Halbschatten die Bank stand. Der Sklave, in seinem bürgerlichen Leben war er Physiotherapeut aus Colwyn Bay im Norden von Wales, verstand das Signal sofort. Brav folgte er dem Zug der Hundeleine, die an einer um seinen Hals befindlichen Metallmanschette befestigt war. Der junge Waliser war ein Neukunde und hatte sich in dieser Woche erstmals in unsere dominanten Hände begeben. Draußen in der Welt der Normalität hieß er Terence Burns. Bei uns war er schlicht und einfach *Nummer 5231*. Mit einem schwarzen Eddingstift hatte Aimée ihm die vier Zahlen kurz nach seiner Ankunft und für alle gut sichtbar auf den Rücken geschrieben.

„Ich sag in der Küche Bescheid, dass man uns noch einen Korb packen soll!", schlug ich vor, während ich mich abtrocknete. Dann beeilte ich mich, endlich ins Haus zu kommen.

Auf dem Weg zu meinem Wohnbereich – er lag wie alle Gemächer der Ladys im oberen Stockwerk von Black Swan Manor –, machte ich mir Gedanken über meine Garderobe. Da die Temperaturen in den Abendstunden und der Nacht kaum sinken sollten, fiel meine Wahl auf ein leichtes, signalrotes Sommerkleid. Ein Slip konnte heute im Schrank bleiben. Es war schließlich warm genug.

Und wer weiß, was oder wen ich heute noch an mich heranlassen würde ...

\*\*\*

Fast zwei Stunden später, die Sonne stand schon im Südwesten, kehrte ich zurück.

Michelle hatte es sich auf der Bank im Schatten der Akazie gemütlich gemacht. Die Beine ganz an sich herangezogen, las sie in einem alten Schmöker und aß einen Apfel. Ab und an kritzelte sie mit einem Bleistift Notizen in einen kleinen Block.

Eine Weile sah ich ihr zu. Sie war in ihrer Arbeit so vertieft, dass sie mich überhaupt nicht bemerkte. Die Körperhaltung des Sklaven hatte sich hingegen kaum verändert. Der arme Kerl saß noch immer im Gras neben der Parkbank. Seine Hände waren nach hinten gefesselt und die Halsmanschette war fest mit dem Fixierholz hinter ihm verbunden. Offenbar wollte Michelle beim Lesen ihre Ruhe haben: Der Mann hatte einen Knebel im Mund und die Augenöffnungen seiner Ledermaske waren mit Blenden abgedeckt. Eine fast leere

13

Flasche Mineralwasser neben ihm zeigte mir aber, dass sie ihn wohl ab und an etwas zu trinken gegeben hatte.

Dehydrierung stellte sich bei unseren Sklaven bisweilen als ein echtes Problem dar. Einige von ihnen übertrieben es und nahmen kaum oder überhaupt keine Flüssigkeit zu sich, um ihre Leidensfähigkeit zu demonstrieren oder um uns zu gefallen. Wir mussten daher – ähnlich wie in der Tierhaltung – stets darauf achten, dass unser Vieh genug zu trinken bekam. Der Grund war ganz einfach: Was konnten wir mit einem Sklaven anfangen, der uns wegen Flüssigkeitsmangels schon bei der ersten Belastung aus den Latschen kippte?

Erst als ich ganz nah an Michelle herangetreten war, bemerkte sie mich.

Erschrocken schaute sie auf.

Jedes Mal, wenn sie mich so ansah, konnte ich dahinschmelzen. Brauner Teint, die vollen, kirschroten Lippen, schneeweiße Zähne und ebenso weiße Augäpfel mit fast nachtschwarzen Pupillen! Eine dunkle, kaum zu bändigende Haarmähne legte sich wie Schokoladensoße über ihren Nacken und den Rücken.

Michelle war pure Verführung!

Als sie aufstand, überragte sie mich um fast einen halben Kopf. Sie trug eine bronzefarbene Stoffhose und ein weißes, bauchfreies Tanktop, das die üppigen Brüste nur annähernd verdeckte. Deutlich zeichneten sich die Brustwarzen und zwei stramme Nippel darunter ab. Auf einen BH konnte sie getrost verzichten. Die Silikonimplantate trotzten jeglichen Gesetzen der Schwerkraft, was übrigens auch den Po betraf, der ebenfalls mit Silikon in Form gebracht worden war und für feste Rundungen sorgte.

„Wow! Das Warten haben sich gelohnt, Ewa! Du siehst gut aus. Und erst der Stoff deines Kleids. Wie herrlich der fällt und gleichzeitig die Kurven betont", sagte sie und lächelte mich an.

14

Sie schlüpfte in ihre Espadrilles und machte eine schnelle Bewegung. Für einen kurzen Augenblick befürchtete ich ernsthaft, dass die nur von einer Kordel gehaltene Hose über die Hüften rutschte und ihr Penis zum Vorschein kam.

Michelle Descartes war nicht immer diese vor Lebensfreude strotzende Latinoschönheit gewesen. Es war kaum zu glauben, aber einst war sie ein schüchterner und unauffälliger wissenschaftlicher Mitarbeiter an einer Universität in London und hörte auf den ziemlich einfallslosen Namen Thomas Abbott. Als dieser sich vor der offiziellen Eröffnung von Black Swan Manor bei Hanna als Probekunde bewarb, erkannte sie schnell die weiblichen Wesenszüge an dem androgynen Mann. Auf seltsame Weise hatte er während seines weiteren Kerkeraufenthaltes dann etwas in ihr geweckt, was man wohl am besten als eine bizarre Mischung aus Herausforderung, Geschäftssinn, Experimentierfreude, Sehnsucht, sowie Streben nach dem Exklusiven bezeichnen konnte.

Hanna und ihre Liebhaberin Aimée hatten ein leichtes Spiel mit dem damals aufgrund seiner masochistischen Neigungen einfach zu manipulierenden Wissenschaftler. Mit Zuckerbrot und Peitsche, lustvoller Folter und spielerischen Zwang wurde Abbott an die in ihm steckende Frau herangeführt und ihm damit der Weg zur Transsexualität geebnet. Schließlich stimmte er eines Tages sogar operativen Eingriffen zu. Heute ist unsere exotische Transe eine der Attraktionen unseres Etablissements und in der Lage, für Menschen jeder Geschlechtsidentität sexuelle Lust oder auch romantische Gefühle zu entwickeln.

Doch Hanna benötigte den einstigen Sprachwissenschaftler Thomas Abbott auch für ein ganz anderes Anliegen. Er sollte, sobald er als Lady Michelle ein fester Bestandteil unseres inneren Zirkels geworden war, in der Bibliothek von Black

Swan Manor alte Familienaufzeichnungen sichten und mit seinen akademischen Kenntnissen in ein modernes Englisch umschreiben. Seit dem hatte Michelle so manche Frivolität, aber auch Perversität vergangener Epochen in der unübersichtlichen Bibliothek aufgestöbert und vor dem Vergessen bewahrt. Dank ihr wissen wir, dass spätestens seit dem Jahr 1840 hier mit schöner Regelmäßigkeit die weiblichen Bewohnerinnen die dominante Rolle gespielt und mitunter ein äußerst strenges Regiment über ihren Gatten, den Gästen und das Hauspersonal geführt haben.

Mein Finger zeigte auf das aufgeklappte, auf der Bank liegende Buch und die handschriftlichen Notizen, die sie sich während des Lesens gemacht hatte.

„Ist es wieder einer der alten Schinken aus der Bibliothek?"

„Ja, ich werde dir vielleicht noch was davon vorlesen. Ist ganz interessant, was ich da gefunden habe. Aber lass uns endlich losgehen. Wenn wir noch lange warten, ist es schon dunkel, bevor wir überhaupt an der Blockhütte sind! Wie ich sehe, hast du auch einen Picknickkorb packen lassen", antwortete sie, während sie unseren Sklaven vom Fixierholz befreite und ihm den Mundknebel abnahm. Dieser freute sich sichtlich darüber, dass er endlich seine unbequeme Körperhaltung verlassen konnte und etwas zu trinken bekam. Seine Gelenke knackten beim Aufstehen und er reckte und streckte die Beine, atmete dabei mehrfach erleichtert auf. Wir beachteten ihn nicht weiter und ließen ihn gewähren. Schließlich stand ihm noch ein anstrengender Abend bevor.

Mit *Picknickkorb* hatte Michelle das gemeint, was ich in der Hand hielt. Hanna hatte vor einiger Zeit mehrere Flechtkörbe angeschafft, welche wir bei Outdoorsessionen mittlerweile als unentbehrlich ansahen. In ihnen konnte das verstaut werden, was die Herrin für solche Gelegenheiten benötigt. Unseren jetzigen Tragekorb hatten Zoe und Louise gemäß meinen

Wünschen mit einer Flasche Rotwein, zwei Gläsern, Mineralwasser, etwas Käse, Baguette, Oliven, Weintrauben und einigen unverzichtbaren SM-Instrumenten und Sextoys gefüllt.

Als Michelle das rechte Handgelenk des Sklaven von der Handschelle befreite, gewährte sie ihm ein paar Sekunden, um auch die Arme – die mittlerweile seit knapp drei Stunden auf dem Rücken gefesselt waren – zu strecken. Danach befestigte sie die Hundeleine an seinem Hals und drückte ihm den Korb in die Hand.

Wieso sollten wir den schweren Korb tragen, wenn wir jemanden wie Terence Burns hatten?

„Den trägst du! Und dann gehst du immer geradeaus, bist du ein Richtungssignal bekommst! Wir bleiben dicht hinter dir, 5231!"

Mit diesen Worten gab Michelle ihm einen Stoß gegen die Schulter.

Er reagierte nicht.

„Er hat von Zoe Ohrenstöpsel verpasst bekommen!", lachte ich und schnallte unserem Sklaven wieder den Knebel um. „Er kann durch die Maske weder sehen, noch vernünftig hören, noch sprechen!"

„Den trägst du für uns, und dann gehst du solange geradeaus, bist du ein Richtungssignal von uns bekommst! Wir bleiben immer hinter dir! Hast du mich verstanden, 5231?", wiederholte Michelle in einem weitaus lauteren Ton.

Der um einen Teil seiner Sinne beraubte Mann hatte nun verstanden. Er nickte zweimal hektisch und bewegte sich, die linke Hand nach vorne gestreckt, Schritt für Schritt über den zentralen Hauptweg des Parks vorwärts. Schon nach kurzer Zeit lief er einigermaßen sicher auf dem schnurgeradeaus führenden Kiesweg.

Ich nahm das Ende der Hundeleine in die Hand und folgte Michelles Beispiel, als sie eine Reitgerte aus dem Picknickkorb fischte. Fest umklammerten meine Finger den mit champagnerfarbenen Nappaleder bezogenen Griff. So verfügte ich über die passenden Mittel, ihn zum Blockhaus zu manövrieren.

„Damit fühle ich mich gleich besser!", konstatierte ich fröhlich, schob mir die Sonnenbrille in die Haare und ließ die Gerte einmal durch die Luft sausen. „Irgendwie kompletter fühle ich mich mit diesem wundervollen Instrument!"

„Vielleicht könntest du ein paar der alten Geschichten, die ich mittlerweile fast im Wochentakt in der Bibliothek entdecke, für einen deiner Romane gebrauchen, Ewa? Es sind einige interessante Sachen dabei", wechselte Michelle das Thema.

„Ganz sicher kann ich das! Ich habe nur noch kein wirkliches Konzept dafür, wie ich diese alten Beschreibungen in eine Handlung einbauen kann, die über zweihundert Romanseiten geht! Außerdem ist mir im Moment mehr nach einer in der Gegenwart spielenden Geschichte."

„Hast du schon einmal an eine Kurzgeschichtensammlung gedacht? Vielleicht könntest du die als Anthologie verfassen. Hanna wird sicher nichts dagegen haben, wenn wieder ein Buch über Black Swan Manor entsteht. Es ist ja eine gute Werbung für unser Haus."

„Daran habe ich auch schon gedacht. Aber auch Kurzgeschichten würde ich am liebsten in einer in sich abgeschlossenen Rahmenhandlung sehen", antwortete ich und korrigierte die Laufrichtung des Mannes vor uns ein wenig nach links, um einen mittig auf dem Weg stehenden Springbrunnen zu umkreisen. Dazu hielt ich die Spitze der Reitgerte an seine Schulter und drückte sie nach links, gab ein dazu analoges Signal mit der Hundeleine.

„Aufpassen, 5231!", sagte ich so laut, dass er es hoffentlich verstand.

Fast sah es aus, als würde sich die grinsende Fratze des auf der Spitze des Brunnens thronenden, wasserspeienden Satyrs über uns lustig machen, als wir diesen umschifften. Der Sklave schlug dabei mit der Hüfte gegen den Rand des Wasserbeckens und stöhnte seinen Schmerz in den Gummiball seines Knebels hinein.

„Das Problem ist immer der Anfang", erklärte ich. „Der Rest kommt dann eigentlich ganz von alleine beim Schreiben. Manchmal entwerfe ich stundenlang eine Idee, um sie dann einfach in den Papierkorb zu schmeißen. Ich will ja nicht gleich mit einer Sexszene anfangen. Zu romantisch verklärt soll es aber auch nicht beginnen. Stell dir vor, ich schreibe schon zu Anfang so etwas wie: `Der von der See kommende Wind berührt meine Haut und umschmeichelt sie so sanft, als wären es deine Hände. Hände aus Wind! Mich sanft berührende Fingerspitzen malen Kreise auf meinen Bauch und um meinen Busen. In deinen blauen Augen spiegelt sich mein Gesicht, dass von Liebe spricht. Ohne Angst falle ich in deine Arme. Du fängst mich auf und unsere nackten Körper berühren sich. Unsere Münder vereinigen sich zu einem leidenschaftlichen Kuss.`

„Das ist alles andere als das, was *wir* unter Zärtlichkeiten verstehen!", bekam ich als Reaktion auf die schwülstige Prosa zu hören.

Ich lachte kurz auf und nickte, entgegnete ein wenig übertreibend:

„Ich kann mich kaum mehr daran erinnern, wann ich das letzte Mal mit Henry ganz normalen Sex hatte. Du weißt schon, dieses Rein-Raus-Spiel! So ganz nackt, ohne Latex oder Leder! Ohne High Heels, SM und ohne den Schwarzen Schwan in mir läuft nichts mehr!"

Mit Henry hatte ich meinen Ehemann gemeint, oder besser gesagt: meinen *Ehesklaven*. Er genoss als mein langjähriger Lebenspartner gewisse Privilegien, die herkömmliche Sklaven

19

und zahlende Kunden auf Black Swan Manor nicht besaßen. So durfte er sich zum Beispiel fast im gesamten Gebäude und auf den Ländereien frei bewegen und jedes Auto aus unserem Fuhrpark benutzen. Manchmal – wenn mir danach war – durfte er sogar das Bett mit mir teilen. Normalerweise hatte er aber in seinem eigenen, spartanisch eingerichteten Zimmer im Angestelltenbereich zu schlafen oder durfte die Nacht im Sklavenkäfig verbringen, der sich in meinem Schlafzimmer befand. Auch wenn ihm mein Herz gehörte und ich ihm gegenüber die Liebe einer Eheherrin zu ihrem Ehesklaven verspürte, hatte er für seine Stellung einen nicht unerheblichen Tribut zu erbringen. Schon vor der Hochzeit habe ich ihm daher die Bedingungen unserer Ehe aufdiktiert. Sein Erspartes und die monatlichen Einnahmen aus Arbeit hatte er an mich zu überschreiben. Ihm blieb lediglich ein Taschengeld, über dessen Höhe ich entschied. Absoluter Gehorsam, sowie ein ausgeprägter Masochismus und Demut waren Pflicht. Ebenso hatte er als mein unterwürfiger Ehesklave die von mir bevorzugten Spielarten des SM zu akzeptieren: Spanking, Plugs, Fixierungen, Crossdressing, Cock Ball Torture, Cuckhold, Natursekt, Total Power Exchange, Lack, Latex und Leder – also ein breites Programm. Ich behielt mir vor, es zu erweitern, wenn mir der Sinn danach stand. So war es mir eine Herzensangelegenheit, ihm eines Tages einmal die Wonnen der Bisexualität erfahren zu lassen. Noch zierte er sich in dieser Beziehung und hatte moralische Bedenken. Doch wusste ich, dass ich über die Mittel und Wege verfügte, ihm auch diese Spielart näher zu bringen. Meine Motivation in dieser Beziehung war jedenfalls ziemlich hoch.

Henry hatte es gewiss nicht leicht mit mir. Oft trat ich ihm gegenüber herrisch, arrogant und unnahbar auf. Nein, eine normale Ehe führten wir beide ganz gewiss nicht! Aber wenn ihn jemand nach seiner Meinung wegen unseres bizarren

Beziehungsmodells fragen würde, dann weiß ich, dass seine Antwort nur wie folgt lauten kann:

„Ich bin der glücklichste Sklave der Welt!"

Und ich verspreche hoch und heilig, dass diese Antwort von mir nicht antrainiert worden ist!

„Du spinnst!", werde ich mit gespielter Empörung angelacht und aus meinen Gedanken gerissen.

Ich verpasste dem vor uns torkelnden, barfüßigen Sklaven mit der Reitgerte einen saftigen Hieb auf die linke Schulter, was ihn veranlasste, sich nicht noch weiter zur Seite in die Rosenbeete zu bewegen. Er quittierte es mit einem gequälten Stöhnen.

„Ja, natürlich brauche ich ab und an auch einmal einen guten Fick. Und dafür ist Henry ja auch zu gebrauchen. Hinterher sag ich ihm gerne, dass mir der Sex mit ihm noch immer am meisten Spaß macht. Du glaubst nicht, wie seine Augen dann vor Freude strahlen!", feixte ich.

Michelle seufzte.

„Ich fühle mich seit einer Woche untervögelt. Es wird mal wieder Zeit für mich! In der letzten Zeit war nichts Anständiges dabei!"

„Was ist mit ihm? Ich finde ihn süß!"

Die Spitze meiner Reitgerte wies auf den vor uns trottenden 5231.

„Er ist ganz hübsch, ist aber nicht wirklich mein Typ!", entgegnete sie, sagte dann etwas zögerlich: „Du könntest mir ja Henry mal ausleihen!"

Kurz schien es mir, dass ich einen sehnsüchtigen Unterton aus ihren Worten herausgehört hätte. Ich antwortete, dass ich ihn durchaus einmal ausborgen könne, warf ihr dabei einen verschmitzten Blick zu.

„Mal sehen, was uns der Tag noch bringt, Michelle. Er kehrt sowieso erst morgen aus London zurück."

Mit jedem ihrer Schritte hoben und senkten sich die Brüste unter ihrem Top. Provozierend drückten sich die festen Nippel durch den dünnen Stoff. Außerdem schien mir, dass sie unter ihrer locker sitzenden Hose überhaupt keinen Slip trug, denn immer wieder schlug die Eichel ihres Penis von innen gegen den luftigen Stoff.

Sie schien meine Gedanken bemerkt zu haben und schmunzelte mich an.

„Scheiße, ich krieg ja schon ´nen Steifen, wenn wir nur übers Ficken sprechen!"

\*\*\*

Wir hatten den Waldrand erreicht. Von hier waren es noch eine knappe halbe Stunde Fußweg bis zum Black Swan Lake und der Blockhütte. Black Swan Lake war nicht mehr als ein größerer Teich mit einer von Buschwerk zugewachsenen Insel in der Mitte, einem kleinen Sandstrand und einem Bootssteg. Seinen Namen hatte er von den in England normalerweise überhaupt nicht beheimateten *cygnus atratus*, den schwarzen Trauerschwänen, die hier am See seltsamerweise immer wieder gesichtet wurden.

Eine kurze Pause trat ein.

„Hast du Lust, mir ein wenig mehr von deiner Transformation von einem unscheinbaren Universitätsmitarbeiter zu einer exotischen Shemale zu erzählen?"

„Willst du darüber ein neues Buch schreiben?"

„Vielleicht kein ganzes Buch. Eher ein paar Kurzgeschichten. Ich glaube, deine Transformation als solche und die damit verbundene Bewusstseinsveränderung ist in meinem Roman „Das Bildnis der Domina", in der du ja die Hauptfigur warst, ein bisschen kurz gekommen."

Michelles dezent geschminkte Augen kniffen sich zusammen. Sie schien nachzudenken.

„Soweit ich mich erinnern kann, hast du in dem Buch die Szenen mit mir, Aimée und Adam in der Dusche und die mit mir und Hanna vor dem Kamin in der Bibliothek beschrieben!"

„Sowie eine Klinikszene mit dir, Hanna und Aimée und den beiden anderen Probekunden!"

„Das alles hat mein Leben innerhalb kurzer Zeit vollkommen auf den Kopf gestellt!", sagte Michelle nachdenklich und zog im Vorbeigehen ein paar Blätter von einem in den Weg hineinragenden Birkenzweig. „Wie bunt und wie vielfältig mein Leben seit dem geworden ist."

Da wir mittlerweile durch den Wald spazierten, hatte 5231 es ein bisschen einfacher. Statt auf Kieswegen bewegten sich seine nackten Füße auf weichem Sand.

„Aimée und Hanna hatten eine Vision, einen Wunsch den sie sich mit mir erfüllen wollten", erklärte Michelle. „Und ich war ein williger Sub, der von seinem eintönigen Leben die Nase voll hatte. Ohne sie würde ich wohl noch immer in meiner kleinen Zweizimmer-Küche-Bad-Mietwohnung in Epping wohnen und jeden Tag mit dem Bus und der Tube eineinhalb Stunden zur Arbeit fahren, um mich dort mit Verwaltungsbelangen, knappen Haushaltsbudgets, einer fehlgeschlagenen Hochschulpolitik, faulen Studenten und unfähigen Kollegen herumzuärgern. Nach der Arbeit würde ich wieder eineinhalb Stunden zurückfahren, zu Hause aus der Mikrowelle essen und dann zwei Stunden vor der Glotze verbringen. Danach würde ich ins Bett gehen, onanieren und einschlafen!"

„Aber trotzdem ist die Transformation nicht ohne Komplikationen verlaufen?", erkundigte ich mich.

„Zuckerbrot und Peitsche! Oder *carrot and stick*, wie wir hier in England sagen. Hanna und Aimée beherrschen als eingespieltes Team diese Erziehungsmethode bis zur Perfektion. Hanna reichte das Zuckerbrot, während Aimée mir die Peitsche gab. Kaum ein masochistischer Mann kann dieser bittersüßen Versuchung widerstehen! Sie haben in mehreren Schritten das Innere von Thomas Abbott komplett nach außen gekehrt, damit die Michelle in ihm aufblühen konnte. Nach jedem Schritt wurde die Schrauben aus Bestrafung und Belohnung, Schmerz und Zuwendung, Demütigungen und Zärtlichkeiten stärker angezogen. Soll ich davon erzählen?"

Schnell holte ich mein Smartphone aus der Handtasche.

„Kann ich das aufnehmen?", fragte ich. „So vergesse ich nichts und kann es später in Ruhe zu Papier bringen."

Dann erzählte Michelle mir einen der ersten Schritte, die Hanna und Aimée vollzogen, um die die Frau aus Thomas Abbott herauszukitzeln.

# 2.

## Die Frau im Manne zu erwecken!

Aufgewühlt blickte Thomas Abbott auf die geschlossene Tür, durch die Madame Aimée und die Baroness soeben das Zimmer verlassen hatten. Noch kurz hatte er das dumpfe Schlagen ihrer Absätze auf dem Teppich des Korridors vernommen. Dann war es langsam leiser geworden, um schließlich ganz zu verstummen.

Fast als wolle er nichts verändern, setzte er sich behutsam in einen Sessel und sah sich um. Es war zwar nicht die erste Nacht, die er hier verbringen durfte, jedoch konnte er noch immer nicht glauben, welch einen Aufstieg er innerhalb kürzester Zeit gemacht hatte.

Seine Blicke wanderten forschend hin und her. Sie schweiften über das dezente Muster der Tapeten und über die modernen Möbel, die in einem spannenden Kontrast zu dem antiken Kamin und den filigranen Stuckarbeiten der Zimmerdecke standen. Alles wäre von einem Innenarchitekten eingerichtet worden, hatte er gestern von der Frau Baronesse erfahren. Auch die Elektronik konnte sich sehen lassen: CD-Player, Dockingstation, Soundbar, TV, Laptop, Smartphone und Tablet – ein genauerer Blick hatte ihm verraten, dass es alles hochwertige Markenprodukte waren. Zwei aufregende, erotische Kunstdrucke mit Fetisch- und SM-Motiven schmückten die Wände.

Zu gerne hätte er jetzt einen Apfel aus der Obstschale genommen, alles erkundet, aber er wagte es nicht. Zu aufgeregt war er noch immer und zu schweißfeucht waren seine Handflächen. Sollte dies wirklich sein neues Zuhause werden? Einem Sklaven stünde dieser Luxus nicht zu, sagte er sich und versuchte sich so zu beruhigen. Also beschloss er,

25

zunächst im Sessel zu bleiben und zu warten, bis die Herrinnen zurückkommen würden. Schließlich hatte man es ihm so anerzogen, überlegte er, als sein Blick langsam nach rechts zum riesigen Doppelbett schweifte.

Nach der gestrigen Session in der Gummiklinik, in der er erstmals die Macht der weiblichen Erotik aus eigener Sicht erfahren hatte, war sein Schlaf so fest wie seit Jahren nicht mehr gewesen. Bei diesen Erinnerungen fühlte er einen Kloß im Hals. Zu sehr hatten die Session in der Klinik und das Verwandeln in eine feminine Gummipuppe etwas in ihm verändert. Erstmals hatte er eine Ahnung davon bekommen, wie berauschend die Macht selbst ausgeübter, femininer Dominanz sein kann.

Von draußen drang ein Stimmengewirr durch das Fenster herein. Deutlich vernahm er den harten, osteuropäischen Akzent von Herrin Ewa, die offenbar jemandem etwas befahl. Kurz danach war eine andere Stimme zu hören – mit asiatischem Akzent. Das konnte nur Herrin Seiyoua sein. Sicherlich trainierten sie gerade die anderen beiden Probekunden unten im Hof. Harold und Gary, ein Staatsanwalt aus Edinburgh und ein Investmentbanker aus einem kleinen Ort in der Nähe von Canterbury. Wie er waren beide um die dreißig Jahre alt. Gute zwei Wochen hatte er gemeinsam mit ihnen unten im Kerker verbracht, wo vor allem in der Nacht die Zeit lang werden konnte. Oft hatten sie da durch die Gitterstäbe miteinander geredet und ihre mit den Herrinnen gemachten Erfahrungen ausgetauscht. Dabei war sogar so etwas wie eine vertraute Bekanntschaft entstanden.

Als er ein spitzes, hämisches Lachen hörte, siegte seine Neugierde. Er stand auf und ging zum Fenster, drückte die Stirn gegen die Scheibe und sah zum Hof hinunter. Adam – er war der Pferdeknecht und Leibwächter der Baronesse –

war gerade damit beschäftigt, Gary und Harold vor einen Sulky zu spannen.

*Ponyplay!*

Ganz augenscheinlich waren die beiden vor der kleinen Kutsche angespannten Männer voll in ihrer Rolle als Pony aufgegangen. Sie scharrten mit den Hufen und wippten mit ihren Pferdekopfmasken. Ledernes Zaumzeug war ihnen um den Hals, Oberkörper und Kopf gebunden worden. Sie wirkten sichtlich aufgebracht und Adam hatte trotz seiner unglaublichen Körperkraft alle Hände voll zu tun, die beiden menschlichen Pferde zu beruhigen. Mehrfach schlug Herrin Seiyoua daraufhin heftig mit der Peitsche auf ihre Tiere ein, was diese schließlich zur Ruhe brachte. Das animalische Verhalten der beiden Männer wirkte aus dieser erhöhten Perspektive fast schon grotesk. Im Wissen, dass auch er sich bis vor einigen Tagen kaum anders verhalten hätte, schüttelte er den Kopf, sehnte sich aber auch ein wenig nach Strenge, die für ihn so etwas wie Ordnung bedeutete. Als Sklave wusste er, wem er sich unterzuordnen hatte und sein Leben und Denken war geregelt.

Was würde ihn in seiner neuen Stellung erwarten?

Die in einen roten Ledermantel gekleidete Japanerin nahm die Zügel fester in die Hand. Sie zupfte an ihren schwarzen Handschuhen und gab den Ponys das Startsignal. Als sie lostrabten, wippten ihre Schwänze auf und ab. Analplugs mit einem Schweif aus dunklem Rosshaar! Auch er hatte so einen schon tief in sich spüren dürfen.

Erst langsam, dann mit zunehmender Strecke Fahrt aufnehmend, zog das ungewöhnliche Gespann davon und ließ Adam und Ewa zurück. Eine kurze Weile sahen sie der Kutsche noch hinterher und verschwanden danach im Haupteingang des Herrenhauses.

Sein Blick folgte dem Gefährt, bis es im Wald verschwunden war. Das neue Zuhause bot einen wunderbaren Blick über den Park und den dahinter liegenden Wald, der sich in der flirrenden Luft des ungewöhnlich warmen Herbsttages verlor. Abbott konnte sich nach zwei Wochen des Sklavenlebens im Keller an diesem Spätnachmittag kaum an dem herbstlichen Panorama sattsehen und genoss den Ausblick.

Etwas mutiger geworden, bewegte er sich vom Fenster weg und öffnete die Tür, hinter der sich das Bad befand, eine weitere führte zu einem Ankleideraum mit einem begehbaren Kleiderschrank.

In diesem Moment öffnete sich die Tür zum Flur.

„Wie ich sehe, hast du dich schon in deinem neuen Zuhause umgesehen!"

Mit diesen Worten betrat die Baronesse den Raum. In ihrem Schlepptau folgte Claire, die junge Kammerzofe des Hauses.

Das Herz klopfte ihm schlagartig bis an den Hals. Unbewusst rieb er sich die feuchten Handflächen an der Hose ab und blickte verlegen auf den Boden.

„Du scheinst verwirrt!", lachte die Baronesse und kam ganz nah zu ihm. „Seit gestern hat sich einiges verändert für dich!"

„Es ... es ist tatsächlich noch alles ... sehr wirr, Frau Baronesse", kam es nach einer Weile aus ihm heraus. Nervös sah er zu Claire hinüber, die die Tür hinter sich zuzog und offenbar auf eine Anweisung der Herrin wartete. „A ... alles ... alles ist plötzlich anders als vorher", schob er stotternd nach.

„Du stehst noch am Anfang deiner Entwicklung, Thomas Abbott! Bald schon wirst du erfahren, welche Möglichkeiten sich dir bieten werden!"

Zuerst traute er sich nicht, die Herrin direkt anzusehen. Das durfte er nur, wenn er die Erlaubnis dazu bekommen hatte. Als wenn sie seine Gedanken gelesen hätte, sagte sie:

„Ich möchte, dass du mir in Zukunft in die Augen siehst, wenn wir miteinander sprechen. Ich will die Aufrichtigkeit deiner Worte darin sehen können. Ansonsten wird deine Transformation nicht so funktionieren, wie ich sie mir vorgestellt habe. Also, hab keine Angst mehr! Sieh mich an, begehre mich und meine Weiblichkeit! Genau so wirst auch du eines Tages begehrt werden!"

Nach dieser sanft ausgesprochenen Aufforderung schritt sie ans Fenster, dorthin, wo er noch vor einer Minute gestanden hatte. Schweigend blickte sie auf den Park, verlagerte das Gewicht auf ein Bein und streckte den Po provokant nach hinten, so dass sich der Bleistiftrock ihres hellbraunen Seidenkostüms noch enger um ihren Hintern spannte.

Dass er diese Feminität nur annähernd eines Tages erreichen könnte, wünschte er sich! Mehrfach ließ er seinen Blick über ihre blonden, zum Zopf gebundenen Haare nach unten schweifen, wo die schlanken, in Nahtstrümpfe gehüllten Beine in schwarzglänzenden High Heels endeten.

Als die Baronesse die immer noch an der Tür wartende Claire nach einer Weile dazu aufforderte, das Badewasser einzulassen und Abbott beim Auskleiden behilflich zu sein, wurde dieser aus seiner Träumerei in die Realität zurückgeholt.

„Folgen Sie mir bitte", sagte die schlanke, für eine so junge Frau außerordentlich große Zofe und führte ihn in sein Ankleidezimmer.

„Sei nett zu ihm, Claire!", hörte Abbott die mahnenden Worte der Herrin hinter sich, als das Hausmädchen ihn vor den Spiegel führte.

„Sehr wohl, Frau Baronesse!", reagierte diese prompt. Ein Hauch von Enttäuschung schwang im Tonfall ihrer Stimme mit und Abbott bemerkte, dass sich ihr Mundwinkel trotzig nach oben gezogen hatte. Claire war kaum siebzehn Jahre alt, wusste er. Wie sie auf Black Swan Manor gekommen war, entzog sich seines Wissens. Er hatte aber Gerüchte von seinen beiden Zellengenossen gehört. Sie wäre angeblich die Tochter eines Unternehmers aus London, der sich mit der Russenmafia überworfen hatte. Ihre ganze Familie sei ermordet worden. Claire würde sich hier versteckt halten, hatte Gary ihm eines Nachts durch die Gitter zugeflüstert.

Als Claire sich vor ihn stellte, musste er zu ihr aufschauen, denn mit ihren schwindelerregend hohen Absätzen war sie größer als er. Mit verlangenden Augen starrte sie ihn von oben an, schürzte ihre Lippen und legte ihre Handflächen auf seine Oberarme. Sanft ließ sie die Hände zu seinem Kragen wandern und öffnete den obersten Knopf seines Hemdes. Knopf für Knopf arbeitete sie sich nach unten, ließ sich dabei kaum eine Gelegenheit entgehen, mit den Spitzen ihrer Fingernägel über seine Haut zu fahren.

Das weiße Hemd und die Anzughose glitten nacheinander zu Boden.

„Schuhe ausziehen!", sagte das Mädchen knapp.

Geschwind öffnete er die Schleifen seiner Halbschuhe und zog sie zusammen mit den Socken aus, so dass er nur mit seiner Unterhose bekleidet vor den beiden Frauen stand.

Wieder grinste das Hausmädchen erwartungsvoll. Ihre Hände arbeiteten sich von Abbotts nackter Brust nach unten, glitten mit zärtlichen, dennoch bestimmten Bewegungen über Bauch und Lenden und zogen den Slip nach unten.

Sein Körper reagierte. Er spürte, wie Blut in Unterleib und Penis strömte. Die Hoden legten sich an.

Ihre Hände lösten sich aus dem Lendenbereich und fuhren über die Schenkel. Er sah, dass sie mit leicht nach unten geneigtem Kopf verfolgte, wie sich der Penis immer mehr aufrichtete. Sein Atem ging schneller, hektisch atmete er ein und aus.

„Das reicht jetzt, Claire!", kam die strenge Stimme der Hausherrin. „Er hat schon wieder Stoppel bekommen! Ab in die Wanne mit ihm! Ich will ihn so schnell wie möglich gesäubert und komplett rasiert haben!"

\*\*\*

Nachdem sie das Bad betreten hatten und Hanna die vielen roten Striemen auf dem Rücken von Abbott im Licht betrachtete, da fiel ihr wieder der Vorfall ein, bei dem alles seinen Anfang genommen hatte. Es geschah an einem Abend in der letzten Woche, kurz bevor sie mit Aimée die Oper besuchen wollte. War tatsächlich schon wieder über eine Woche seitdem vergangen? Den Tag muss ich mir im Kalender vermerken, nahm sie sich vor. Nur so könne man seine Fortschritte wohl am besten überwachen.

Aimée hatte ihn an diesem verhängnisvollen Tag ziemlich rücksichtslos mit der Gerte und eiskaltem Wasser aus der Dusche gequält, bevor Hanna ihn danach in der Bibliothek empfing. Hanna hatte sich damals für den an diesem Abend geplanten Opernbesuch bereits zurechtgemacht und trug ein elegantes Abendkleid. Mit ein paar gefühlvollen Worten und einer liebkosenden Hand hatte sie vor dem wärmenden Kaminfeuer ein leichtes Spiel mit Abbott. Ihren folgenschweren Vorschlag hatte er sofort akzeptiert: die Transformation zu einer Shemale, dazu ein lebenslanges Wohnrecht auf Black Swan Manor unter neuer Identität, Aufnahme im exklusiven Zirkel ihrer Ladys und ein Leben in Luxus und Wohlstand.

Gewiss wäre es einfacher gewesen, eine der zahllosen, „fertigen" Ladyboys aus Lateinamerika oder Fernost für sich zu gewinnen, spekulierte Hanna. Aber dies wäre kaum mit einer Herausforderung verbunden gewesen. Ganz sicher wären die Transen aus dem Ausland auch eher der Verlockung des Geldes und der Chance auf ein Leben in Europa gefolgt, als dem Ruf des Schwarzen Schwans erlegen. Aus Thomas Abbott hingegen musste die Weiblichkeit herausgekitzelt werden, wofür Schmerz und Peitsche, aber auch Zuneigung, Vertrauen und Fingerspitzengefühl erforderlich waren. Abbott solle ein tiefes Verlangen nach diesem alternativen Lebensmodell verspüren. Wohlgemerkt würde dies kein einfacher Weg werden. Zunächst solle er sich vollkommen unterwerfen und jegliche Männlichkeit in ihm gebrochen werden. Danach erst wäre es ihm erlaubt, sich nach ganz oben in den inneren Zirkel der Ladys von Black Swan Manor emporzuarbeiten.

Aimée würde bei der Erziehung den sadistischen Part übernehmen, denn das entsprach ihrer Natur am ehesten. An Hanna blieb es daher, diesmal die Rolle der verständnisvollen Herrin einzunehmen. Das passte zwar nicht unbedingt zu ihrem Naturell, aber noch weniger hätte es der teuflischen Ader von Aimée entsprochen. Sie musste nur ein wenig Acht geben, dass ihre französische Geliebte es nicht übertrieb, denn oftmals vergaß diese sich während einer Session und geriet in einen sadistischen Rausch. So war es wohl auch an jenem Tag in der vergangenen Woche gewesen, als sie Abbott in Anwesenheit von Adam unter der kalten Dusche gehörig gequält hatte. Im Duschraum hätte sie Abbott schon so weit bekommen, dass er Adams Schwanz in den Mund nehmen wollte, um ihm einen zu blasen, hatte Aimée ihr abends im Bett erzählt. Das wollte Hanna aber auf jeden Fall noch verhindern. Ihr gemeinsames Spielzeug sollte langsam an alles herangeführt werden, denn schließlich sollte sich die Investition in ihn ja auch finanziell lohnen.

An den Türrahmen angelehnt beobachtete sie mit interessierter Miene, wie Claire den jetzt splitternackten und sichtlich eingeschüchterten Thomas Abbott ins Bad führte. Es gab kaum ein geeigneteres Objekt als Abbott, stellte sie mit großer Zufriedenheit fest und verspürte kaum Zweifel, dass alles so geschehen würde, wie von ihr geplant. Schon im gestrigen Probelauf als feminisierte Rubberdoll in der Gummiklinik war er in eine weibliche Rolle geschlüpft und hatte sie von dem in ihm steckenden Potential überzeugt. Wie frauenhaft seine Bewegungen und Handlungen da schon gewesen waren, und das alles ohne eine einzige Trainingseinheit!

***

Claire hatte dem im Schaumbad liegenden Abbott mittlerweile die Kopfhaare gewaschen und war jetzt dabei, seinen Körper einzuseifen, um ihn danach von nachgewachsenen Haarstoppeln zu befreien. Ein Rasiermesser lag dazu auf dem Badewannenrand bereit.

Abbott hatte eine prächtige Latte bekommen. Deutlich schaute die rosa Eichel aus dem weißen Badeschaum heraus. Das Hausmädchen hatte sichtlich Spaß mit ihm. Lasziv saß sie auf dem Rand der Wanne und hatte ihre endlos langen Beine von sich gestreckt. Der Rock hatte sich so weit nach oben geschoben, dass die Abschlüsse der von schwarzen Strapsen gehaltenen Nylons zu sehen waren. Immer wieder ließ sie den Schwamm auf seinem Körper kreisen. Abbott lag steif, fast wie ein Toter. Seine Lider waren zusammengepresst und die Hände so sehr zu Fäusten geballt, dass seine Handknöchel eine weiße Farbe angenommen hatten. Unverkennbar versuchte er seine sexuelle Erregung zu unterdrücken. Claire ließ sich davon kaum beirren. Ihre dünnen Bleistiftfinger lagen auf seinen Lenden, zogen darauf aufreizende Kreise mit den langen, schwarzlackierten Fingernägeln. Langsam kamen sie seinem Geschlecht näher, entfachten dort, wo sie waren, ein sanftes Zittern. Sie vermieden es jedoch, Penis und Hoden direkt zu berühren.

Nicht weniger erotisch erwies sich die Rasur. Claires linker Arm umschlang Abbotts Kopf und fixierte diesen. Ihre Hand legte sich unter das Kinn und drückte es nach oben. Dann beugte sie sich ganz tief zu ihm hinunter, dass sich fast ihre Nasen berührten. Sie legte das scharfe Rasiermesser an seinem Hals, dorthin, wo beim mittlerweile vollkommen erstarrten Mann die Schlagader ausgetreten war. Eine Weile hielt sie still und schien zu zögern.

Abbott musste schlucken, fühlte gleichzeitig ein bizarres Kribbeln in seinem Unterleib, das erst verschwand, als Claire mit der erlösenden Rasur begann. Er war überrascht, wie viel Zeit sich die junge Zofe mit der Körperenthaarung nahm. Grundsätzlich hatte er sich in allen Bereichen stets für gepflegt gehalten. Jetzt wusste er, dass dem wohl nicht so war. Ganz offensichtlich waren Frauen weitaus akribischer in Bezug auf Körperpflege als Männer. Er nahm sich vor, sich diese wichtige Erkenntnis zu Herzen zu nehmen.

Nach der Rasur bekam er einen Einlauf, was sich anfangs komisch anfühlte, dann aber gar nicht einmal so unangenehm wie gedacht war. Rasch gewöhnte er sich an die Peinlichkeit, von einer jungen Zofe in Gummihandschuhen – und unter den forschenden Blicken der Baronesse – auf diese Weise gesäubert zu werden. Hinterher fühlte er sich leichter, sauberer und seltsam frisch.

Mit erstauntem Kopfschütteln und einem leichten Lächeln im Gesicht verfolgte Hanna aufmerksam Claires energischen, aber auch sicheren Umgang mit Abbott. Nachdem Claire angemerkt hatte, dass der Sklave nun fertig sei und seine Haut sich wie die eines Babys anfühle, gab Hanna ihr zu verstehen, dass man mit dem Ankleiden beginnen möge.

Sanft wurde er abgerubbelt und schlüpfte danach in einen ihm aufgehaltenen Bademantel.

Als Hanna sah, dass die Zofe das Badewannenwasser ablaufen lassen wollte, gab sie ihr mit einem Handzeichen zu verstehen, den Ablaufhahn noch geschlossen zu halten.

\*\*\*

„Ich werde mich um sein Wohlergehen kümmern und ihm beim Ankleiden behilflich sein, Frau Baronesse!", konstatierte Claire mit gestelzter Stimme und deutete auf den kleinen Wäschestapel in einem der vielen Ablagefächer des noch fast leeren Wandschranks.

„Vielleicht sollte er es selber machen! Was meinst du?", hörte Abbott die an ihn gerichtete Frage der Hausherrin.

Er fühlte sich gut nach dem Bad und der Behandlung der Zofe. Glücklicherweise war es ihm mit viel Willensanstrengung gelungen, dass es zwischen seinen Schenkeln wieder schlaff geworden war. Ein paar intensive Gedanken an das weibliche Lehrpersonal seiner Hochschule hatten dafür ausgereicht. Seine – hoffentlich ehemaligen! – Kolleginnen waren das Musterbeispiel für Frauen, die eine gewisse Resistenz gegenüber Modeströmungen und femininer Kleidung aufwiesen: Biolatschen, weite Röcke mit Sonnenblumenmustern und Oberteile, die breiter als lang waren.

Mutig geworden, fasste er sich ein Herz und legte seine Hand auf die von Claire, die gerade eines der rosafarbenen Dessous aus dem Schrank nehmen wollte: „L ... lassen Sie ruhig, Claire! Ich ... ich mache das schon. Wenn ich mich nicht ... weiblich genug benehme beim Ankleiden ... dann ... dann sagen Sie es mir bitte. Ich ... ich kann ..."

35

Er brach ab und biss sich auf die Zähne. Warum konnte er nicht mit dem dauernden Gestotter aufhören, ärgerte er sich.

Inständig hoffte er, dass es keine Konsequenzen haben würde.

Eine kurze Stille trat ein, die von der Baronesse mit den Worten: „Das geht schon in Ordnung! Erst wenn er etwas nicht richtig macht, hilfst du ihm, Claire!", beendet wurde.

Eine Sekunde später öffnete er den Gürtel seines Bademantels und ließ ihn zu Boden gleiten.

\*\*\*

„Alles in zartem Rosa! Wie leicht und sanft sich Spitzenunterwäsche auf der Haut anfühlt! Und welch ein schönes Gefühl, es an sich zu spüren!", platzte es fast ausgelassen aus Abbott heraus, als er den Verschluss seines Strumpfhaltergürtels einhakte und ihn nach hinten drehte. Vergnügt nahm er einen Nylonstrumpf und ließ den hauchfeinen Stoff durch die Finger gleiten.

„Ich glaube, Claire, du solltest ihm jetzt vielleicht behilflich sein, bevor der Strumpf eine Laufmasche bekommt", schlug die Baronesse vor.

Er schlüpfte mit dem rechten Fuß in den von der jungen Zofe – sie hatte sich extra *Hosiery Gloves* angezogen, um im feinen Gewebe keine Maschen zu verursachen – aufgekrempelten Damenstrumpf. Mit geschlossenen Augen genoss er das knisternde Gefühl des glatten Nylons auf der Haut, als es an seinen rasierten Beinen nach oben glitt.

Mit geschickten Handgriffen befestigte Claire die oberen Abschlüsse der Strümpfe an den Strapsen.

„Künftig solltest du aber zuerst die Strapse und Strümpfe und erst dann den Tanga anziehen!", erklärte die Baronesse. Aus eigener Erfahrung wisse sie zu gut, dass es von Vorteil sei, einen Slip ohne umständliche Prozedur abstreifen zu können. Überdies würden Strumpfhalter und Strümpfe ein freies, rasiertes Geschlechtsteil und einen schön geformten Po auf unvergleichbar erotische Art betonen.

„Außerdem sind Sie sofort zugänglich für andere!", lachte Claire ihn an.

Abbott lachte ausgelassen zurück.

Das Ankleiden hatte in ihm etwas Seltsames ausgelöst. Er war aufgekratzt, ja ausgelassen und glücklich darüber, so frei und offen mit anderen über solch obszöne Dinge sprechen zu können. Er nahm zum Abschluss die beiden ihm gereichten Silikonbrüste und steckte sie in die Cups des rosafarbenen Spitzen-BHs. Er rückte sie ein wenig hin und her, bis die künstlichen, dunkelroten Brustwarzen an der richtigen Stelle durch den zarten Stoff schimmerten.

Dann schlüpfte er in die Pantoletten, die so ganz anders aussahen, als die Hausschuhe aus grauem Filzstoff, die hinter der Eingangstür seiner Wohnung in Epping standen. Diese goldglänzenden, hochhackigen Hausschuhe waren vorne offen. Ein schwarzer Federpuschel zierte den Riemen, der über den Spann lief.

Noch ein wenig wackelig stand er auf den hohen Absätzen.

„Wie gefalle ich Ihnen, Herrin?", fragte er voller Neugier und drehte sich vor dem Spiegel hin und her, schlüpfte dann in einen von Claire hingehaltenen Morgenmantel.

Der weiche, schwarz-transparente Tüllstoff des Mantels umschmeichelte seinen Körper. Er genoss das Gefühl, wie die aparten Kunstfedern an Saum- und Ärmelabschlüssen kitzelnd über seine Haut glitten. Er schlang euphorisch die Arme um den eigenen Körper, so als wolle er nie mehr etwas anderes als diese bezaubernde Wäsche an sich spüren.

\*\*\*

Hanna trat dichter an den Spiegel und betrachtete Abbotts Erscheinungsbild mit einem kritischen Blick.

„Du hast dich für deine knapp dreißig Jahre mehr als gut gehalten, Süße! Du könntest glatt als unter fünfundzwanzig durchgehen!", hauchte sie ihm zu und wandte sich danach lachend an die Zofe. „Gefällt dir unsere neue Freundin auch so gut wie mir, Claire?"

„Sie ist ein richtig entzückendes Wesen geworden, Frau Baronesse!"

„Ich finde, mit dem durchsichtigen Morgenmantel und den rosafarbenen Dessous sieht sie jetzt schon wie eine echte Diva aus. Stell sie dir mit einer Langhaarperücke und einem kräftigem Make-up vor!", entgegnete Hanna und musterte ihn eingehend.

Die Linien um seine Augen, Nase und Mund verrieten natürlich noch Männlichkeit und eine Falte zwischen den Brauen und Nase ließ ihn manchmal auch etwas grimmig aussehen. Trotzdem gefiel Hanna, was sie da sah. Ein gut dosiertes Make-up würde seinem Gesicht schon entsprechende Weiblichkeit verleihen. Und bald würde Lady Fortescue, eine ihrer besten Freundinnen und gleichzeitig die Leiterin einer renommierten Schönheitsklinik, aus ihm ein ganz betörendes Zwitterwesen zaubern. Geld sollte in diesem Fall keine Rolle spielen. Jedes Britische Pfund war bei diesem Projekt bestens angelegt!

„Danke, es ist traumhaft, diese Worte aus ihrem Mund zu hören!"

Bei diesem Satz fiel Hanna auf, dass Abbott nicht mehr stotterte.

„Claire, ich glaube, du wirst nicht mehr benötigt! Das Make-up werde ich ihm auflegen", sagte sie und gab der Zofe zu verstehen, dass sie sich zurückziehen könne.

„Sehr wohl, Frau Baronesse! Falls Sie mich brauchen sollten, klingeln Sie bitte!"

Mit diesen Worten verließ sie den Wohnbereich, nicht ohne noch einen Knicks zu machen und Abbott einen mehrdeutigen Blick zuzuwerfen.

\*\*\*

„Wie möchtest du künftig genannt werden? Hast du einen Wunschnamen?", wurde er gefragt, als die junge Hausangestellte den Raum verlassen hatte.

„Michelle!", antwortete er und sah, dass die Baronesse einige Schminkutensilien auf dem Tisch vor sich zurechtlegte.

„Ein schöner Name! Wie kommst du gerade auf Michelle?", fragte Hanna, als sie ihrem Gegenüber eine dünne Gesichtsgrundierung auflegte.

„Wenn ich als Mädchen geboren worden wäre, dann hätte ich diesen Namen bekommen, hatte meine Mutter mir oft erzählt. Mama wurde in *Fort-de-France*, der Hauptstadt der Karibikinsel Martinique, geboren. Sie besitzt die französische Staatsangehörigkeit und hatte sich einen französischen Mädchennamen gewünscht. Außerdem war ich seit Beginn meiner Pubertät in die amerikanische Schauspielerin Michelle Forbes verliebt. Sie war für mich der Inbegriff von Erotik, Frauenpower und Weiblichkeit und oft der feuchte Traum meiner pubertären Sexfantasien. Daher gibt es für mich nur einen Namen! Ich hoffe, er sagt Ihnen zu."

Statt zu antworten, lächelte sie ihn nachdenklich an und legte die Hand auf seinen Oberschenkel, verspürte ein kurzes Zucken der Muskeln unter dem Nylon.

„Es fühlt sich wundervoll an, wenn der Tüllstoff meines Morgenmantels über die Strümpfe gleitet, Herrin! Es ist erregend, gleichzeitig beruhigt es mich. Es beruhigt mich sogar so sehr, dass ich nicht einmal mehr Probleme mit dem Stottern habe!"

„Du hast eine ähnlich zarte Haut wie meine Aimée. Ich glaube, wir werden noch viel Spaß mit dir haben, Michelle!", entgegnete sie vielsagend und strich ihm zärtlich über die Schenkel.

Dann nahm sie einen Kajal-Stift zur Hand und akzentuierte seine Augen.

„Ich möchte, dass du künftig jeden Tag perfekt geschminkt und so gekleidet bist! Dazu haben wir dir ähnliche Dessous auch in anderen Farben besorgt. Sei ganz Frau und probiere das aus, was dir am passendsten erscheint. Finde bei Bekleidung, Frisur und Make-up deinen eigenen, individuellen Stil. Zeig dich so dem Hauspersonal, als wäre es das Normalste der Welt. Du bist ein hübsches Püppchen und man wird dir Komplimente machen, bin ich überzeugt", sagte Hanna und schlug die Beine übereinander.

Verträumt spielte ihr Fingernagel mit einem der Strumpfhalter an Abbotts Bein. „Du hast dich gut im Griff, Süße!", sagte sie und meinte damit seinen schlaffen Penis, der unter dem Seidenslip durchschimmerte.

„Ich habe da meine Tricks!", lachte Michelle zurück und dachte wieder an die ehemaligen Kolleginnen an der Hochschule, nach einer kurzen Pause sagte sie: „Eine Frau sollte anderen erst dann ihre Wollust offenbaren, wenn es ihr passend erscheint, Frau Baronesse. Ich habe einen Weg gefunden, trotz der latenten Erregung nicht dauernd mit einem steifen Pimmel herumzulaufen!"

Während sie ihm nach und nach das komplette Make up auftrug und er sich unter ihrer Hand immer mehr in einen feminisierten Mann verwandelte, erzählte er Anekdoten über seine ehemaligen Kolleginnen aus seiner Zeit als Dozent an der Hochschule.

***

Thomas Abbott setzte sich den Kopfhörer auf und betätigte die Fernbedienung.

Antonin Dvoraks musikalischer Zyklus für Piano mit dem Titel „From the Bohemian Forest" begann. Im Allegro drangen die lebhaften Tastenschläge des ersten Themas „In the spinning-room" über den Kopfhörer in seine Ohren.

Er lehnte sich in den Sessel zurück und las die Track List auf der Rückseite der CD-Hülle:

Antonin Dvorak „From the Bohemian Forest"
Track 1 – In the Spinning-Room – 4:22
Track 2 – By the Black Lake – 5:47
Track 3 – Witches' Sabbath – 4:12
Track 4 – On the Watch – 3:29
Track 5 – Silent Woods – 6:34
Track 6 – In troubled Times – 4:23

Er öffnete den Gürtel seines Morgenmantels und strich sich mit der Hand über die künstlichen Brüste. Wie echt sich die Silikoneinlagen in den Cups des BHs anfühlten! Deutlich waren die hervorstehenden Nippel durch die hauchzarte Spitze zu spüren. Er bekam Lust, sich selbst zu befriedigen und strich mit der Fingerspitze über die Seide seines Höschens.

Die Baronesse hatte ihm das Onanieren nicht ausdrücklich verboten oder ihm gar einen Peniskäfig angelegt, den er als Sklave oft hatte tragen müssen. Dennoch hatte sie ihm nahegelegt, seinem Sexualtrieb nicht allzu schnell nachzugeben. `Unsere Sexualität funktioniert anders als die eines Mannes`, hatte sie gesagt und dann erklärt, dass sie überzeugt sei, dass er in seiner neuen Identität als Michelle einen gesunden Mittelweg aus den sexuellen Vorlieben einer Frau und dem männlichem Sexualtrieb finden würde.

Im Laufe des fast zweistündigen Plauschs mit der Baronesse hatte er das Gefühl bekommen, dass diese ihre Dominanz immer mehr ablegte, um die Stellung einer Mentorin, Ratgeberin oder Freundin einzunehmen. Denn viel zu lernen hatte er durchaus: Essgewohnheiten, Toilette, Make-up, Shopping, Körperhaltung, das sichere Gehen auf High Heels, Verhalten gegenüber dem Hauspersonal und den Sklaven! Das und noch viel mehr musste von Grund auf neu erlernt werden. Und er hatte die feste Absicht, es sich bis zur Perfektion anzueignen. Doch hatte sie ihm auch, als sie sich nach einem langen, ungewohnt freundschaftlichen Gespräch mit einem Bussi voneinander verabschiedeten, noch einmal mit ernsten Worten erklärt, dass er es sich bis zum nächsten Tag noch anders überlegen könne. In diesem Fall müsse er allerdings Black Swan umgehend verlassen und in sein altes Leben zurückkehren. Da hatte er aber schon gewusst, dass er sich bereits fest für seine neue Existenz entschieden hatte.

„Mein Geist wird lernen, wozu er fähig ist, und mein Körper wird bald wissen, wozu er geboren wurde!", hatte er ihr daraufhin selbstbewusst erklärt und sich kurz darauf erstmals in seinem Leben mit einem geschminkten Gesicht und einer blonden Langhaarperücke im Spiegel betrachtet.

Er drückte die Return-Taste der Fernbedienung des CD-Players, da der erste Track zu Ende ging und er diesen noch einmal hören wollte.

Als die lebendigen Klänge von „In the Spinning-Room" erneut einsetzten, musste er an die beeindruckende Präsenz der Baronesse denken und daran, welche Gefühle ihre Anwesenheit und das Gespräch in ihm geweckt hatten. Jedes Mal, wenn sie näher gekommen war, hatte sein Herz schneller geschlagen, war sein Atem unregelmäßiger geworden. Und nun, seit sie gegangen war, fühlte er sich einsam, aber auch erregt und aufgedreht. So glitten seine Gedanken bei geschlossenen Augen dahin, während das Piano über die

Kopfhörer weiterspielte. Schließlich deutete eine kurze Pause an, dass der zweite Track beginnen würde.

*„By the Black Lake"*

In diesem Moment geschahen mehrere Dinge gleichzeitig: Die Kopfhörer wurden ihm von den Ohren gerissen. Bevor er reagieren konnte, spannte sich etwas über sein Gesicht. Das Atmen fiel ihm schwer. Ein muskulöser Arm wand sich um seinen Hals und drückte ihm die Kehle zu.

„Psst! Je mehr du dich wehrst, desto unangenehmer wird es für dich!", flüsterte jemand in sein Ohr. „Adam hat ein Handtuch um deinen Kopf geschlungen und hält es an deinem Hinterkopf zu! Wenn du dich zu wehren versuchst, wird es sich so sehr auf dein Gesicht pressen, dass es eine Qual für dich wird!", sprach eine weibliche Stimme mit französischem Akzent.

*Madame Aimée und Adam, der stumme Leibwächter und Pferdeknecht der Baronesse!*

Ein schlimmer Gedanke überkam ihn. Nach der Session mit den beiden unter der Dusche, in der es schon an sein Limit gegangen war, war sie noch nicht fertig mit ihm!

„Es ist wohl besser, wenn keiner sein Schreien hört!", lachte die junge Französin. „Dreh die Musik lauter und dann ab ins Bad mit ihm!", befahl sie ihrem Knecht.

Die Pianoklänge von „By the Black Lake" drangen jetzt in voller Lautstärke durch den Raum. Jemand musste den Stecker des Kopfhörers aus dem Verstärker gezogen haben, folgerte er mit einem ängstlichen Kribbeln im Magen.

Noch immer konnte er nichts sehen. Kräftige Arme hoben ihn an und schafften ihn ins Bad. Er musste sich vor der Badewanne niederknien, die Hände auf dem Boden davor abstützen und die Halsmulde auf den Rand der Wanne legen. Er vernahm den Geruch von Badesalz und Shampoo. Claire hatte das Wasser nicht ablaufen lassen, fiel ihm jetzt ein. Und Madame Aimée wollte ihn damit quälen! Er begann am ganzen Körper zu zittern, sehnte sich auf einmal nach der Anwesenheit der Baronesse, bemerkte gleichzeitig, wie das Blut in seinem Unterleib pulsierte. Dann hörte er auf den Bodenfliesen das unverkennbare Klacken von sich nähernden Absätzen, was sogar die Pianomusik des tschechischen Komponisten übertönte.

„Sieh an, sieh an!", spottete Madame Aimée. „Sogar Strapse hat sie ihm also schon zu tragen erlaubt!"

Eine Hand wanderte unter seinen Morgenmantel und liebkoste seinen Po. „Ich muss zugeben, dass du tatsächlich eine schöne, weiche Haut und einen knackigen Hintern hast, Michelle! So möchtest du doch jetzt genannt werden, oder?", wurde er gefragt.

Er beantwortete es mit einem verunsicherten Nicken.

Ihre scharfzüngig ausgesprochene Frage bestärkte seine quälende Ungewissheit darüber, welch sadistisches Spiel man sich für ihn ausgedacht hatte. Ob sie mit ihm jetzt genau so grausam ins Gericht gehen würde, wie letzte Woche unter der Dusche? Sehen konnte er durch den Stoff außer ein paar Lichtpunkten kaum etwas und der Atem ging nur schwer. Adams kräftige Hand hielt die vier Ecken des Handtuchs an seinem Hinterkopf fest umschlossen, übte so immer wieder Druck auf sein Gesicht aus.

Die Baronesse! Wann würde sie kommen und ihm zur Seite stehen? Wie sehr sehnte er sich nach ihrer verständnisvollen und einfühlsamen Art!

„Du hast einen steifen Pimmel! Macht dich mein Spielchen an? Du darfst jetzt sprechen!", sagte sie und der Stoff vor seinem Mund lockerte sich ein wenig.

„Madame, meiner Natur entspricht es, Ihre Behandlungen, seien sie noch so grausam, auszuhalten!"

„Gefällt es dir, aufreizende Dessous zu tragen und geschminkt zu sein?"

„Ja, Madame! Die Frau Baronesse hat mir erlaubt, die Wäsche anzuziehen!"

Seine Antwort kam gedämpft durch den Stoff des Handtuchs.

„Was sie ganz sicher nicht ohne Grund tat! Wir haben noch viel mit dir vor!"

Bei diesen Worten verspürte er ein Stechen auf seinem linken Handrücken. Er kannte diesen Druckschmerz. Es waren die Pfennigabsätze ihrer Stiefel, wusste er. Zu oft hatte er diese Quälerei schon ertragen müssen!

Er biss die Zähne zusammen und keuchte leise.

„Gefällt dir das auch?"

Ein gedämpftes, lustvolles Stöhnen kam jetzt durch das Handtuch. Dann bemerkte er, wie jemand den Morgenmantel an seinem Hintern zur Seite schob und ihm der Slip heruntergezogen wurde.

„Die Baronesse hat mir erzählt, dass du ihr ganz tief in die Augen geschaut hast, als ihr miteinander geplauscht habt! Ist das wahr? Habe ich etwa einen Grund, eifersüchtig zu werden? Bist du in sie verliebt?"

„Madame, ich ..."

„Sprich schon! Bist du in sie verliebt?"

Die Stimme wurde ungehaltener.

„Madame, nein, ich würde es nie wagen ..."

„Weißt du, was ich in der Hand habe?", wurde er durch ihre schroffe Stimme unterbrochen.

„Madame, bitte, ... ich weiß es nicht, ... verzeihen Sie, ich, ... ich kann doch nichts sehen."

„Kannst du es dir nicht denken? Womit zeige ich mich dem Sklavenvolk, wenn ich dem Keller einen Besuch abstatte?"

Ein kurzes Zischen durchschnitt die feuchte Badezimmerluft.

Dem dumpfen Knall folgte ein höllischer Schmerz am Hintern, als sich der mit Nylon bespannte Fiberglasstab ihrer Reitgerte in sein Fleisch fraß.

Das Pianospiel von Antonin Dvoraks „By the Black Lake" steigerte sich in der Geschwindigkeit, erfüllte auch das ganze Badezimmer. Die Musik schien plötzlich von überallher zu kommen.

Thomas versuchte, einen erlösenden Schmerzensschrei von sich zugeben, wurde aber sofort daran gehindert, als Adam ihm den Kopf unter Wasser drückte.

Hektisch versuchte er einzuatmen. Das wassergetränkte Handtuch machte es unmöglich, presste sich auf Mund und Nase.

*Dunkelheit!*

Der zweite Schlag traf seine Hüfte!

*By the Black Lake!*

Verzerrte Klänge des Klaviers drangen durch das Wasser in seine Ohren!

*Am Teich der Schwarzen Schwäne!*

Der dritte Schlag. Der Rücken brannte!

*Rauschen!*

Wieder ein Schlag!

*Aufsteigende Wasserblasen!*

Ein weiterer Streich auf den Hintern.

*Gurgeln!*

Noch ein Schlag!

*Atemnot!*

Wiederum wurde der Körper von einem heftigen Schlag mit der Reitgerte durchgeschüttelt.

*Beklemmung!*

Ein Schlag auf den Hintern.

*Keine Luft!*

Wieder einer.

*Lähmende Angst!*

Noch ein kräftiger Hieb, der in seinem Gehirn ein wahres Feuerwerk auslöste.

*Spastisches Zucken!*

Abermals fraß sich der Stab ins Fleisch.

*Blitze auf der Netzhaut!*

Noch ein Hieb! Härter und schmerzhafter als zuvor.

*Todeskampf!*

Ein finaler Schlag, der ihn zu zerreißen schien.

*Glückshormone!*

In diesem Moment wurde sein Kopf aus dem endlos tiefen Bad der Gefühle herausgerissen. Umgehend lockerte sich das Handtuch am Gesicht und er bekam wieder Luft. Hektisch, nach lebenswichtigem Sauerstoff ringend, atmete er ein und aus. Doch die junge französische Domina lachte höhnisch und ließ ihm keine Ruhe.

Erneut ging die Reitgerte auf ihn nieder und es presste sich das Handtuch vor das Gesicht. Dann wurde er wieder untergetaucht. Das Rauschen aufsteigender Luftblasen! Erneut diese Angst, die sexuelle Erregung, der Schmerz und die Glücksgefühle, bis er hochgezogen wurde und seine Lungenflügel sich mit der ersehnten Atemluft füllten.

Instinktiv versuchte seine Hand den Penis zu erreichen, der so steif war, dass es ihm Schmerz bereitete.

„Hier wird nicht gewichst, du kleines Ferkel! Lass deine Hand, wo sie ist!", wurde er angefaucht und erhielt einen weiteren, saftigen Hieb auf den Arm, bekam dabei mit, dass sie Adam einige unverständliche Worte zuwarf.

Dessen Hände legten sich daraufhin auf seine Schultern, drückten ihn runter auf die Bodenfliesen und drehten ihn auf den Rücken. Eine angenehme Kühle sorgte jetzt für eine Schmerzlinderung auf den brennenden Pobacken. Sicher waren sie über und über mit roten Striemen gekennzeichnet, hoffte er innerlich.

Als ihm das Handtuch vom Gesicht genommen wurde, lichtete sich die Dunkelheit. Langsam gewöhnten sich seine Augen an das grelle Badezimmerlicht.

Die Handflächen in die Hüften gestützt, stand sie breitbeinig über ihm und lachte schadenfroh von oben herab. Noch immer war sie in demselben Outfit wie am Nachmittag gekleidet: hohe, geschnürte Stiefel, die knallengen Hotpants aus schwarzem Leder, darunter eine Strumpfhose; dazu die kurze, halb aufgeknöpfte, schneeweiße Bluse, unter deren Stoff sich stramme Brüste wölbten.

„Dein Make-up ist verschmiert und das Haar zerzaust, Blondie! Du siehst wie eine billige Straßennutte aus!"

Erregten ihn schon die Worte der Herrin auf das Äußerste, brachte es ihn dann vollends um den Verstand, als er sah, was sie sich von ihrem Begleiter um den Unterleib schnallen ließ.

„Du hast bei der Baronesse einen Stein im Brett, Püppchen!", sagte sie, während der Leibwächter den Strapon an ihr verzurrte. „Eigentlich hatte ich ihr vorgeschlagen, dass wir dich heute Nacht im Schlaf überraschen und Adam sich deine enge Arschmuschi vornimmt. Doch sie sagte, es wäre noch zu früh für dich, von einem Männerschwanz gefickt zu werden und dass ich dich zunächst mit Dildos trainieren solle!"

Sie streifte sich Lederhandschuhe über, machte mit der Hand eine verführerische Geste und umfasste ihren künstlichen Penis: „Komm schon! Leck mir zum Dank für die erste Lektion die Stiefel und verwöhn mich dann mit dem Mund! Blas ihn mir ordentlich! Zeig uns beiden, wie gut du Schwänze blasen kannst!"

Er war gerade im Begriff sich aufzurichten, als er für einen Augenblick zu seiner Rechten sah, dorthin, wo Adam stand.

Sein kahlgeschorener Kopf war nach unten gebeugt. Neugierig blickte er aus himmelblauen Augen auf sein hilfloses Opfer hinab. Kräftige Beinmuskeln zeichneten sich unter der engen Lederhose ab. Demonstrativ spannte Adam die Oberarmmuskeln an, so dass die Ärmel seines schwarzen Netz-T-Shirts unter den anschwellenden Bizeps buchstäblich zu platzen drohten. Er wiegte sich kaum merklich im Takt des nun zu hörenden Klavierstücks: „Witches´ Sabbath".

Abbott atmete einmal tief durch. Mehrfach hatte er schon am eigenen Leib erfahren müssen, wie kräftig der Mann war, der oftmals auch als Kerkermeister der Ladys auftrat und ihnen bei Sessions behilflich war. Es war erniedrigend und gleichzeitig erregend, hier auf dem Boden zu knien und zu diesem athletischen Mannsbild aufzublicken. Welch ein Prachtexemplar von Penis mochte sich da nur unter dem Leder seiner Hose verbergen?

Eine schallende Ohrfeige von Madame Aimée riss ihn aus seinen Gedanken.

Ihre Finger kniffen in sein Ohr, schmerzhaft wurde er am Ohrläppchen nach vorne gezogen, so dass er auf allen Vieren näher zu ihr kroch.

„Hast du nicht gehört? Es ist *Witches´ Sabbath!* Die Hexen wollen Walpurgisnacht feiern! Beeil dich! Küss mir die Stiefel und blas mir dann endlich einen!"

Leidenschaftlich und mit geschlossenen Augen widmete er sich dem glatten Stiefelleder. Absätze, Schaft und Sohle – keinen Quadratzentimeter ließ er aus. Er überzog die Stiefelspitze mit Küssen, roch den anregenden Duft der gegerbten Tierhaut. Die Zungenspitze fuhr über die spitzen Pfennigabsätze. Er hätte noch ewig so weitermachen können, hätte die ehrenwerte Madame nicht angemerkt, dass sein Mund langsam nach oben wandern könne. Er tat, wie ihm gesagt wurde und küsste den Schaft bis zu der Stelle, wo die Stiefel unter den Knien endeten.

Ab hier waren die Beine der Madame von der Nylonstrumpfhose bedeckt. Er wusste, dass dieser Teil ein absolutes Tabu für Sklaven war. Wie er es gelernt hatte, vermied er die Küsse dort, vernahm, als sie plötzlich mit gespreizten Schenkeln vor ihm in die Hocke ging, einen Hauch ihres wundervollen Körpergeruchs.

Sein Körper prickelte vor lauter Vorfreude, als er ihre Handfläche auf seinem Hinterkopf spürte. Sanft, fast liebevoll drücke sie ihn zu sich heran. Seine Lippen öffneten sich, dann ließ er den schwarzen Gummidildo langsam in seinem Mund eindringen. Sein Herz raste von Aufregung, denn er wusste, dass man ihn genau beobachtete, um seine Eignung zu taxieren. Das Wissen um die beurteilenden Blicke des kräftigen Leibwächters und der Madame ließ ihn wohlig erschauern.

Der Geruch von Leder! Ihre Handschuhe! Zärtlich fuhren sie über das nasse Perückenhaar und über sein Gesicht. Wie gutmütig die Madame sein konnte! Abbotts Körper wurde unter diesen Berührungen immer leidenschaftlicher, zitterte jetzt vor feurigem Verlangen. Voller Lust sogen sich seine Lippen an der eichelförmigen Spitze des Dildos fest.

Ihre Hände streiften über seinen freien Hals. Und als sie den Tüllstoff seines Morgenmantels berührten, stöhnte er leise. Jeder Nerv in ihm reagierte auf die Macht ihrer Berührung, ließen den Penis zwischen den Beinen immer mehr anschwellen.

„Deine Muschi ist tatsächlich noch jungfräulich?", hörte er ihre Stimme und spürte, wie sie einige Male mit dem Ende der Reitgerte gegen seinen Anus stieß. Er nickte und reagierte mit einer noch leidenschaftlicheren Liebkosung des Dildos.

Fantasien schossen wie Blitze durch seinen Kopf und er erregte sich an seinen eigenen Gedanken: *Ficken Sie ihre kleine Nutte, Madame*, flehte er innerlich. *Sie und Adam! Machen Sie beide mit mir, was sie wollen! Ich weiß, dass Sie mich begehren!* Es war, als ob das ganze aufgestaute Verlangen, die Erniedrigungen, der kräftige Ausstoß von Glückshormonen unter Wasser, der Schmerz und der prickelnde Reiz der Damenwäsche auf der eigenen Haut sich einen Weg in seine Seele bahnen würden. Wie lange hatte er seine Bedürfnisse vernachlässigt ... sein Leben lang! Er hatte das Gefühl, es keine Sekunde länger aushalten zu können. Endlich hatte er das, was er wollte: einen Penis, der bald in ihn eindringen würde.

Am liebsten hätte er danach gebettelt, Mund und Anus gleichzeitig penetrieren zu lassen. *Ich will die Herrin und ihren Pferdeknecht berühren*, klagte eine Stimme in ihm, während er wie von Sinnen am Dildo blies und seine Augen starr nach oben zur Madame gerichtet waren. Ihre pechschwarze Pagenkopffrisur wippte jedes Mal, wenn ihr Strapon in seinen Mund drang, vor und zurück. Hochgezogene Wangenknochen, die dunklen, geheimnisvollen Augen! Volle Lippen und ein sinnlicher Mund! Wie anmutig sie war, wenn sie ihn so verlangend ansah! Immer mehr geriet er in einen sexuellen Rausch. Gedankenblitze schossen ihm durch den Kopf. Seine Finger wollten unter ihre Bluse gleiten, sie aufknöpfen und die Brüste streicheln. Schon bald hätte auch er solch schöne Brüste, würde sie sich von attraktiven Frauen und Männern küssen lassen.

Bald wäre er wie sie!

Ihre Hände legten sich in seinen Nacken, dann fuhren die Fingerspitzen die Wirbelsäule hinunter. Jede Berührung war wie ein elektrischer Schlag. Weitere, kräftigere Finger berührten plötzlich die Seide seines Höschens, wanderten durch die Ritze zwischen den Pobacken. Sie stoppten erst

51

dort, wo sein steifes Glied aus dem viel zu klein gewordenen Slip ragte. Zärtlich liebkoste eine Hand seine Hoden und den steifen Penis.

*Adam!* Es waren die Berührungen des Leibwächters!

Trunken vor Glück seufzte Thomas auf.

„Gefällt es dir?", fragte Aimée mit heiserer Stimme. Ganz offensichtlich hatte die Situation auch sie erregt. „Ist es nicht köstlich, von einer Frau und einem Mann gleichzeitig so berührt zu werden?"

„Ja, Madame!", wimmerte Abbott in die künstliche Penisspitze hinein, von der er einfach nicht mehr lassen wollte.

„Du willst mehr?"

„Bitte, Madame!"

Klagend, fast flehend kamen die beiden Wörter aus seinem Mund.

„Dann dreh dich wieder auf den Rücken und lass dich von uns entjungfern!"

Eilig ließ er von dem Dildo ab. Als er sich umdrehte, spürte er erneut die angenehme Kühle der Fliesen auf seinem Rücken und dem geschundenem Po.

Auffordernd spreizte er die Schenkel.

„Unsere süße, wollüstige Nutte will von der Herrin tatsächlich entjungfert werden?", fragte sie zweideutig und bekam wieder ein geflehtes *„Bitte, verehrte Madame!"* zur Antwort.

Die Worte der Herrin bestärkten Abbott in seinem Gefühl, nach der sadistischen Session kein echter Sklave mehr zu sein, sondern eine entzückende Versuchung, eine gierige Stute, deren Körper man erst begehren und dann genießen möchte.

Adams Finger stimulierten den Penis durch die dünne Seide seines Höschens, drückten jedes Mal ein wenig fester zu, schoben dann den Stoff zur Seite. Wie zärtlich dieser kräftige Mann sein konnte, stellte er beglückt fest und spielte an seinen eigenen Brüsten, spürte an den Handflächen die künstlichen Warzen durch den hauchdünnen Spitzenstoff des BHs. Die Erkenntnis, von einem Mann gestreichelt zu werden, während er gleichzeitig von der Herrin gefickt werden würde, war aufregender, als er es sich jemals erhofft hatte. Er hob einladend den Po an und sah, dass Madame Aimée sich langsam näherte. Als er die von seinem Speichel noch feuchte Spitze des Dildos an seinem Anus spürte, hielt sie inne.

Eine Zeitlang zögerte sie und flirtete mit ihm. Dann fasste sie mit beiden Händen an seine Hüften und drang mehr und mehr in ihn ein, während das Spiel von Adams Hand auf seinem steifen Penis intensiver wurde.

Nicht mehr lange, und ich muss kommen, befürchtete Abbott und versuchte das Unvermeidliche zumindest noch ein wenig hinauszuzögern.

Je tiefer der Dildo in ihn eindrang, desto mehr erwachten sein Körper und die in ihm ruhenden Begierden. Wie befreiend all das war, schoss es ihm durch den Kopf. Wie ein Mönch hatte er vegetiert, war gegenüber den Rufen des Körpers und des Geistes taub gewesen. Nie hatte er sich getraut, die in ihm steckenden Sehnsüchte auszuleben und sich oft sogar die Gedanken daran verboten.

„Oh, Herrin, ich halte das nicht mehr aus! Ich komme gleich!", platzte es aus ihm heraus.

„Kämpf nicht mehr dagegen an!", kam ihre Antwort. „Gib dich ganz deinen Gefühlen hin!"

Abbott stöhnte unter dem quälend langsamen Spiel von Adams Hand und dem Dildo in seinem Anus. Er schloss die Augen, sehnte sich danach, dass der kräftige Mann endlich seine Lederhose öffnen und seinen Penis herausholen würde. In diesem Moment, spürte er etwas an seinen Lippen, öffnete automatisch den Mund. Als wäre sein Flehen von der höheren Macht des Schwarzen Schwans erhört worden, hatte Adam seinen Wunsch erfüllt. Genussvoll saugten sich seine Lippen an der Eichel fest, um dann keuchend unter den berauschenden Gefühlen des zustoßenden Strapon und den geschickten Fingern an seinem Penis nach Luft zu japsen.

Alle drei legten nun im Tempo zu. Ihre Bewegungen wurden intensiver und schneller, während sich in Abbott das herrlich kribbelnde Gefühl zunächst in der Eichel und den Hoden aufbaute, um dann den ganzen Unterleib auszufüllen.

Seine Finger schoben sich unter Adams Hoden und liebkosten sie. Wieder und wieder ließ er den kräftigen Penis in seinem Mund verschwinden. Er lutschte, saugte sich fest und stimulierte mit seiner Zunge, genoss die Gefühle und die Berührungen, die auf ihn einwirkten. Immer tiefer fiel er in eine rauschhafte Spirale der Lust, spürte den bevorstehenden Höhepunkt, der sich mit qualvoller Langsamkeit näherte.

Dann ging alles ganz schnell.

Der Orgasmus traf ihn wie ein Schlag. Sein erleichtertes Keuchen klang, als würden alle Lasten der Vergangenheit von ihm fallen.

Es war der berauschendste Höhepunkt, den er jemals bekommen hatte. Ein Sturm beglückender Gefühle durchzog ihn. Warmes Sperma verteilte sich auf seinem Bauch und auf die Dessous, hinterließ dabei einen hellen Faden an Adams Hand.

Nur halb bekam er mit, dass Madame sich zufrieden aufrichtete und dem Pferdeknecht befahl, seine noch unbefriedigte Mannespracht einzupacken. Für heute sei es genug, meinte sie. Mehr könne das Objekt noch nicht vertragen.

Als Adam in einer ersten enttäuschten Reaktion zögerte, bekam er eine saftige Ohrfeige von ihr verpasst.

„Hast du nicht gehört?", fauchte sie ihn an. „Ich sage es nicht zweimal!"

Ohne Murren kam der kräftige Leibwächter ihrem Befehl jetzt nach. Obwohl ein Prachtkerl von Mann, kräftig und glatzköpfig und mit Figur und Muskeln wie ein Zehnkämpfer, fügte er sich den Worten der Herrin. Er nickte einmal, verbarg seine Enttäuschung und drückte seinen steifen Penis zurück in seine Hose, wo er eine dicke Beule unter dem schwarzen Leder verursachte. Seine Wange schwoll rot an, und als Madame Aimée schnurstracks und mit klackenden Absätzen das Bad verließ, da folgte er ihr wie ein gut abgerichteter Hund.

Nur eine Sekunde später fiel der vor der Badewanne liegende Thomas Abbott in einen tiefen Schlaf. Dass der letzte CD-Track mit dem Titel „In troubled Times" begann, bekam er nicht mehr mit.

# 3.

## Am See der Schwarzen Schwäne

„Und du hast die ganze Nacht auf den Badezimmerfliesen geschlafen?", fragte ich neugierig.

„Nein, Ewa, wo denkst du hin?", kicherte meine transsexuelle Freundin zu mir herüber. „Du kannst dir aber sicher vorstellen, wie mich der Tag und diese einschneidenden Erlebnisse mitgenommen haben mussten!"

Sie gab unserem weiterhin brav vor uns trottenden Sklaven ein Richtungssignal nach links und wir bogen in einen ausgetretenen Pfad ein. Ab hier waren es nur noch ein paar Minuten bis zum Black Swan Lake und der Blockhütte.

„Wie ging es weiter in dem Bad?", erkundigte ich mich und wich einer Baumwurzel aus, über die unser Sklave soeben gestolpert war.

„Meine schönen neuen Dessous waren vollkommen mit Sperma eingesaut ... Strumpfhalter, die Nylons, mein Höschen, alles war vollgespritzt. Sogar am BH klebten meine Spermatropfen! Ich zog die Sachen aus und ließ sie auf dem Boden liegen. Claire würde sich schon darum kümmern. Dann nahm ich eine Dusche. Als ich vollkommen groggy zu Bett ging und an nichts anderes als Schlaf dachte, da fand ich auf der Bettdecke ein in Geschenkpapier eingewickeltes Päckchen vor. *Für Michelle!* hatte jemand mit schnörkeliger Schrift auf das Papier geschrieben."

„Pralinen? Du warst bestimmt neugierig oder?"

„Und wie! Ich machte es schnell auf und fand darin ein verführerisches, weißes Negligé für die Nacht. Es war aus reiner Seide!"

„Von wem war das Geschenk?"

„Von Aimée!", wurde ich angelacht. „So qualvoll ihre Erziehung war, so aufrichtig konnte sie auch sein!"

Ich nickte anerkennend.

„Du hast das Negligé bestimmt sofort angezogen, oder?"

„Natürlich! Noch heute schlafe ich darin!"

„Durch diese Aufmerksamkeit erkannte ich", fuhr sie nach einer kurzen Pause fort, „dass ich ihre volle Akzeptanz besaß. Ihre grausame Behandlung verfolgte nur ein Ziel: Sie wollte den Schwarzen Schwan in mir wecken!"

„Du warst ein masochistischer Mann. Ich hatte es kaum für möglich gehalten, dass ein Masochist wie Thomas Abbott den Schwarzen Schwan in sich haben kann", konstatierte ich und blickte nach vorne zu unserem Sklaven. Es war erstaunlich, wie geschickt er mittlerweile den Feldsteinen, Löchern und Baumwurzeln auswich. Ich vermutete, dass er durch einen Spalt an den Augenklappen linste. Ich kümmerte mich aber nicht weiter darum. Das Gespräch mit Michelle war jetzt wichtiger.

„Natürlich wandle ich heute in der Welt der Dominanz. Aber auch der Masochist regt sich ab und an noch in mir, der befriedigt werden will!", bekam ich als Antwort. „Black Swan Manor bietet viele Alternativen!"

„Wie meinst du das?", fragte ich.

Michelle tippelte über zwei mitten auf dem Weg liegende Feldsteine.

„Der Tag in mir existiert nicht ohne die Nacht, das Helle nicht ohne die Dunkelheit. Hanna und Aimée haben meine Seele geöffnet. Die Wahrheit meines Schwarzen Schwans liegt im Prinzip des Gegensatzes und Unterschieds … *Spenta Mainyu*, der gute Geist und *Ahriman*, der böse Geist stehen sich immer gegenüber. Gut gegen Böse, Sadismus gegen Masochismus, Licht gegen Schatten. Es ist eine Art von Dualismus. Mein Schwarzer Schwan erlaubt mir, beide Wege zu gehen. Ich bin frei, in jedem Augenblick und wann immer ich will, mich für das eine oder das andere zu entscheiden.

„Eine Art Schwarzer Schwan mit weißem Federkleid?"

„Ja, so in etwa", lachte sie und ergänzte, dass es den Kern wohl am besten träfe. „Ich darf aber nie vergessen, dass ich gegenüber den Sklaven eine essentielle Rolle einnehme. Ich bin körperliches, wie auch spirituelles Vorbild und will ihre Sehnsüchte bedienen!"

„Wann hast du den Masochismus erstmals in dir erkannt?", fragte ich und wechselte das Thema.

„Das war in meiner Kindheit. Meine Eltern waren damals allerdings nicht besonders streng mit mir. Für die nötige Strenge in meiner Erziehung sorgte unsere Haushälterin Mrs. Kelly. Die alte Dame, sie war unverheiratet und kinderlos, lebte bei uns, weil meine Eltern wegen der beruflichen Verpflichtungen meines Vaters oft auf Reisen waren. Da Mrs. Kelly mir fast die Liebe einer Mutter entgegenbrachte, nahm sie auch die Erziehung in Anspruch, trieb diese mitunter so weit, dass sie mich – wenn ich es einmal übertrieben hatte – auch körperlich züchtigte."

„Und deine Eltern hatten nichts dagegen?"

„Ich kann das nicht beantworten! Ich habe ihnen nie gesagt, dass sie mich züchtigte. Meine Furcht vor Prügel mit dem Rohrstock war groß, aber noch größer war die Furcht davor, keine zu erhalten!"

Ich konnte ein lautes Lachen nicht unterdrücken.

„Dir hat es damals schon gefallen?"

Auch sie lachte jetzt und warf sich vergnügt die Haare zurück.

„Es hat mir genau so gefallen wie die Tatsache, dass sie mich gerne wie ein Mädchen kleidete. Kleider, Röcke und Blusen, fast jede Woche kaufte sie was Neues. Angeblich wären diese Sachen für ihre kleine Nichte in Belfast."

„Sachen, die du vorher anprobieren musstest?"

58

„Sie sagte immer, dass ihre Nichte dieselbe Statur wie ich habe, und es wichtig sei, dass ich die Sachen vorher anprobiere, bevor sie diese abschickt."

„Ganz schön verdreht!"

„Ja, aber mir hat es gefallen! Am schönsten war es, wenn ich ein Kleidchen anziehen durfte. Dann hatte ich mich über ihre Knie zu legen und den Rock anzuheben, um mich von ihr auf den Po schlagen zu lassen. Was noch eigentümlicher war, das war die Tatsache, dass die körperliche Züchtigung meine Zuneigung ihr gegenüber immer mehr verstärkte. Der Schmerz und die Scham war stets mit einem Gefühl tiefster Sinnlichkeit verbunden."

„Wie alt warst du damals?"

„Neun! Und Mrs. Kelly war zu der Zeit so um die fünfzig Jahre alt."

„Wer sollte heute glauben, dass die im zarten Alter von neun Jahren empfangenen Züchtigungen durch eine Erzieherin deine späteren Neigungen so maßgeblich beeinflusst haben?!"

„Mrs. Kelly starb kurz vor meinem zehnten Geburtstag. An einem kalten und regnerischen Novembertag erlitt sie einen Gehirnschlag. Ausgerechnet von dem Küchenstuhl, auf dem sie mir so oft Prügel verabreicht hatte, sank sie zu Boden und starb. Sie lag einfach da, mit geschlossenen Augen, als würde sie schlafen. Sie ging, ohne ein Wort des Abschieds, hinterließ mir aber ein Vermächtnis, dass es mir unmöglich machen sollte, ein normales Leben zu führen. Seit dem versuchte ich meine Triebe zu unterdrücken, was zur Folge hatte, dass ich nie eine normale Beziehung mit einer Frau eingehen konnte!"

„Du warst doch als Mann recht attraktiv, wenn auch sehr feminin. Die Frauen sind dir damals doch sicher hinterhergelaufen!"

„Meine Versuche in dieser Hinsicht verliefen ziemlich katastrophal. Irgendwann kam ich zu dem Schluss, dass ich als

Thomas Abbott nie zu einer normalen Liebe fähig sein werde. Irgendwann später kam dann dieser komische Traum!"

„Der Traum, von dem ich zu Beginn meines letzten Romans *Das Bildnis der Domina* geschrieben hatte!"

„Ja, genau der! *Erwecke nie den Schwarzen Schwan in mir!* Mit diesem Satz hat eigentlich meine wahre Existenz erst begonnen! Ohne diesen Traum würde ich jetzt nicht mit dir durch diesen Wald spazieren und über den Schwarzen Schwan, das Leben und den Schmerz philosophieren!", lächelte sie mich mit einem nachdenklichen Ausdruck im Gesicht an. „Vielleicht würde ich ohne diesen Traum ja nicht einmal real existieren?"

„Du bist genau so real, wie ich es bin!", entgegnete ich, stupste ihr meinen Ellenbogen in die Seite und holte mit der Gerte aus.

„Schau mal, ich beweise es dir!"

Mein Schlag traf 5231 quer über den Rücken. Der schrie erschrocken auf und ging in die Knie, erholte sich nach einiger Zeit vom Schmerz und trottete stoisch weiter. Ein roter Streifen verlief jetzt quer über seine Kennzahl auf dem Rücken, als hätte jemand diese durchgestrichen.

„Wir sind so real, wie sein Schmerz und die vier Ziffern auf seinem Rücken!", philosophierte ich.

∗∗∗

Nachdem wir den Wald hinter uns gelassen hatten, tauchte endlich der See vor uns auf. Am Ufer bleiben wir stehen und genossen den Anblick des stillen, zu unseren Füßen liegenden Wassers. Wie Kristalle brachen sich die Sonnenstrahlen darauf, malten ein glitzerndes, sich stetig veränderndes Mosaik aus Licht auf der Oberfläche. Kleine, silbrige Fische zogen ihre Bahnen am Ufer und stoben, sobald wir uns bewegten, auseinander.

Ich atmete den Geruch von Nadelwald ein, der mit einer sanften Brise zu uns getragen wurde. Es war jetzt so still, dass ich unseren Atem hören konnte.

„Die Blockhütte liegt auf der anderen Seite des Teichs. Es sind höchstens noch zehn Minuten Fußweg bis dahin", sagte ich.

„Es ist schön hier. Ich schlage vor, dass wir den Sonnenuntergang von dort genießen sollten!", bekam ich von Michelle als Antwort. Sie zeigte auf einen verwitterten Holzsteg.

Ich war einverstanden.

„Dann können wir hier auch einen Happen zu uns nehmen und uns den Wein öffnen lassen!"

Michelle gab unserem Sklaven einen kräftigen Tritt und bugsierte ihn zu dem Steg. Dort streifte sie sich die Espadrilles ab und hielt die Füße ins Wasser.

„Das Wasser ist ein Traum! Vielleicht können wir noch ein paar Minuten schwimmen."

„Erst sollten wir aber einen Happen essen, ich habe einen Mordshunger", wiederholte ich und öffnete dem Sklaven die Augenklappen an der Maske.

Es war längst nicht mehr so hell wie bei unserem Aufbruch und die Sonne senkte sich immer tiefer. Trotzdem ließ ich ihm ein wenig Zeit, sich an das Licht zu gewöhnen und sagte dann so laut, dass er es durch die Ohrenstöpsel verstehen musste:

„5231! Bereite uns hier auf dem Steg ein Abendessen mit den Sachen, die du im Korb findest. Danach kannst du uns die Füße massieren!"

Nach diesen Worten löste ich die Hundeleine von seinem Hals.

Er nickte und tat, was ich von ihm verlangt hatte.

Ich setzte mich zu Michelle an den Rand des Stegs und wir ließen die Füße im Wasser baumeln. Wie eine reife Orange hing die Sonne jetzt über dem Horizont und spiegelte sich im Wasser.

„Es ist so friedlich! Und so still", hörte ich ihre verträumte Stimme.

„Erzählst du mir beim Essen, wie es weiterging mit dir?", erkundigte ich mich und drehte mich nach hinten, wo 5231 mittlerweile ein improvisiertes Dinner für uns vorbereitet hatte.

Auf einer Wolldecke hatte er Käse, Baguette und Weintrauben zurechtgelegt. Der Rotwein war geöffnet und zwei Gläser gefüllt. Ebenso hatte er zwei Handtücher ausgepackt. Offenbar war er davon ausgegangen, dass Michelle und ich noch schwimmen wollten.

Wir legten uns auf die Decke und streckten die Beine aus. Michelles Fingerschnippen signalisierte ihm, dass er mit der Fußmassage beginnen konnte.

„Wo soll ich meine Geschichte weitererzählen?", fragte sie und Schnitt sich ein Stück vom Camembert ab.

„Vielleicht kannst du etwas über die Entdeckung deiner Dominanz erzählen!?", antwortete ich fragend und drückte die Aufnahmefunktion meines Smartphones.

# 4.

## Entdeckung der Dominanz!

Michelle ließ die Badezimmertür wütend hinter sich ins Schloss fallen und setzte sich an den Schminktisch. Beim Blick in den Spiegel war ihr zum Heulen zumute. Die Augenringe sahen einfach grauenvoll aus! Dazu diese Kopfschmerzen! Wo blieb Claire nur mit dem Aspirin?

„Ein Häufchen Elend bist du! Und du siehst aus, wie eine alte Hexe!", flüsterte sie ihrem Spiegelbild zu und zog sich eine Strähne aus dem Gesicht. `Warum hatte Claire nichts von den Augenringen gesagt, als sie den Morgenkaffee gebracht hatte?`, zeterte Michelle über ihre junge Zofe.

Für kurze Zeit dachte sie daran, die Rufklingel zu betätigen und Claire antreten zu lassen, um ihr eine ordentliche Standpauke zu halten. Seit über einer Woche wohnte sie bereits hier oben. Da hatte das Zimmermädchen schließlich die Verpflichtung, ihr von den Augenringen zu erzählen. Und das ausgerechnet heute, wo sie die Baronesse zum ersten Mal zu einer Session begleiten durfte.

Zuerst muss ich duschen, erst dann kann ich mich wie eine vernünftige Frau herrichten, ordnete sie ihre Gedanken. Sie zog ihr Negligé aus und warf es überreizt in die Ecke. Claire würde schon dafür sorgen, dass alles wieder an seinen richtigen Platz kam. Als sie die Glastür zur Dusche öffnete, kam ihr für eine Sekunde in den Sinn, vielleicht doch den Schlüssel in der Badezimmertür umzudrehen, verwarf den Gedanken dann aber. Schon zweimal hatte sie mitbekommen, dass Claire sie heimlich beim Duschen beobachtete.

Nach der erfrischenden Dusche waren die Kopfschmerzen glücklicherweise verschwunden. Sie trocknete sich ab, schlüpfte in den schwarz-transparenten Tüllstoff ihres Morgenmantels und setzte sich an den Schminktisch. Ausgiebig föhnte sie die Haare und griff dann nach dem silbernen Tiegel vor sich. „Ein wahres Wundermittel", murmelte sie, entnahm daraus etwas Feuchtigkeitscreme und verteilte sie auf dem Gesicht. Die lästigen Augenschatten beseitigte sie mit einem Concealer aus ihrem Schminkkoffer. Braunstichig müsse dieser sein, hatten die Baronesse und Claire ihr in den letzten Tagen beigebracht. Dann würden lästige Augenringe und Pickel darunter unsichtbar werden. Nacheinander folgten Grundierung, Puder und eine gute Lage Rouge auf den Wangen. Lidschatten, Kajal und Wimperntusche sorgten für einen erotischen Smokey-Eyes-Effekt.

Zwischendurch warf sie einen Blick auf das Display ihres Smartphones. Es zeigte, dass es schon zwanzig nach zehn war. In zehn Minuten sollte sie bei Baronesse sein! Sie öffnete den Messenger und schrieb ihr eine kurze Nachricht. Ihre langen, purpurfarbenen Fingernägel flogen dabei über das Display.

„Bin noch beim Make-up und noch nicht einmal angezogen. Werde es nicht rechtzeitig schaffen. Wird wohl leider 30 Minuten später, Frau Baronesse. Sorry!"

Zum Glück war der Nagellack noch makellos, überlegte sie, spreizte die Finger und betrachtete ihre neuen, künstlichen Fingernägel. Vor zwei Tagen hatte sie sich diese aufgeklebt und trug sie mittlerweile wie eine kleine Auszeichnung. In diesem Moment kam die Antwort der Baronesse:

„In Ordnung! Die Sklaven können warten. Ich schicke Claire zu dir. Sie soll dir beim Korsett behilflich sein!"

Nicht auszudenken, was geschehen wäre, wenn sich damals der Sklave Thomas Abbott verspätet hätte. Die Reaktion der Baronesse wäre gnadenlos gewesen, sinnierte Michelle.

Natürlich hatte sie – solange sie noch in der Übergangsphase befand – gewisse Formen zu wahren, wozu auch die förmliche Anrede „Frau Baronesse" oder „Herrin" gehörte. Jedoch verwässerte dies immer mehr, je weiter die Ausbildung voranschritt und sie immer bessere Fortschritte machte. Ihre mittlerweile fast schon freundschaftliche Konversation mit der Baronesse bewies, dass sie auf dem besten Weg war, eine echte Lady von Black Swan Manor zu werden. Daher empfand sie es nicht als allzu schlimm, dass sie momentan nicht ganz im Zeitplan lag. Eine wahre Lady kann sich verspäten, wenn es um ihre Schönheit geht, hatte Hanna ihr in den vergangenen Tagen ja oft genug eingetrichtert.

Sie rückte mit dem Hocker weiter an die Schminkkommode heran und lehnte sich nach vorne, so dass sie ganz nah am Spiegel war. Nun kam für sie der komplizierteste Teil der Morgentoilette: Lipliner, Konturenstift und dann der Lippenstift, der eine so purpurrote Farbe wie die Fingernägel besaß. All das musste jetzt mit künstlerischer Sorgfalt aufgetragen werden, damit daraus tiefrote und volle Lippen mit einem sinnlichen Lippenschwung entstehen konnten.

Skeptisch betrachtete sie die nun fast makellose, olivfarbene Haut. Obwohl sie inzwischen mit ihrem Aussehen zufrieden war und dank der Schminke keine Unregelmäßigkeiten mehr im Gesicht erkennen konnte, empfand sie es trotzdem noch ein wenig zu farblos. Sie öffnete deshalb erneut ihren Schminkkoffer und begann, eine zweite, großzügige Lage Rouge auf die Wangen aufzutragen.

Ihre Stimmung besserte sich zusehends. Die dunklen Augen strahlten sie im Spiegel wie zwei schwarze, glitzernde Edelsteine an und der rote Mund sah zum Anbeißen aus. Ihr Blick wanderte nach rechts, wo drei Modellköpfe mit Langhaarperücken auf der Schminkkommode standen, eine mit schwarzen, eine mit blonden und eine mit blauen Haaren. Sie entschied sich für das schwarze Modell und setzte sie sich auf.

„Perfekt!", sprach sie ihrem Spiegelbild zu und beschloss, in den Ankleideraum zu huschen, um sich nicht noch mehr zu verspäten.

\*\*\*

„Autsch! Claire!"

„Moment, gleich hab ich es!"

„Nicht so heftig!"

„Sie müssen stillhalten!"

„Willst du mir wehtun?"

„Nur noch einen Zentimeter, dann haben wir es!"

„Ich kann ja kaum noch atmen!"

„Geschafft!"

Die Kammerzofe trat ein paar Schritte zurück und klatschte entzückt in die Hände. Dreiviertel aller Frauen in Großbritannien würde sich den Arm abhacken, um solch eine tolle Figur zu haben!", bemerkte sie.

Michelle begutachtete sich im Ganzkörperspiegel, drehte sich einmal um die eigene Achse. Der Ausschnitt und die Cups zeigten gewagt viel Dekolletee, stellte sie fest und drückte die Brüste zusammen. Es war kaum zu erkennen, dass es Silikonbrüste waren.

Stramm legte sich das aufreizende Korsett um Brust und Bauch, formte eine schöne Taille und sorgte für eine aufregend weibliche Figur.

„Das gefällt mir! Jetzt die Nylonstrümpfe!", platzte es begeistert aus ihr heraus. Ihre Stimmung hatte sich zusehends gebessert. Sogar der Zorn auf Claire war verflogen. Es war schon erstaunlich, wie die Zufriedenheit mit dem eigenen

Aussehen die Stimmung einer Frau heben konnte, stellte sie fest.

Claire öffnete eine neue, noch in Folie eingeschweißte Strumpfpackung und zog sich – wie sie es bei dieser Angelegenheit immer tat – glatte Stoffhandschuhe an, um ihrer Herrin die Nylonstrümpfe anzupassen.

„Die Strümpfe sind erst heute Morgen eingetroffen. Hauchfeines Nylon! Unser Hauslieferant aus Paris hat sie per Express geschickt. Es sind genau die Modelle, die Sie gewünscht hatten, Lady Michelle!"

„Nylons mit Naht, Hochferse und Abschlussloch am oberen Doppelrand?"

„Genau die! So, wie es sich für eine wahre Lady gehört! Sie werden fantastisch aussehen mit der schwarzen Korsage!", sagte Claire und ging vor Michelle in die Knie, damit diese mit den Füßen in die Strümpfe schlüpfen konnte.

Ihr Gesicht war nun fast auf derselben Höhe wie Michelles Penis.

Kurz hielt sie inne und betrachtete das einladende Stück Männlichkeit zwischen den Beinen.

Wie verlockend diese Schlaffheit aussah, fast als würde dieses kleine Stück Manneskraft sie darum anbetteln, zur Steife gebracht zu werden. Es würde sicher nur Sekunden dauern, ihn erst zu einer ansehnlichen Härte und dann zum Abspritzen zu bringen, fantasierte sie. Ein anregendes Kribbeln lief ihr bei diesen Gedanken durch den Magen und Unterleib, dorthin, wo sich unvermittelt eine warme Feuchtigkeit sammelte.

„Claire?"

Sie öffnete den Mund und streckte die Zungenspitze ein wenig raus. Nur einmal kurz mit der Zungenspitze berühren!

„Claire!"

Nur einmal mit der Zunge die warme, weiche Eichel umfahren!

„Claire!", Michelles Ton wurde bestimmender. „Ich habe für deine pubertären Träumereien keine Zeit! Die Baronesse wartet auf mich!"

Die Zunge glitt wieder zurück. Für eine Sekunde warf sie einen enttäuschten Blick zur Herrin hinauf. So berauschend der Gedanke war, eine stürmische Affäre mit Lady Michelle zu beginnen, so unmöglich erschien es ihr im Moment noch. Es war frustrierend, aber aufgeschoben ist nicht aufgehoben, grinste Claire in sich hinein. Sie würde noch ihre Chance bekommen. Und vielleicht würde Michelle dann eines Tages bei der Baronesse ein gutes Wort für sie einlegen, um die Möglichkeit zum beruflichen Aufstieg zur Gouvernante zu bekommen, womit sie den anderen Zofen Zoe und Louise übergeordnet wäre. Einer Gouvernante war es sogar erlaubt, Sklaven zu züchtigen. Schließlich wollte sie nicht ihr ganzes Leben lang eine einfache Kammerzofe bleiben. Gut, mit ihren kaum siebzehn Jahren war sie vielleicht noch ein bisschen jung, aber hier auf Black Swan Manor hatte sie schon einiges gesehen, erfahren und gelernt. Mit einer guten Fürsprache durch Lady Michelle und etwas Glück würde die Baronesse sie vielleicht auf die Eignung zur Gouvernante testen, hoffte sie. Und hatte sie diese Position einmal erreicht, dann wäre eines Tages auch der Weg frei, um eine echte Lady von Black Swan Manor zu werden.

„Beeil dich! Ich will die Baronesse nicht noch länger warten lassen!", hörte sie und wurde aus ihren Zukunftsträumereien gerissen.

Schnell streifte sie der Herrin die Nylons über die Knöchel, Waden und Schenkel. Als sie sich davon überzeugt hatte, dass die Naht hinten am Bein kerzengerade nach oben lief, befestigte sie die Strumpfhalter der Korsage an den Strümpfen.

„Dazu das schwarze Rüschenhöschen, Herrin?", fragte sie.

„Ich werde heute keinen Slip tragen! Hol mir stattdessen die schwarzen Lackpumps und die Spitzenhandschuhe. Ich habe es eilig, die Frau Baronesse erwartet mich in ihrem Büro! Beeil dich schon!", forderte Michelle kühl und warf sich ihre lange, schwarze Mähne nach hinten.

Nein, für ein Techtelmechtel mit der in der letzten Tagen immer koketter gewordenen Kammerzofe, auch wenn sie noch so verführerisch war, hatte sie im Moment gewiss keinen Kopf, überlegte sie und zog sich die bis zu den Ellenbogen reichenden Spitzenhandschuhe an.

Kurz darauf schlüpfte sie in ihre High Heels. Bevor sie sich zur Baronesse aufmachte und die Tür hinter sich zuknallen lies, wies sie Claire mit scharfen Worten an, den Schminktisch, das Bad und das Ankleidezimmer aufzuräumen und gefälligst endlich das Bett zu machen.

*\*\**

„Sie schließen nicht ab? Und das ganze Geld?", merkte Michelle verwirrt an, als sie und die Baronesse das Büro verlassen hatten.

Sie wunderte sich, dass Hanna die Tür nicht verriegelt hatte. War der Tresor doch noch geöffnet und es lagen mehrere Bündel mit Geldscheinen darin.

Die Herrin des Hauses machte eine beschwichtigende Geste und erwiderte, dass ihr Vertrauen zu dem Hauspersonal sehr groß sei. Außerdem würden die Angestellten sehr gut bezahlt werden. Sie könne sich vor Bewerbungen kaum retten, wenn eine Stelle als Köchin, Gärtner oder Hausmädchen ausgeschrieben wäre oder ein Lehrling zum Pferdewirt gesucht würde. Ob das am Ruf von Black Swan Manor lag, an der Ausstrahlung der Ladys, der Verlockung des Verbotenen oder einfach nur am Geld, wollte die Baronesse nicht beurteilen. Sie vermutete, dass es wohl ein wenig von allem war.

Michelle nickte, wusste aber, dass die Hausherrin einen bestimmten Grund für ihr ungewöhnlich hohes Vertrauen in ihr Personal nicht angesprochen hatte: Niemand wagte es, den Zorn der Baronesse heraufzubeschwören. Sie sei grausam, hatten ihm seine damaligen Kerkergenossen erzählt, ja bestialisch in ihrer Wut, wenn sie merke, dass jemand sie hintergangen oder betrogen hatte. Einige beängstigende Gerüchte über das barbarische Verhalten der Baronesse hatten deswegen schon die Runde gemacht. Doch für diese düsteren Gedanken war nun keine Zeit, ermahnte sich Michelle und schloss mit einigen schnellen Trippelschritten zur Baronesse auf.

\*\*\*

Beschwingt stolzierten die beiden ungewöhnlichen Frauen über den langen Korridor. Michelle zelebrierte mittlerweile ihre Auftritte auf Black Swan Manor. So machte es ihr überhaupt nichts mehr aus, dass ihr Penis durch den transparenten Tüllstoff des Morgenmantels zu erkennen war und sie die Blicke des Hauspersonals auf sich zog. Auf dem nach außen vollkommen abgeschirmten Mikrokosmos von Black Swan Manor herrschte die Liebe zur Erotik. Hier konnte sie sich geben und zeigen, wie sie wollte und somit ideal auf ihr neues Leben vorbereitet werden. Nach einer Woche harten Trainings hatte sie eine immer genauere Vorstellung von ihrer neuen Bestimmung erlangt: sie entwickelte sich zu einer exotischen Schönheit; einem erotisches Zwitterwesen, das die sexuellen Instinkte von Männern und Frauen gleichzeitig ansprach. Madame Aimée und die Baronesse konnten mit dem ersten Ergebnis zufrieden sein, befand Michelle, in deren Handeln und

70

Denken die Persönlichkeit von Thomas Abbott immer weniger Raum einnahm.

„Wo Verehrung ist, da ist Selbstbewusstsein!", hatte die Baronesse ihr einmal erklärt und damit angedeutet, dass zwischen dem Selbstbewusstsein einer Frau und der Verehrung anderer eine untrennbare Wechselwirkung bestünde. Michelle genoss daher die vielen Aufmerksamkeiten und die Blicke, die ihr seitens des Hauspersonals entgegengebracht wurden.

*Gerader Rücken, Po und Brust raus, ein verführerischer, aber auch entschlossener Gang! Den Kopf erhoben!*

Michelle hatte sich diese Art zu Gehen schnell angewöhnt und bewegte sich inzwischen mit einer erstaunlichen Sicherheit auf den ultrahohen Pfennigabsätzen.

Dumpf stoben diese in den roten Läufer, als die beiden Frauen den langen Korridor durchschritten, vorbei an den Portraits längst verstorbener Hausbewohner, die sie mit geheimnisvollen Blicken zu verfolgen schienen.

„Manchmal kommt es mir vor, als würden die Vorfahren in ihren Bildnissen weiterleben! Black Swan Manor hat eine bewegte Vergangenheit und du wirst mir dabei helfen, dass diese nicht vergessen wird", sagte die Baronesse zu Michelle, ohne sich dabei zu ihr umzudrehen.

Michelle wusste, wovon die Herrin sprach und nickte zustimmend, als sie ein Gemälde passierten, wo auf dem unteren Teil des verzierten Rahmens ein Name eingraviert war:

Earl Edwin of Devonshire, 1790 – 1862

Einen Teil der vergangenen Woche hatte Michelle in der alten Bibliothek des Herrensitzes verbracht. Dort hatte sie tagebuchartige Aufzeichnungen eines Hofmalers aus dem Jahr 1842 entdeckt und darin vom Earl Edwin of Devonshire und seiner jungen Gattin Lucy bereits so einiges gelesen. Thomas Abbott verblasste zwar, aber dessen wissenschaftliche Kenntnisse über alte Sprachen und Philosophie lebten in Michelle weiter. Sie würden es ihr ermöglichen, der Baronesse einen ganz persönlichen Dienst zu erweisen und diese alten, in kaum lesbarer Handschrift verfassten Aufzeichnungen am PC in eine verständliche Sprache zu übersetzen.

Dem dumpfen Ton der Absätze auf dem Teppich folgte ein lautes Klacken, als sie die geschwungene, zweiflügelige Marmortreppe nach unten schritten und danach die große Eingangshalle durchquerten.

„Ich hatte zunächst vorgehabt, die Sklaven im Folterkeller zu empfangen, habe mich aber dann kurzfristig für den Ballsaal entschieden!", erklärte die Baronesse und öffnete die mit aufwändigen Verzierungen versehene Tür zum Spiegelzimmer, das als Vorraum des großen Ballsaals diente. Oft fanden hier kleinere Empfänge oder auch Kammerkonzerte statt, die von der Baronesse organisiert wurden.

Nebeneinander durchschritten sie den Raum. Michelle konnte sich und die Baronesse unendlich oft in den vielen Wandspiegeln sehen, bemerkte dabei, dass die Baronesse sich freundschaftlich bei ihr einhakte.

Vor einem der Spiegel blieben die beiden Frauen stehen und betrachteten sich.

„Unterschiedlicher können wir nicht sein! Du, Michelle, bist die Versuchung: Korsage, Nylons, High Heels, lange Spitzenhandschuhe! Dein transparenter Morgenmantel umhüllt deinen Körper, gleichzeitig zeigt er alles. Die Sklaven werden sich die Augen an dir ausgucken! Ich hingegen bin die strenge, aristokratische Lady, die den Schwarzen Schwan in Michelle erwecken wird!", sagte sie, zupfte ihre

Lederhandschuhe zurecht und glättete eine Falte an ihrem knallengen Kostüm aus schwarzem Nappa.

Als sie den Tanzsaal betraten, ließ Michelle den Blick über den Parkettboden, die großen Fenster und die kunstvolle Decke schweifen. Sie schätzte, dass der Saal mindestens zweihundert Ballgästen Platz bieten könnte.

Hart schlugen ihre Absätze auf das Parkett, als sie den großen Raum durchquerten. Die Vorhänge waren geöffnet und die noch tief stehende Morgensonne erfüllte alles in einem gleißendem Licht. Zwei schwere Kristallleuchter hingen von der Decke, glitzernd brachen sich die Sonnenstrahlen darin. Außer einer langen Theke und einer Bühne, die von einem schweren, roten Samtvorhang verdeckt war, war der riesige Raum nahezu leer. Jedoch erregte eine mit sandgelbem Leder bezogene Ottomane Michelles Aufmerksamkeit. Das ungewöhnliche Möbelstück stand mitten im Saal und wirkte dort irgendwie deplatziert.

„Schon bald wird hier der erste große Fetischball auf Black Swan Manor stattfinden! Dann wird dies der Ort einer rauschenden Ballnacht voller Sinnlichkeit und Erotik!", erklärte Hanna und bewegte sich zu dem antiken Ledersofa. „Heute aber werden wir den Raum für etwas anderes nutzen!"

Sie strich ihren Lederrock glatt und setzte sich auf das geschwungene Sofa, legte dann die Hand auf das glatte Polster. „Komm, setz dich zu mir! Das, was gleich geschieht, solltest du dir nicht entgehen lassen!"

In diesem Moment öffnete sich eine schmale Personaltür hinter der Theke.

Trotz der für ihre Verhältnisse schlichten Kleidung – es sah aus, als würde sie gerade von einem Herbstspaziergang zurückkehren – war Madame Aimée eine auffällige Erscheinung. Eine enge Jeans und flache Overknee-Stiefel aus braunem Wildleder schmiegten sich um ihre schlanken Beine. Unter dem schlichten, kastanienbraunen Rollkragenpullover wölbten sich zwei feste Brüste. Die schwarze Pagenfrisur und das Gesicht wurden halb von einem eleganten Damenhut bedeckt. Galant bewegte sich die junge Französin mit beherzten, gleichzeitig aber auch gelassen wirkenden Schritten auf sie zu.

Michelle musste mehrfach tief durchatmen, als sie erkannte, vom wem sie begleitet wurde.

Aimées rechte Hand war zur Seite gestreckt. Sie hielt zwei Hundeleinen, die jeweils zu einem Sklavenhalsband führten. Die Köpfe der beiden hinter ihr kriechenden Männer waren unter enganliegenden Latexmasken verborgen, doch erkannte Michelle sofort, dass es seine beiden ehemaligen Kerkerkollegen handelte.

Mehrfach waren die Leinen um ihre Hand geschlungen, um den Männern so wenig Spielraum wie nur möglich zu lassen. Harsch zog sie immer wieder daran, spornte ihre Begleiter so dazu an, zu ihr aufzuschließen.

Ein Poncho verbarg einen Teil ihres Oberkörpers und den linken Arm bis zum Handgelenk. Dennoch erhaschte Michelle einen kurzen Blick auf das, was die Madame unter dem blau-braun karierten Überwurf versteckt hielt.

*Eine aufgerollte Bullenpeitsche! Die in braunen Wildlederhandschuhen gehüllten Finger ihrer linken Hand umklammerten eine Bullenpeitsche!*

Michelle veränderte ihre Sitzposition. Sie war sichtlich aufgewühlt. In mancher Hinsicht meldete sich wieder Thomas Abbott in ihr, dessen sklavische Seele sich nach einer Hundeposition an der Seite dieser eleganten Herrin sehnte. Gleichzeitig spürte sie aber auch einen ganz anderen Aspekt in sich aufkommen. Tief in ihr verlangte etwas danach, es der Madame gleichzutun; wie sie zu sein. Zunächst war es nicht mehr als eine dunkle Ahnung, die jedoch mehr und mehr zu einer Empfindung wurde.

Plötzlich schien etwas aus dem dunklen Grund ihrer Seele aufsteigen zu wollen.

*Dieses Beben in meinem Inneren! Ein Vulkan, dessen glühendes Magma unaufhaltsam an die Oberfläche des Bewusstseins drückte!*

„Die braunen Overknees und die dazu passenden Wildlederhandschuhe habe ich Aimée letztes Jahr zum zweiundzwanzigsten Geburtstag geschenkt!", flüsterte die Baronesse Michelle zu. Stolz schwang in ihren Worten mit.

Michelle nickte geistesabwesend. Sie hatte nur halb zugehört. Gebannt starrte sie auf die aufgerollte Peitsche. Wie in Zeitlupe verfolgte sie, dass sich Aimées Finger lockerten und der lange Lederriemen sich auf dem Boden abrollte.

*Diese schwarze Giftschlange! Ich will, dass die beiden Kreaturen das brennende Gift dieser Peitsche auf ihrem Rücken spüren!*

Aimée wies die beiden menschlichen Hunde dazu an, sich ganz dicht nebeneinander, aber in gebührendem Abstand vor der Ottomane flach auf den Bauch zu legen.

„Haltet engen Körperkontakt zueinander! Die Köpfe in Richtung der beiden Ladys. Mindestens zehn Fuß von ihnen entfernt! Das Gesicht zu Boden und die Hände auf den Rücken!", befahl ihre klare Stimme. Mit einigen derben Fußtritten verlieh sie ihrer Aufforderung Nachdruck.

*Ladys!*

Bei diesen ausgesprochenen Worten lief Michelle ein wohliger Schauer über den Rücken.

*Ladys,* hatte sie gesagt! Madame Aimée hatte tatsächlich *Ladys* gesagt, schoss es ihr immer wieder durch den Kopf.

Nachdem die französische Domina die beiden Sklaven ein paar Mal umrundet und ihre Position als angemessen erachtet hatte, rollte sie den Riemen der Bullenpeitsche wieder zusammen und händigte sie der Baronesse aus. Diese nahm sie schmunzelnd an sich, betrachtete sie prüfend und gab sie an Michelle weiter. Dabei kam sie ganz nah und sprach fast flüsternd:

„Für dich haben wir ein L und ein M auf den Knauf eingravieren lassen. Lady Michelle! Sie gehört ab sofort dir! Werde eins mit diesem wunderschönen Instrument. Übe stets eine nahbare Dominanz auf die Kreaturen aus. Sei so nah und präsent, dass sie sich niemals sicher vor dir fühlen! Bleibe dabei aber immer unerreichbar! Beobachte, erkunde und erforsche sie und mach dir ihre Schwächen zunutze! Füge Demütigungen und Schmerz zu und berausche dich an der Verehrung, die sie dir dafür entgegenbringen! Erwecke den Schwarzen Schwan in dir und lasse dich von ihm leiten!"

*Der Schwarze Schwan!*

Michelle atmete einmal tief durch.

Die Stille vor dem Sturm und die interessierten Blicke der Baronesse, die auf eine Reaktion wartete, heizten das Feuer in ihr an. Zum ersten Mal im Leben war *sie* es, die eine Peitsche in der Hand hielt.

Ihre Finger glitten durch die schmale Lederschlaufe am Knauf und umklammerten den schwarz lackierten Holzgriff.

*Wie sie in der Hand lag! Wie gut es sich anfühlte, den Griff einer Peitsche in der Hand zu halten!*

Ab sofort war *sie* diejenige, die die Regeln bestimmte!

Fast feierlich erhob sie sich, öffnete die Schleife am Gürtel ihres Morgenmantels, so dass kein Stückchen Stoff mehr ihre Mannespracht verdeckte.

*Der Schwarze Schwan streckt seine Schwingen aus!*

Wie Aimée es kurz zuvor getan hatte, umrundete sie die beiden auf dem Boden liegenden Sklaven. Ja, es reizte Michelle ungemein, über diesen Kreaturen zu stehen. Der Gedanke, sie wie Vieh zu züchtigen, ihnen Schmerzen zu bereiten, brachte ihr Herz zum Rasen. Jedoch hatte sie kein echtes Konzept, wie sie genau vorgehen wollte, nahm sich stattdessen vor, sich von ihren Intuitionen leiten zu lassen. Einen flüchtigen Blick warf sie auf Aimée und der Baronesse, die sich von der knisternden Spannung offenbar hatten anstecken lassen. Erwartungsvoll saßen sie nebeneinander auf dem Sofa und starrten auf das bizarre Geschehen, dass sich vor ihnen abspielte.

Abschätzig schaute Michelle auf die Männer hinab. Ihre Gesichter waren noch immer zu Boden gedrückt.

Wie waren ihre Namen noch gleich? Sie konnte sich plötzlich nicht mehr daran erinnern. Die gemeinschaftliche Zeit im Kerker, die gemeinsam erlittenen Schmerzen, die geteilte Verehrung gegenüber den Herrinnen, die heimlich zugeflüsterten Worte in der Nacht, das entgegengebrachte Vertrauen, all das schien in diesem Moment so weit entfernt, als wären das vergessene Dinge aus einer ganz anderen Welt.

„Habt ihr der neuen Lady auf Black Swan Manor etwas zu sagen?", fragte sie.

So klar und deutlich wie nie zuvor waren die Worte aus ihrem Mund gekommen. Ein zufriedenes Schmunzeln huschte über ihr Gesicht.

Einer der beiden – die Namen wollten ihr noch immer nicht einfallen – hob vorsichtig den Kopf und blickte sie verwirrt an.

„Ich freue mich, Sie auf Black Swa … ", sagte er unsicher und brach mitten im Wort ab, als er die Reaktion auf seine Worte bemerkte.

Sofort verschwand das Schmunzeln in Michelles Mundwinkeln. In ihren Augen blitzte es auf. Voller Wut umklammerte sie fester den Griff der Peitsche.

„Wie kannst du es wagen, mich so anzusprechen, Sklave? Lektion Nummer 1: Für Kreaturen wie euch bin ich Lady Michelle!"

Der Sklave hielt dem starren Blick nur eine Sekunde stand, dann nickte er.

„Jawohl, Lady Michelle."

Unverkennbar hatte er verstanden. Auch der andere hob nun seinen Kopf. Michelle atmete schneller, als sie den Ausdruck erkannte, mit dem sie angesehen wurde. Nicht neugierig oder lüstern wurde sie betrachtet, sondern man verschlang sie förmlich mit verehrenden Blicken. Es war, als würden Hitzewellen von diesen auf dem Boden liegenden Männern ausgehen, die sie nun mit voller Wucht trafen.

Das Gefühl, im Mittelpunkt der Anerkennung anderer zu stehen, war ungewohnt, aber auch seltsam betörend.

Die bewundernden Blicke der Sklaven! Nichts schien darauf hinzudeuten, dass man sie als Thomas Abbott wahrnahm, stellte sie fest. Vielleicht hatte man die beiden bereits darauf dressiert, es sich nicht anmerken zu lassen? Bei diesen Gedanken spürte sie in ihrem Rücken die erregende Gegenwart der Baronesse und Madame Aimée, die dicht an der Seite der Hausherrin auf dem Sofa saß.

„Jetzt das Gesicht wieder zu Boden!", sagte Michelle, setzte ihren Fuß auf den Hals des einen Mannes. Sie drückte so fest zu, dass ein schmerzverzerrtes Stöhnen aus seinem Mund kam.

*Wie gut es sich anfühlte unter dem Fuß! So weich und so verletzlich!*

Viele vertrauensvolle Gespräche hatte sie in den vergangen Tagen mit der Baronesse geführt. Aus diesen hatte sie gelernt, dass keine versteckte Geste oder unscheinbare Mimik eines Sklaven ihr entgehen durfte. Es könnte ein erstes Zeichen des Aufbegehrens oder gar der Anmaßung sein, hatte die Baronesse erklärt. Die Präsenz des Schwarzen Schwans muss daher jederzeit spürbar sein.

Langsam schritt sie im Halbkreis um die Sklaven herum und kam hinter ihnen zum Stehen.

Ihre Anweisungen sprach sie mit knappen und klaren Worten aus:

„Auf die Knie und den Oberkörper aufrichten! Die Augen geschlossen halten! Ihr habt es nicht verdient, eurer erlesenes Publikum ansehen zu dürfen! Die Hände auf den Hinterkopf, so, wie es Gefangene machen müssen!"

Mit einem Gefühl der Befriedigung verfolge sie, dass man genau das tat, was sie gesagt hatte.

Eine Herrin müsse stets das Geschehen bestimmen und die Ordnung aufrechterhalten, hatte die Baronesse erklärt. War die Ordnung einmal gelockert und die Distanz zwischen Herrin und Sklave nicht mehr gewährleistet, konnte das gesamte Konstrukt einstürzen. Latexmasken waren genau das Richtige dafür. Sie waren ein geeignetes Mittel, um eine stete Distanz zu halten. Sie nahmen einem Sklaven die Identität, degradierten ihn zu einer gesichtslosen Nummer, einem Wesen ohne Individualität und Persönlichkeit. Ein weiteres Mittel wäre der rigorose Gebrauch von Züchtigungsinstrumenten. Ihr Herz pochte beim Gedanken, ihr eigenes schon bald einsetzen zu können. Nein, Vertraulichkeit und Milde waren das letzte, was diese beiden Kreaturen jetzt brauchten, wusste Michelle.

Aber noch war die Zeit nicht reif dafür.

Eine Weile tat sie nichts, ließ so die Spannung ansteigen. Sie vermied jetzt auch das Auf- und Abschreiten hinter ihnen. So etwas durchbrach die sich aufbauende Spannung, verwandelte die angespannte Starrheit in erlösende Bewegung, welche die Grenzen zwischen dem Übergeordneten und Untergeordneten verwischen ließ. Das System wäre in diesem Fall nicht mehr starr. Bewegung schwächte es.

Michelles Blick glitt über die beiden vor ihr aufgerichteten Körper nach vorne, wo ihre Zuschauerinnen auf der Ottomane saßen. Die Morgensonne des kühlen

Dezembertags stand tief und schien direkt durch das große Panoramafenster, so dass sie die Augen zusammenkneifen musste. Die Baronesse und Madame Aimée waren davor nur als dunkle Schemen wahrzunehmen, umrahmt von einer Korona gleißender Helligkeit.

*Erwecke niemals den Schwarzen Schwan in mir!* Das hatte die Baronesse ihr einst in einem nächtlichen Traum gedroht.

Die Zeit schien stehenzubleiben.

Nichts bewegte sich mehr.

Das seltsame, aber so erfüllende Gefühl in ihrem Inneren wurde mächtiger.

*Der Schwarze Schwan!*

Michelle wusste in diesem Moment, dass dieses Wesen bald ihre Handlungen lenken würde.

Irgendwo knackte es laut in dem sich von der Sonne erwärmenden Holzparkett, verursachte ein erschrockenes Zucken in den Körpern der Männer.

Noch mehr Zeit ließ sie verstreichen, blickte ausdruckslos auf die nackten Oberkörper und die unaufhörlich zitternden Muskeln. Die beiden waren sichtlich nervös. Sie hatten ihre Hände fest an den Hinterkopf gepresst, die Finger so stark ineinander verhakt, dass die Knöchel hell geworden waren.

Michelles Mundwinkel verzogen sich zu einem Grinsen.

Jede Sekunde konnte sich der Riemen der Peitsche in ihren Rücken schneiden. Nur sie würde entscheiden, wann, wie lange und wie qualvoll dies geschehen würde.

Der Saal war jetzt von strahlendem Licht erfüllt. Von irgendwoher war Vogelgezwitscher zu hören. Noch mehr Zeit ließ sie verstreichen.

Der Atem der beiden Sklaven wurde schneller.

*Der Schwarze Schwan!*

Sie konnte ihn jetzt deutlich spüren!

Ihre Finger lösten sich vom aufgerollten Peitschenriemen. Wie eine schwarze Viper breitete sich das geflochtene Leder auf dem Boden aus, schien die hohen Absätze ihrer Pumps umschmeicheln zu wollen: Die Insignien ihrer Macht!

Dann brach Michelle das Schweigen.

„Menschen sind von Güte und Mitleid erfüllt. Wenn dem so ist, bin ich kein Mensch! Ich bin der *Schwarze Schwan*!", fauchte sie die Männer in einem seltsam verzerrten Ton an, merkte dabei, dass ihre Gesichtsmuskeln unkontrolliert zu zucken begannen.

Ihr Sichtfeld verengte sich. Die Sonne blendete. Das Herz pochte schneller. Die Peitsche schien mit ihrem Arm zu einer Einheit zu verschmelzen.

Michelle holte aus, zog dann so kraftvoll durch, dass der lange Lederriemen mit einem markanten Zischen durch den Raum sauste.

Erneut schien die Zeit stehenzubleiben, und wie in einer Zeitlupenaufnahme verfolgte sie mit, wie sich der schwarz-glänzende Flechtriemen in die beiden Rücken schnitt, spürte im selben Moment, dass sich die Kraft des Aufschlags über Riemen und Griffholz in die Handfläche übertrug.

Ein langgezogenes, erlösendes Stöhnen drang aus ihrem Mund.

Die schwarze Giftschlange hatte zugebissen!

Blut pumpte ihr in den Unterleib, füllte den Schwellkörper. Die Hoden begannen zu kribbeln und legten sich an.

Zum zweiten Mal holte sie aus und schlug zu.

Der Penis richtete sich auf.

Noch ein Schlag.

Die Kreaturen heulten wie geschlagene Hunde unter den Hieben simultan auf.

Wieder ein befreiendes Stöhnen aus ihrem Mund.

Die Eichel glitt aus der Vorhaut.

*Ich bin der Schwarze Schwan!*

Ab diesem Moment übernahm der Sadismus die Kontrolle über Michelles Handlungen.

Auch Tage später war es für sie nicht möglich, die genauen Ereignisse dieses Vormittags zu rekonstruieren. Wie die Baronesse ihr später erzählte, hätte sie sich in einen sadistischen Rausch hineingesteigert. Immer wieder hätte sie wie von Sinnen auf die beiden Sklaven eingeschlagen, sich förmlich an der Qual, die sie ihnen bereitete und den Schmerzensschreien geweidet. Jedoch auch die Reaktion der Sklaven hatte die Baronesse erwähnt und gesagt, dass die beiden Männer einen unbändigen Willen an den Tag gelegt hätten, um diese grausame Tortur zum Vergnügen der neuen Lady von Black Swan Manor auf sich zu nehmen.

Und obgleich es die bisher schmerzvollste Behandlung für sie gewesen sei, hätten beide Sklaven vom Safeword absolut keinen Gebrauch machen wollen.

# 5.

## Das Blockhaus

„Und du kannst dich an nichts mehr erinnern?", fragte ich, als wir den Steg verließen, um zum Blockhaus auf der anderen Seite des Sees zu spazieren.

Die Sonne war mittlerweile fast untergegangen. Michelle und ich hatten uns dazu entschlossen, die Nacht gemeinsam mit dem Sklaven in der Blockhütte zu verbringen.

„Nein, an rein überhaupt nichts kann ich mich erinnern! Ich war, wie gesagt, in einer Art Rausch und nicht mehr Herrin meiner Wahrnehmungen!"

„Das kann aber gefährlich werden!", warnte ich.

Michelle zog die Winkel ihrer vollen Lippen nach oben, dann prustete sie übermütig los, sodass ihre dunkle Löwenmähne fröhlich wippte. Ich stimmte in ihr ansteckendes Lachen ein.

„Hanna und Aimée wären sofort eingeschritten, wenn einer der beiden um Gnade gefleht hätte!" Mit „Gnade" hatte sie das Safeword gemeint, wenn es dem Sklaven zu unangenehm oder zu gefährlich wurde.

„Was war das Erste, woran du dich danach erinnern konntest?"

Wieder zogen sich die Lippen nach oben, diesmal aber nur auf einer Seite. Sie ließen auf der rechten Wange ein Grübchen entstehen, das mir zuvor noch nicht aufgefallen war.

„Meine erste Wahrnehmung waren zwei warme Körper, die sich an mich gekuschelt hatten. Allmählich übernahm mein Verstand dann wieder die Kontrolle und ich bemerkte, dass ich zwischen Hanna und Aimée auf der Ottomane saß!"

„Wie bist du auf das Sofa gekommen?"

„Wenn ich das noch wüsste! Hanna sagte mir, ich hätte mich nach der Auspeitschung wie in Trance bewegt und mich zwischen sie gesetzt."

Ich warf einen kurzen Blick auf die Akkuanzeige meines Handys. Zum Glück war es noch fast voll aufgeladen. Die Geschichte wurde immer interessanter und ich wollte auf keinen Fall ein Detail auslassen.

„Wie ging es weiter?", fragte ich gespannt.

„Als Aimée und Hanna nach einiger Zeit feststellten, dass ich wieder ansprechbar war, gaben sie den Sklaven zu verstehen, dass sie sich uns kriechend nähern durften!"

Da sich unser brav vorangehender Picknickkorbträger zu sehr dem Uferschilf am Wegrand genähert hatte, gab ich ihm mit der Gerte einen leichten Klaps auf die linke Pobacke. Er verstand das Signal und hielt sich nach rechts, um nicht ungewollt ins Wasser zu stolpern.

„Und dann? Was geschah dann?", fragte ich voller Wissbegier. Ich war überzeugt, dass sich noch eine sehr erotische Szene für einen Roman ergeben würde.

„Der Schwarze Schwan hatte mir alles abverlangt, hatte aber ganz offenbar seine Ruhe gefunden. Meine Lust, diesen beiden Kreaturen Schmerzen und Demütigungen zuzufügen, war gestillt. Mein Innenleben schien wieder sein Gleichgewicht gefunden zu haben."

„Und dein Körper?"

„Der gierte nach sexueller Befriedigung wie ein Verdurstender nach Wasser!"

Ich nickte, denn ich kannte dieses Gefühl nur zu gut. Wenn der Orgasmus im Kopf beendet war, meldete sich der Körper. Die Libido verlangte nach ihrem Recht.

„Aimée schien gemerkt zu haben, was in mir vorgegangen war. Fast mütterlich sorgte sie sich um mein Wohlergehen, als sie den beiden Sklaven vorschlug, dass sie sich für die Lektion bei mir bedanken sollten! Schließlich sei die Lady jetzt sehr erschöpft und bräuchte etwas Fürsorge."

„Stimmte das?"

„Es war, als hätte ich gerade einen Sprint über vierhundert Meter hingelegt, so geschafft war ich!", lachte Michelle und schilderte, was danach geschehen war:

„Die beiden Sklaven krochen bis ans Sofa und küssten demütig meine Füße und leckten voller Inbrunst die Absätze und Sohlen meiner Pumps. Schon komisch, aber da kam es mir vor, als würde sich die Session in meinem Badezimmer wiederholen, nur unter veränderten Voraussetzungen. Die Woche zuvor hatte ich Aimées Stiefel ja ähnlich liebkost. Aber anstatt wie im Bad von ihr die Peitsche zu bekommen, bemerkte ich nun ihre Hand und die von Hanna, die zärtlich über den Stoff meines Morgenmantels wanderten. Simultan öffneten sie ihn und ich spürte, wie sich ihre Hände langsam aber sicher immer weiter in Richtung meines steifen Penis bewegten. Die kühle, weiche Oberfläche von Hannas und Aimées Lederhandschuhen elektrisierte meine Haut, als ihre Finger gleichzeitig meine Hoden und Penis umklammerten. `Jetzt beweist der neuen Herrin, wie unendlich der Dank eines wahrhaftigen Sklaven sein kann. Kostet vom Elixier des Schwarzen Schwans!`, sagte Hanna zu den beiden Männern. Nach diesem fast rituell ausgesprochenen Satz, bewegten sich die von Masken umschlossenen Köpfe der Sklaven an meinen Beinen hoch. Intuitiv spreizte ich meine Oberschenkel, spürte warme Lippen durch die glatten Nylonstrümpfe an Knöcheln, an Waden, Knien und Schenkeln. Die Sklaven küssten die Clips der Strumpfhalter und fuhren über die Innenseiten meiner Schenkel. Hannas und Aimées Finger lösten sich von meinem vor Erregung bebendem Geschlechtsteil. In Erwartung dessen, was nun noch kommen sollte, legte ich den Kopf nach hinten auf die geschwungene Rückenlehne. Ich spürte das kalte Leder der Polsterung am Hals, nahm erst jetzt die opulenten Deckenmalereien des Tanzsaals wahr. In diesem Moment gab ich einen jauchzenden Laut von mir, denn es hatten sich die Lippen eines Sklaven über meine Eichel gestülpt.

Jemand ließ seine Zunge über meine Hoden flattern. Wie dankbar sich die beiden für meine qualvollen Aufmerksamkeiten zeigten! Und wie ungeduldig, ja ungestüm sich die Lustsklaven um das Wohlergehen der neuen Herrin sorgten! Es war, als wolle man unbedingt wissen, wie sich die Hoden und der Penis einer anbetungswürdigen TV-Lady anfühlten, wie sie rochen und wie sie schmeckten. Gierig strich jemand mit der Zunge über die volle Länge meines Schafts nach unten. Ich legte meine Hände auf die Köpfe der beiden Lustsklaven und genoss deren Zärtlichkeiten. Ein lautes Stöhnen entwich meinem Mund. Eine Hand legte sich um mein pralles Glied. Lippen zogen erneut küssend über einen meiner Hoden und saugten ihn vorsichtig in den Mund.

Eine Zunge strich nach oben bis zur weichen Haut meiner Penisspitze, warme Lippen nahmen sie liebevoll in sich auf. Ich wollte aber mehr, drückte den Kopf des einen Sklaven nach unten, so dass meine Eichel sich tief bis in seinen Rachen schob. Ein verzerrter, kehliger Ton kam aus seinem gefüllten Mund. Die dann folgenden, fast schon grollenden Laute aus seinem Rachen steigerten mein Begehren ins Unermessliche. Ich wurde immer geiler und erregter.

An der Decke des Tanzsaals schien es sich plötzlich zu bewegen. Die Farben und Linien der kunstvollen Malereien verschoben sich und wurden zu einem lebendigen Garten der Lüste. Ein Schwarzer Schwan paarte sich mit einem Weißen Schwan am Ufer eines idyllischen Teichs voller blühender Seerosen. Ich sah eine Gruppe schwarz-glänzender Schlangen, sie räkelten vor einer sonnenbeschienenen Mauer und waren ineinander in einem orgienhaften Liebesspiel verschlungen. Eine rothaarige Nymphe ließ sich auf einer Blumenwiese von einem vorzüglich ausgestatteten Zentaur begatten, während sich gleich daneben eine hochgewachsene afrikanische Kriegerin einem mystischen Satyr hingab. Eine blonde, hellhäutige Walküre ritt vorbei, deutlich sah ich ihre prallen Brüste und einen stattlichen, aufgerichteten Schwanz an ihr. Männer, Frauen, Tiere und Fabelwesen, alle schienen sich gleichzeitig den verbotensten Gelüsten hinzugeben.

Von diesem märchenhaften Treiben befeuert, sorgte ich dafür, dass sich die Münder der Lustsklaven gleichzeitig um meine Eichel kümmerten. Schließlich hatten beide es verdient, vom Elixier des Schwarzen Schwans kosten zu dürfen. Mehr und mehr verlor ich mich in den Zärtlichkeiten ihrer Zungen und Lippen, spürte dann irgendwann dieses anregende Kribbeln im Unterleib, das den baldigen Höhepunkt ankündigte. `Die Herrin spritzt gleich ab!`, presste ich gequält hervor und starrte gebannt an die Decke, spürte die warmen, sanften Küsse von Hanna und Aimée an meinem Hals und an den Schultern. Sämtliche Energien meines Körpers schienen sich nun in meiner Eichel zu konzentrieren. Kurz darauf explodierte die Lust in mir und der Orgasmus überkam mich mit seiner ganzen Gewalt. Ein dumpfer, kaum menschlicher Laut kam ganz tief aus mir heraus. Gleichzeitig schossen heiße Ströme meines kostbaren Spermas in die verlangend geöffneten Münder meiner Liebesdiener!"

***

Den letzten Teil des Wegs hatte keine von uns ein Wort gesprochen. Michelle schien in ihren Erinnerungen an diesen fantastischen Orgasmus zu schwelgen, während ich darüber nachdachte, wie ich diese bizarre Szene in passende Worte verpacken könnte. Gleichzeitig spürte ich aber auch die Erregung, die Michelles bildhafte Schilderung in mir hervorgerufen hatte. Mein Kopfkino setzte ein und ich stellte mir vor, wie sich die beiden Sklaven gegenseitig letzte Spermatropfen von den Latexmasken abschleckten. Dabei kam mir auch Henry wieder in den Sinn, und mir wurde bei diesen Gedanken ziemlich feucht zwischen den Schenkeln.

An der Blockhütte angekommen, zog ich den Schlüssel unter der Fußmatte hervor und steckte ihn in das rostige Schloss. Knarrend öffnete sich die Holztür vor uns. Da mittlerweile kaum noch die Hand vor Augen zu sehen war, machte ich mit meinem Feuerzeug Licht und suchte nach der Öllampe, die für diese Fälle auf dem Regal neben der Eingangstür stand.

Die Hütte verfügte weder über Strom, noch hatte sie einen Wasseranschluss. Für Wärme an kalten Tagen sorgte ein alter Kanonenofen. Trotzdem benutzen wir sie immer wieder gerne für Spiele in der freien Natur. Hanna hatte daher für alles gesorgt, was man für eine Übernachtung benötigte: ein paar Notvorräte, einen Wassertank, ein großes – und sehr kuscheliges! – Bett, Waschzeug, Campingkocher, Kerzen und ein paar Lampen. Sogar an die Sklaven hatte man gedacht. In einer Ecke des gut dreißig Quadratmeter großen Innenraumes war ein Strohlager auf dem Boden ausgebreitet. Dort konnte man jemanden mit Halseisen, Schellen und Ketten an den dicken Holzbohlen der Wände fixieren. Eine Toilette suchte man hier allerdings vergeblich. Ein Geschäft musste man zur Not draußen verrichten, oder die Herrin benutzte dafür einfach ihre menschliche Toilette …

Ich befreite unseren Begleiter von seinen Mund- und Augenklappen.

Die Spitze meiner Reitgerte wies zum Regal.

„5231! Nimm dir die Streichhölzer dort und zünde die Kerzen und Öllampen an. Dann darfst du dir ein paar Kekse nehmen, Wasser trinken und dich aufs Stroh legen. Du hast uns am Steg gut die Füße massiert, so dass wir heute darauf verzichten, dich anzuketten!", sagte ich und wunderte mich über meine milden Worte.

Warum war ich so nachsichtig mit 5231? Hatten die anregenden Geschichten und die latente Erregung mich heute tatsächlich sanftmütig gestimmt? Lag da mehr als nur Sympathie gegenüber diesem Kunden in der Luft? Bei dieser Frage kam mir abermals mein Ehesklave Henry in den Sinn und für eine Sekunde keimte eine äußerst bizarre Idee in mir auf. Ob 5231 das passende Objekt für meine Pläne mit Henry sein könnte? Gewisse körperliche Voraussetzungen brachte er dafür jedenfalls mit.

Ich schob meinen gewagten Einfall aber zunächst beiseite. Ein tiefes Verlangen nach einer knackigen Folterung unseres fleißigen Korbträgers verspürte ich momentan jedenfalls nicht. Wofür sollte ich ihn auch bestrafen? Sein Verhalten gab kaum Anlass zur Klage. Gut, ein Grund ließ sich immer finden, … aber ich hatte momentan Lust darauf, noch mehr über Michelle zu erfahren.

„Danke Herrin Ewa und Herrin Michelle! Sie sind heute sehr großmütig im Umgang mit ihrem Sklaven!", bedankte er sich brav und zündete das erste Streichholz an.

„Du bist viel zu gut zu ihm! Hat das einen Grund?", hörte ich Michelles Frage von hinten.

Sie hatte die Espadrilles von ihren Füßen gestreift und sich quer auf das Doppelbett gelegt. Lächelnd sah sie mich an. Fast hatte ich den Eindruck, das Funkeln in ihren fast schwarzen Augen wurde leuchtender, je länger sie mich ansah. War das nur Wunschdenken oder lag es vielleicht am schummrigen Licht der Lampen und Kerzen, von denen 5231 immer mehr anzündete. Mein Blick fiel auf den sinnlichen Schwung ihrer Lippen. Zum Küssen wie geschaffen, gleichzeitig eine diabolische Versuchung. Ich wusste zwar, dass Michelle mit Botox nachgeholfen hatte, trotzdem waren das *die* Lippen, die mich seit meiner Pubertät anmachten und zum Küssen verführten. Michelle hatte für mich eindeutig die richtigen Körpermaße. Vor allem aber spürte ich an ihr diese betörende Mischung aus femininer Verführung und einen gewissen Rest männlich-animalischer Anziehungskraft, der ich zu gern erlag.

Irgendwie schien Michelle meine Gedanken gelesen zu haben, denn plötzlich stand sie auf, griff nach meinem Smartphone und kam mit einem aufreizenden Gang auf mich zu.

„Wir müssen noch Hanna anrufen und sagen, dass wir die Nacht hier verbringen!"

Die Worte von Michelle unterbrachen meinen Gedankengang.

„Ich schreibe ihr eine Nachricht!", schlug ich vor und blickte auf das Display meines Telefons, sah, dass Henry zweimal vergeblich mich anzurufen versucht hatte.

Er konnte noch ein Weilchen warten, entschied ich. Rasch tippte ich eine Nachricht für Hanna und schickte sie ab.

In diesem Moment berührte mich jemand an der Hüfte. Erschrocken trat ich einen Schritt zurück und stieß mit dem Rücken gegen zwei feste Brüste. Michelle! Ich schloss die Augen, fühlte jetzt zwei Hände an meiner Taille und kuschelte mich an sie heran. Mir wurde warm, und das lag definitiv nicht an den vielen kleinen Flammen, die um uns herum brannten.

Da, wo Michelle mich berührte, kribbelte meine Haut, als wäre sie elektrisiert.

„Du hast einen schönen Körper, Ewa!", sagte sie leise und streichelte mich weiter.

Hitze schoss mir zwischen die Beine. Ich streckte meinen Po ein wenig nach hinten und bemerkte durch den luftigen Stoff ihrer Hose, dass sich ihr Penis aufgebaut hatte. Auch an ihr war unser erotischer Gedankenaustausch nicht spurlos vorbeigegangen.

Es fühlte sich wundervoll an, als pralle Brüste sich an den Rücken drückten, während mein Hintern gleichzeitig einen harten Schwanz spürte. Als ich mir vorstellte, dieses Prachtstück in mir zu haben, lief mir ein prickelnder Schauer über die Schultern und den Nacken.

„Ich will dich! Heute Nacht!", hauchte sie kaum hörbar in mein Ohr. Gleichzeitig fühlte ich die Andeutung eines Kusses an meinem Nacken. Es war nicht mehr, als eine Handvoll geflüsterter Worte und der Hauch ihrer Lippen. Dennoch wirbelte es meine Gefühle kräftig durcheinander.

Noch enger schmiegte sie sich an mich heran. Ihre Hände wanderten an mir nach unten. Ich drückte meinen Hinterkopf in ihre Halsbeuge, sehnte mich danach, dass sie mein Kleid hochschob und mir zwischen die feuchten Schenkel griff. Jedoch glitten ihre Handflächen wieder nach oben über meinen Bauch und legten sich auf meine Brüste.

Ich warf einen flüchtigen Blick in die Ecke, wo der Sklave sich ins Stroh gelegt hatte. Wie hypnotisiert gaffte er uns an. Seine Hand spielte an seinem Penis. Ich sah keinen Grund, es ihm zu verbieten. Wozu auch? In Situationen wie dieser feuerte es die Glut in mir nur noch mehr an, wenn sich jemand an mir aufgeilte. Mit einer Handbewegung forderte ich ihn auf, näher zu uns zu kommen.

„Mach ein paar Fotos von uns! Danach darfst du uns von ganz Nahem zusehen und dir dabei einen runterholen!", sagte ich keuchend und drückte ihm mein Smartphone in die Hand, spürte plötzlich, wie sich Michelles Finger unter meinen luftigen Rock schoben.

Ich stieß einen spitzen Schrei aus und schloss die Augen, gleichzeitig hörte ich ein leises Klicken und ein Blitzlicht flackerte für den Bruchteil einer Sekunde vor meinen geschlossenen Lidern auf. In meinem Unterleib zog sich alles zusammen. Der Sklave hatte das erste Foto in dem Moment gemacht, als sich Michelles Hand auf meine freiliegende Nässe gelegt hatte. Wir rieben uns eng aneinander und ihr Finger stimulierte sanft meinen Kitzler. Unbändige Lust breitete sich in mir aus, feucht, glühend, verlangend!

„Ich will schon die ganze Zeit deine Lippen schmecken, fühlen, ob sie so sinnlich sind, wie sie aussehen", sagte ich leise und spürte, wie trocken meine Kehle geworden war.

Michelle erwiderte nichts. Stattdessen kam ihr Gesicht näher, gleichzeitig drehte ich mich zu ihr um. Der Geruch, den sie verströmte! Es war, als wenn er mir die Sinne vernebeln würde.

Dann berührten sich unsere Gesichter. Weich strich ihre Unterlippe über meine Wange zu meinem Mund und liebevoll küssten wir uns. Das Kribbeln zwischen meinen Beinen wurde heftiger und wuchs zu einem Verlangen heran. Meine Brustwarzen verhärteten sich. Nichts war mir in diesem Moment lieber, als gemeinsam mit ihr die Nacht hier in der Blockhütte zu verbringen.

Wieder klickte es leise. Erneut das kurze Aufflackern eines Blitzlichts.

Das zweite Foto!

Die weichen Lippen und ihr verzaubernder Duft, zwei zärtliche Hände auf meinem Körper, unsere Brüste, die sich aneinander schmiegten, die sehnsüchtigen Blicke des Sklaven und die pikanten Details unseres Gesprächs! In meinem

Schoß kribbelte es verheißungsvoll und ich verlangte nach mehr. Unwillkürlich suchte meine Hand nach der Kordel, die ihre Hose hielt und löste die Schleife.

Lautlos glitt der leichte Baumwollstoff zu Boden.

Jetzt wollte ich nur noch eines: sie in mir haben! Es wurde Zeit, dass ich die Initiative übernahm. Ich löste mich sanft von ihren Lippen und trat einen Schritt zurück. Mit einem schnellen Handgriff hatte ich den Verschluss meines Kleides am Hals gelöst. Genauso schnell und lautlos wie zuvor ihre Hose, glitt der Kleiderstoff auf den ausgetretenen Holzboden. Dann machte ich einen Schritt auf sie zu, eine Hand schob sich unter ihr Top und legte sich auf ihre Brust, die andere Hand umklammerte ihren aufgerichteten Schwanz. Ihr Herz pochte wild. Der Kuss und die Berührungen hatten auch ihr Blut zum Kochen gebracht.

Ihre dunklen Augen strahlten mich verlangend an.

Ich reagierte auf diesen verführerischen Blick, indem ich sie aufs Bett drückte und mich auf sie legte.

Mein Innerstes pochte vor ungestilltem Verlangen. Sie sollte verspüren, wie sehr ich sie begehrte. Unsere Zungen vereinigten sich erneut, wilder, entschlossener als zuvor. Als sie ihr knappes Tanktop abstreifte, wanderte mein Mund tiefer, ich lutschte ihre steil aufragenden Nippel und massierte die strammen Brüste. Mit den Fingernägeln kratzte ich über die Brustwarzen, die sich zusammengezogen hatten und sich mir hart entgegenstellten. Als sie zur selben Zeit mit ihren Händen meine Brüste umschloss, wurde meine Areola augenblicklich von einer prickelnden Gänsehaut überzogen.

Michelle stöhnte leise. Ihre Hand legte sich auf meinen Hinterkopf. Tiefer, immer tiefer wanderte mein Mund, über ihre Brüste und den Bauch. Ihren samtweichen, von jeglichem Haarwuchs befreiten Unterleib überzog ich mit zärtlichen

Küssen, ließ dabei den steifen, zur Seite liegenden Penis und die Hoden noch aus.

Das Köstlichste sollte schließlich zum Schluss kommen!

Noch einmal wurde vom Sklaven die Kamera an meinem Smartphone ausgelöst.

Dann nahm ich den Schwanz in die Hand und bewegte einige Male die Vorhaut auf und ab. Ich drehte meinen Körper, schob meinen Unterleib nach oben zu ihrem Gesicht. Ich wollte von Michelle unbedingt gleichzeitig geleckt werden, während ich sie mit dem Mund verwöhnte. Sanft drückte ich meine Scham an ihr Gesicht. Schon eine Sekunde später spürte ich ihre Zunge meine Grotte erkunden und stöhnte befreit auf. Sie leckte der Länge nach fest über meine Schamlippen, ehe sie mit ihrer Zunge tief in mich eintauchte. Endlich fühlte ich die unbändige Lust, die ich zuvor nur in ihren Augen gelesen und als Duft wahrgenommen hatte, auch körperlich. Eine Fingerspitze bewegte sich über meine Poritze und verschwand in meinem Anus. Die gleichzeitigen Küsse auf meiner Klitoris heizten mir so kräftig ein, dass ich es nicht mehr aushielt und in ihren Penis stöhnte. Sie züngelte so intensiv an meiner Perle, dass es mein Verlangen ins Unermessliche steigerte. All meine Empfindung begann sich hier zu konzentrieren, wurde hitziger, fast brennend.

Meine linke Hand umschloss ihren Hodensack. Zunge und Lippen glitten über Eichel und Penis, wollten ihre Männlichkeit fühlen, sie gleichzeitig verwöhnen und liebkosen. Prall und fest drückte sich ihr Fleisch in meinen Mund hinein. Meine rot lackierten Fingernägel glitten über die Haut ihrer Schenkel. Ich spürte warme Muskeln, die dort, wo ich sie berührte, leicht vibrierten.

Noch einmal wurde die Kamera betätigt. Aus seinem heftigen Atem folgerte ich, dass der Sklave onanierte, während er die Fotos schoss.

Ausgiebig und leidenschaftlich widmete ich mich Michelles Schwanz und genoss dabei ihren Finger in meinem Anus und ihre Zunge auf meiner Klitoris. Doch all das sollte nur das Vorspiel für den eigentlichen Höhepunkt darstellen: Ich wollte diesen Prachtkerl endlich in meiner Muschi haben!

„Du bist so feucht und so heiß!", hauchte sie mir zu. Als Antwort wand ich mich auf ihr, ließ ihren Penis bis tief in meinen Rachen verschwinden.

„Ich will in dich eindringen, dich zum Orgasmus ficken!", sagte sie jetzt so laut, dass 5231 es mitbekam.

Ich gestand mir ein, dass mich dieser leicht befehlende Unterton antörnte. Schnell ließ mein Mund von ihrer Eichel ab. Ich drehte mich so, dass mein Kopf genau über ihrem war. Schweigend sahen wir uns eine Weile in die Augen. Die Zeit schien nun stehenzubleiben. Michelles Zunge hatte ganze Arbeit geleistet, denn Lusttropfen flossen aus meiner mittlerweile klatschnassen Grotte. Sie lösten sich von meinen Schamlippen und tropften kaum hörbar auf ihre Penisspitze. Ich schnurrte vor lange aufgestauter Geilheit wie eine rollige Katze. Sie hielt mich an der Taille fest, drückte sie dann sachte, kaum merklich tiefer. Ich nahm ihr Glied in die Hand und führte es dorthin, wo ich es in mir haben wollte. Langsam, ganz langsam senkte ich den Unterleib und keuchte leise, als die weiche Spitze in meine feuchte Vagina eindrang. Ich spürte, wie er mich mehr und mehr ausfüllte, ahnte, dass meine Erregung so stark war, dass es nur ein paar schneller Bewegungen bedurfte, um mich zum erlösenden Orgasmus zu bringen.

Doch blieb ich ruhig. Noch immer sahen wir uns starr in die Augen, und allmählich drängte sich die Umgebung wieder in mein Bewusstsein. Ein letztes Mal klickte und blitzte es neben mir auf. Dann kam der Sklave ganz dicht an die Bettkante heran und kniete sich dort hin. Er atmete schnell und keuchend durch den Mund. Ohne seinen Penis oder seine Hand zu sehen, wusste ich, dass er onanierte. Im schnellen Takt gingen sein rechter Oberarm und die Schulter vor und zurück. Meiner Autorität über ihn bewusst, würdigte ich ihn eines kurzen, ermutigenden Blickes. Seine Augen waren jetzt nur noch auf uns, seine Herrinnen, fixiert. An seinem schnellen Atem bemerkte ich, dass sein Orgasmus nicht mehr weit entfernt war. Meine Muskeln im Unterleib spannten sich daher an und umschlossen Michelles Glied ganz fest. Dann begann ich, meine Hüften mehrfach und in schneller Reihenfolge auf und ab zu bewegen, hörte, wie von weit entfernt, das regelmäßige Quietschen des Bettes. Ungehemmt trieb ich mich so dem begehrten Orgasmus entgegen. Michelle hatte die Augen geschlossen. Stöhnend warf sie ihren Kopf nach links und rechts und fuhr sich mit den Händen über ihre prallen Brüste.

Ich warf einen flüchtigen Blick auf den Sklaven, der immer hektischer atmete und dessen Körper seltsam zuckte. Er keuchte den lange unterdrückten Höhepunkt aus sich heraus. Doch da war es auch um mich geschehen. Mein Unterleib kribbelte wie verrückt und wurde noch heißer, als sich der Höhepunkt auch in mir aufbaute. Hitzestrahlen wurden von dort ausgesendet und erfüllten meinen ganzen Körper. Michelle stöhnte hemmungslos unter mir und warf ihren Kopf hin und her. Ich spürte, wie sich ihre Finger an meinen Brüsten verkrampften und sich Fingernägel schmerzhaft in meine Haut drückten.

Ihr Samen schoss wie heiße Lava in mich hinein. Das Zimmer begann sich zu drehen, und die vielen kleinen Kerzenflammen schienen als Feuerwerke zu zerbersten, als der Orgasmus wie eine riesige Ozeanwelle über mich kam – heiß und intensiv, so wie ich es gewollt hatte.

Nur langsam stellte sich eine Ruhe in mir ein und die Körperspannung ließ allmählich nach. Ermattet ließ ich mich neben Michelle auf dem Bett nieder und zog die Decke über unsere nackten Körper. Ich kuschelte mich ganz fest sie heran und legte den Kopf an ihre Schulter. Meine Hand suchte nach dem inzwischen wieder halb erschlafften Penis, der von einer klebrig-warmen Mischung aus Sperma und meinem Lustsaft überzogen war. Das letzte, was ich noch mitbekam, war, dass der Sklave aufstand. Danach löschte er bis auf eine Öllampe alle Flammen und begab sich ins Stroh.

Kurz darauf fiel ich in einen tiefen Schlaf.

# 6.

## Früher Morgen

Mein Finger zog ein paarmal über das Display des Handys. Neugierig betrachtete ich die von 5231 geknipsten Fotos des gestrigen Abends.

Deutlich war an unseren Gesichtern zu erkennen, welch feurige Gefühle in uns freigesetzt worden waren. Während ich die Fotos betrachtete, spürte ich, wie Michelle mich ihrerseits beobachtete. Sie lag im Bett dicht neben mir und hatte ihre Beine um meine geschlungen. Ich bemühte mich, sie zumindest noch kurze Zeit zu ignorieren, doch mein Wille reichte nicht aus. Als ich sie lächelnd ansah, sorgte das Leuchten in ihren Augen für prickelnde Schauer auf meinem Rücken.

„Nichts anderes als pure Geilheit ist in unseren Gesichtern zu lesen!", sagte sie und drückte sich ein wenig mehr an mich heran.

„Ich werde Henry die Fotos schicken!", entgegnete ich grinsend.

„Er hat es wirklich nicht leicht mir dir!"

„Er ist ein Ehesklave, der lernen musste, auch die schier unerträgliche Rolle eines Cuckhold einzunehmen!"

Mit diesem Modewort aus der SM-Szene war gemeint, dass Henry einen Lustgewinn daraus zieht, wenn seine Eheherrin vor seinen Augen sexuellen Kontakt mit anderen hat, er aber selber nicht mitmachen darf.

Michelle beugte sich zu mir herüber und blickte auf das erste Foto.

„Du willst ihm tatsächlich alle schicken?"

„Er bekommt die fünf Fotos in der Reihenfolge, wie 5231 sie geschossen hat. Trotz des Kerzenlichts sind auch

Einzelheiten deutlich zu erkennen", antwortete ich und ließ meinen Daumen erneut über das Display gleiten. „Das erste Foto, als wir uns im Stehen aneinander kuscheln, das zweite mit dem Zungenkuss, das nächste, als ich deine Lenden küsse, dann das mit der Neunundsechzigerstellung und das letzte, auf dem wir miteinander ficken!"

Schnell tippte ich eine passende Nachricht:

„So vergnügt sich die Herrin, wenn ihr treuer Ehesklave seinen Dienst für die Ladys von Black Swan Manor verrichtet!"

Dann schickte ich die Fotos nacheinander ab. Kurz darauf zeigte mein Smartphone an, dass die Bilder zugestellt und die Nachricht gelesen worden war.

„Es wird ihn ziemlich anmachen, diese Fotos zu sehen."

„Wo ist er jetzt?"

„Er ist für zwei Tage in London und soll dort für Hanna ein Problem mit der Denkmalschutzbehörde lösen."

„Was hat die Denkmalschutzbehörde mit uns zu tun?"

„Es war der Verdacht aufgekommen, dass Hanna staatliche Zuschüsse, die für die Renovierung von Black Swan Manor vorgesehen waren, in den Bau des Dominastudios im Keller gesteckt hat. Die `Association of British Taxpayers` hatte es wohl herausgefunden und in ihrem Jahresbericht bemängelt!", antwortete ich und blickte auf das Uhrendisplay. „Es ist erst acht! Ich gehe davon aus, dass er gerade im Hotelbett liegt und sich die Fotos ansieht!"

„Es ist erstaunlich, dass er nicht eifersüchtig wird!"

„Sicher verspürt er Eifersucht. Aber gerade daraus erzielt er einen Lustgewinn. Es ist Teil seines masochistischen Charakters und eine logische Konsequenz meiner Erziehung. Schließlich hat er gewusst, worauf er sich einlässt, als er damals um meine Hand bat. Der Spagat zwischen den Erfordernissen einer Ehe, Dominanz und Unterwerfung und meiner Eigenschaft als Herrin auf Black Swan Manor funktioniert weitestgehend gut. Drei Jahre sind wir mittlerweile verheiratet, weitere zehn Jahre zuvor waren wir ein festes Paar. Unsere Vertrautheit ist so stark, dass auch mein bizarres Sexualleben es nicht erschüttern konnte!"

Michelle wollte gerade etwas erwidern, als sich die Tür öffnete. Kühle Luft drang mit dem Geruch von frisch gekochten Kaffee zu uns.

„Kaffee?", fragten wir fast gleichzeitig und sahen, dass 5231 mit stolzer Brust durch die offene Eingangstür trat und ein Tablett in den Händen hielt. Noch immer trug er seine Latexmaske und war mit einem Lederslip bekleidet. Nur eine Wolldecke hatte er sich um die Schultern gelegt, um sich vor der morgendlichen Kühle zu schützen.

„Als die Ladys noch fest schliefen, habe ich den Gaskocher entdeckt und damit auf der Veranda Wasser erhitzt. Filtertüten und eine Dose mit Kaffee fand ich auf dem Regal. Ich hoffe, die Herrinnen sind mit der Stärke des Kaffees zufrieden", sagte er und kam vorsichtig näher. „Ebenso habe ich mir erlaubt, das Türschloss und die Scharniere zu ölen. Sie quietschten und hätten Sie nur geweckt."

Michelle und ich sahen uns verdutzt an.

Ein Sklave, der mitdenkt?

Erstaunt über das vorbildliche Verhalten von 5231 richteten wir uns gleichzeitig auf. Sogar portionierte Kondensmilch und eine Schale mit Würfelzucker lagen auf dem Tablett.

Ich nahm eine Milchpackung und öffnete sie.

„Gut gemacht, 5231! Aber worauf wartest du noch?", fragte ich ihn. „Du kannst ein bisschen meinen Nacken massieren! Wir haben gleich noch einen langen Rückweg vor uns!"

Meine Müdigkeit verflog mit jedem Schluck Kaffee und meine Stimmung verbesserte sich, je länger der Sklave meine Nackenmuskeln knetete. Es war schon erstaunlich, mit welch einer Geduld unser treuer 5231 die Demütigungen, die

Nichtbeachtung und die Schläge hingenommen hatte. Dazu erwies er sich als geschickt im Umgang mit unseren Launen und Vorlieben. Auch hatte er noch immer nicht darum gebeten, einmal nur für kurze Zeit die Maske abnehmen zu dürfen. Fast zwanzig Stunden trug er sie schon, war so ohne Namen, Identität und Persönlichkeit. Nicht mehr als eine Nummer war er, ein brauchbares, sklavisches Werkzeug, dem wir Herrinnen uns bemächtigten.

Genussvoll nahm ich einen Schluck heißen Kaffee. Er war genau richtig, nicht zu stark und nicht zu lasch. Ich stellte den halb leeren Kaffeebecher auf dem Nachtschrank ab und schloss die Augen, wollte jetzt einfach nur die Massage genießen und meine Gedanken schweifen lassen: Früher war der Krieg das mächtigste Fördermittel der Sklaverei, durch den Besiegte in die Hände von Siegern fielen. Um Geld zu verdienen, billige Arbeitskräfte zu rekrutieren, oder um sich einfach nur an den Besiegten zu rächen, wurden die Unterlegenen gewaltsam unterjocht und versklavt. Sklaverei, Sklavenhandel und Unterdrückung waren ein bestimmender Aspekt und Wirtschaftsfaktor der historischen Welt. Heutzutage begeben sich solvente Männer freiwillig und ohne Zwang in die Sklaverei. Mehr noch, sie zahlen Unsummen, um sich in die zeitlich begrenzte Herrschaft einer dominanten Lady bei uns auf Black Swan Manor zu begeben. Einer davon war 5231, der in seinem bürgerlichen Leben auf den Namen Terence Burns hörte. Seine Ehegattin würde diese Art von Erotik vehement ablehnen, hatte er mir beim ersten Gespräch im Verhörraum erzählt. Sie halte SM für pervers, zudem für extrem schädlich für Körper und Geist. Der Versuch, einmal in die Rolle einer Herrin zu schlüpfen soll ziemlich danebengegangen sein. Hohe Schuhe, Leder, Satin oder gar Latex erachte die Frau gar für albern. Das wären alles Sachen für Paradiesvögel, die sich nicht in eine vernünftig geordnete Gesellschaft einfügen können. Es wäre etwas für Frauen, die sich nicht über Intellekt, Kultiviertheit und innere Werte, sondern über die äußere Erscheinung definieren, was sie für sehr gefährlich für die weibliche Selbstbestimmung halte. 5231 hatte mir dann erzählt, dass er sie trotzdem lieben würde. So ganz glaubte ich ihm nicht, denn viele unserer masochistisch veranlagten Kunden machten sich etwas vor, wenn es um ihr persönliches Glück in der Ehe ging.

***

Ich schloss die Hütte hinter mir ab und legte den Schlüssel zurück unter die Fußmatte. So, wie wir gekommen waren, verließen wir die Blockhütte: 5231 bekam Mund- und Augenklappe angelegt und wir hielten uns wieder dicht hinter ihm, um ihm die Richtungssignale zu vermitteln.

Wir schlugen den direkten Weg nach Black Swan Manor ein, ohne den Umweg um den Teich zu nehmen. Nach dem gestrigen Fick und dem Kaffee verspürte ich einen Bärenhunger und freute mich auf ein gutes Frühstück.

„Hast du noch ein Erlebnis aus deiner Kindheit, dass dich vielleicht geprägt haben könnte?", fragte ich.

„Es gibt da noch ein Ereignis, das so weit zurückliegt, wie das mit unserer Hausdame Mrs. Kelly!", erklärte Michelle und begann mit ihrer Erzählung:

„Die Sommerferien verbrachten wir oft in einem Ferienhaus in einem kleinen Ort an der Küste von Yorkshire. Ich hatte Freundschaft mit einigen Kindern aus dem Fischerdorf geschlossen und mich mit ihnen gerne am Hafen herumgetrieben. Meine Eltern wussten und tolerierten das, jedoch verboten sie mir eines: Ich durfte nicht auf die im Hafen liegenden Fischerboote steigen und am allerwenigsten auf deren Masten oder in den Seilen klettern. Ein sehr verständliches Verbot. Aber je klüger ein Verbot war, desto größer war das Verlangen, es zu übertreten. Und wenn man ausgelassen spielte und alle schulischen Verpflichtungen weit entfernt waren, verstand sich eine Übertretung elterlicher Anweisungen beinahe von selbst. Am Nachmittag schliefen die Fischersleute meistens ihren Rausch aus, was eine Entdeckung unwahrscheinlich machte. So dachte ich auch an einem Sonntag, als auf den Schiffen keine Spur von Leben und an der Hafenmauer keine Menschenseele zu sehen war. Wie so oft spielten wir an diesem Tag Verstecken.

Beim Suchen nach einem guten Schlupfwinkel sprang ich auf eines der Schiffe. Da die Tür auf dem ersten verschlossen war, sprang ich auf das daneben liegende Schiff. Unser Fänger, ein blonder Junge mit dem Namen Franck Castle, entdeckte mich dabei und rannte mir nach, was zur Folge hatte, dass ich vom zweiten Schiff bald auf das dritte und von dort auf das vierte springen musste. Dieses war das letzte Fischerboot in der Reihe und es ging nicht weiter. Vor mir lagen nur noch die Hafenausfahrt und dahinter die grau-blaue Weite der Nordsee. So blieb mir nichts anderes übrig, als auf diesem letzten Schiff nach einem schwer zugänglichen Versteck zu suchen. Schließlich fand ich so etwas und kletterte auf die Kajüte. Da lag ich nun flach auf dem Dach des Aufbaus, fühlte mich sicher und geborgen, und sah mich als Sieger über meinen Freund Franck. Aber das Gefühl des Triumphs hielt nicht lange, denn die auf das Dach führende Strickleiter war natürlich nicht nur für mich, sondern auch für andere da. Als ich bemerkte, dass Franck sie benutzte, fühlte ich meinen Sieg schwinden. Als letzten Ausweg entschied ich mich für einen Sprung vom Kajütendach. Mit aller Kraft nahm ich Anlauf und machte einen Satz vom hohen Aufbau auf das dritte Fischerboot zurück. Ich landete auf einem Berg Netze, sprang auf und kletterte so schnell ich konnte, zurück auf die Mole. Kaum stand ich wieder an Land, hörte ich ein Wimmern und Schreien und dazwischen meinen Namen. Es musste etwas passiert sein. So schnell wie ich ans Ufer gekommen war, rannte ich wieder zurück, denn Franck rief nun laut und panisch meinen Namen.

Dann sah ich, was geschehen war.

Franck hatte mir offenbar hinterher springen wollen. Dabei war er in den Spalt zwischen dem dritten und vierten Fischerboot gefallen. Da steckte der arme Kerl nun zwischen den Schiffsrümpfen und drohte zu zerquetschen. Ihn mit meiner Hand zu erreichen, war unmöglich. So griff ich nach einer Leine und ließ sie so weit hinab, dass er sie gerade noch fassen konnte. Hochziehen konnte ich ihn damit nicht, doch es verhinderte zumindest, dass er noch tiefer abrutschte und in das Wasser zwischen den schaukelnden Rümpfen fiel. Nach Hilfe schreiend blieb er in der Schwebe, bis endlich einige Fischer zu uns eilten. Einer reichte ihm einen Bootshaken herunter, während ein anderer ein Ruderboot losmachte, um ihn aus seiner verzwickten Lage zu befreien. Ich selbst wurde in dem Moment, als der Bootshaken heruntergelassen wurde, von einer Hand am Kragen gepackt und grob nach hinten gezogen. Ich drehte mich um und sah in das leibhaftige Gesicht von Mrs. Kelly! Bis heute entzieht es sich meiner Kenntnis, wie sie dorthin gelangt war. Einige meiner Freunde sagten später, sie hätte sich mit einem der betrunkenen Fischer in der Hafentaverne eingelassen. Andere behaupteten steif und fest, sie wäre wie ein Geist aus dem Nichts aufgetaucht. Dann wurde mein Gesicht mehrfach abwechseln nach links und rechts geworfen. Ich vernahm den Geruch von Fisch an ihren Händen, als ich von ihr meine verdienten – aber in diesem Moment auch so ersehnten – Backpfeifen erhielt. Mit jedem Schlag schwand meine Aufregung und die Angst um Franck wich einem Gefühl tiefster Ruhe und Zufriedenheit.

Wie gern denke ich auch heute noch daran zurück, spüre dabei noch immer das Brennen an meinen Wangen und erinnere mich an den Geruch von Fisch an ihren Fingern:

Nicht, um mich in meiner Heldentat zu sonnen, sondern aus Dank und Liebe zu Mrs. Kelly!"

\*\*\*

Als wir Black Swan Manor erreichten, übernahm unser Hausmädchen Zoe den Sklaven.

„Er soll duschen und kann auf seiner Zelle ein Frühstück bekommen!"

„Sehr wohl, Lady Ewa!", sagte sie und nahm die beiden Lederschlaufen in die Hand. Sie verpasste 5231 einen leichten Schlag auf den Nacken und das ungewöhnliche Duo trottete los.

„Soll ich meine Geschichte beim Frühstück weitererzählen?", wurde ich von Michelle gefragt.

„Hast du noch eine aus der Vergangenheit?"

„Nein, ich will dir erzählen, wie es nach dem Erlebnis im großen Ballsaal mit meiner Bewusstseinsveränderung weiterging!"

# 7.

## Stute und Hengst!

Ein hartes Stakkato von Stiefelabsätzen hallte durch das Gewölbe des Kellergangs. Die in der Zugluft wie Elmsfeuer flackernden Wandfackeln warfen die unruhigen Schatten von zwei dahineilenden Ladys an das grobe Mauerwerk. Die Luft war trocken und es roch ein wenig nach frischer Farbe, jedoch auch nach feuchtem Stein und altem Holz. Ganz offensichtlich kam dieser modrige Geruch aus einer der zahlreichen Kreuzwege, die sich links und rechts in tiefer Dunkelheit verloren, nahm Michelle an. Sie mochte sich nicht ausmalen, was sich in dieser undurchdringlichen Düsternis befinden könnte.

Besorgt warf sie einen Blick zur Seite, wo Claire neben ihr stolzierte und das Tempo erhöhte. Wie immer trug sie ihr kurzes Zofenkleidchen mit der obligatorischen Rüschenschürze. Offenbar hatte die junge Frau es eilig, das Studio zu erreichen.

Mit schnellen Schritten durchquerten sie den vorgelagerten Zellenbereich. Verstohlen blickte Michelle auf die leerstehende Zelle mit der Nummer 2. Vor nicht allzu langer Zeit war sie darin noch untergebracht gewesen. Kurz darauf passierten sie eine Metalltür, die krachend hinter ihnen ins Schloss fiel und erreichten einen weiteren, von Kerzen beschienenen Gewölbegang. Im Gehen strich Michelle letzte Fältchen an den schulterlangen Handschuhen glatt. Es knarzte ein wenig, als sich das Material unter dem Druck der Hand widerspenstig dehnte und erst mit etwas Kraftanstrengung die gewünschte Glattheit bekam. Dieses Materialverhalten war ihr mittlerweile nicht mehr unbekannt. Latex hatte ganz andere Trageeigenschaften als Leder, wusste sie. Während sich Leder sanft auf die Haut legte, wurde Latex zu *einem Teil* des Körpers, zu so etwas wie eine zweite Haut.

Bei jedem Schritt lief ihr ein wohliger Schauer über den Rücken. Das erotische Material hatte Körpertemperatur angenommen und ein hauchdünner Feuchtigkeitsfilm hatte sich zwischen Gummischicht und Haut gebildet. Es war ein herrliches Gefühl, es an sich zu spüren, es zu riechen und zu schmecken, freute sie sich und bemerkte das sanfte Reiben der Wäsche an ihren Geschlechtsteilen. Tief atmete sie durch, als sie die anregende Wärme an ihrem Unterleib spürte.

Innerlich bedankte Michelle sich bei Madame Aimée für diese wundervollen Empfindungen, denn bei der Auswahl der heutigen Bekleidung hatte diese sich als großmütig erwiesen. Gleich mehrere Wäschestücke aus schwarzem Latex hatte sie ihr heute erlaubt! Schulterlange Handschuhe, Strümpfe, ein sexy Minikleid und ein süßes Rüschenhöschen waren auf ihre Anweisung hin von Claire auf dem Bett ausgelegt worden.

„Bei dem engen Kleid bleibt niemandem verborgen, wenn die Herrin einen steifen Schwanz bekommt!", hatte die junge Kleiderzofe ihr bei der Anprobe mit einem schelmischen Lächeln um die Mundwinkel erklärt und dann versichert, dass das erotische Tragegefühl schon bald für eine prächtige Erregung sorgen würde.

Bei diesem Gedanken sah Michelle an sich hinab. Eine Wölbung zeichnete sich dort ab, wo ihr steifer Penis unter dem engen Kleid verborgen war. `Das macht die Sache nur noch reizvoller`, überlegte sie und versuchte mit der Zofe Schritt zu halten, spürte, wie der Analplug an den dünnen Wänden ihres Unterleibs rieb. Sie spannte die Muskeln am Po an, als sie ein paar Stufen nehmen mussten, um den untersten Bereich des Kellers zu erreichen, wo sich Herz und Seele des Hauses Black Swan Manor befanden.

„Der Baronesse ist ein faszinierender Spagat zwischen mittelalterlicher Folterkammer und modernem Dominastudio gelungen!", sagte Claire, als sie die zweiflügelige Tür zum Studio öffnete.

Als sie es betraten, blieb Michelle förmlich die Luft weg.

Von hohen Deckengewölben hingen die verschiedensten Ketten, Schellen, Seile und Gurte herunter. Eine aus Holz gefertigte Streckbank stand in einer Ecke des spärlich beleuchteten Gewölbes. Gleich vier an der Wand angebrachte Andreaskreuze und ebenso viele Pranger luden zu bizarren Gruppenspielen mit mehreren Gefangenen ein. Mitten im Raum waren stabile Prügelböcke mittels massiver Schrauben mit dem Steinboden verbunden. So verrutschten sie nicht, wenn es einmal etwas heftiger zur Sache ging. Allein die Vorstellung, dass darauf ein nackter Sklavenkörper liegen könnte, um auf eine Bestrafung durch Gerte oder Peitsche oder gar auf eine Penetration zu warten, ließ Michelles Herz schneller schlagen. Dass ebenfalls an das Wohl der Herrinnen gedacht worden war, bewiesen ein breites, mit einem Latexlaken bezogenes Spielbett und eine kleine Sitzecke mit Ledersesseln und einer Minibar. Während die Herrinnen sich dort bei einem Sekt oder Espresso entspannen konnten, fanden die Sklaven ihren Platz in dem Käfig neben der Sitzecke. Der stabile Metallkäfig war groß genug, dass zwei Sklaven – wenn sie sich eng aneinander drückten - durchaus darin Platz fanden.

Den Zweck einiger waffenähnlicher Folterinstrumente, spitz wie Messer und mit scharfen Metalldornen versehen, wollte Michelle im Moment lieber nicht wissen. Stattdessen blickte sie sich ehrfurchtsvoll um. Ihre Gedanken waren von Unglauben, Aufregung und einer gewissen Vorfreude erfüllt. Hier gab es sogar eine Eiserne Jungfrau, ein historisches Folterinstrument. Offenkundig handelte es sich aber nur um ein Ausstellungsstück, denn der metallene Frauenkorpus stand auf einem dekorativen Podest.

„Man kann tatsächlich in ihr eingeschlossen werden. Wir haben sie schon einmal ausprobiert. Aber keine Angst, die Spitzen darin bestehen aus Kautschuk", kam eine kehlige Stimme aus einer dunklen Nische im Mauerwerk.

Erschrocken drehte Michelle sich um und blickte zu der Stelle, von der die Stimme gekommen war. Sie kniff die Augen zusammen. Angestrengt versuchte sie Einzelheiten zu erkennen. Ein fahlweißes, scheinbar in der Luft schwebendes Gesicht setzte sich erst nach einigen Sekunden von der Dunkelheit ab. Nach und nach wurden Einzelheiten um das bleiche Antlitz deutlicher: Die Umrisse einer auf einem Thron sitzenden Frau und eines nackten, zu ihren Füßen hockenden Mannes!

„Ist unsere Süße bereit, Claire?", lachte es aus der Ecke.

„Sie ist optimal vorbereitet! Ich bin überzeugt, dass sie eine gute Stute abgeben wird, Madame Aimée!", kam Claires Antwort.

Unsicher spielten Michelles Finger an den Haaren ihrer blauen Langhaarperücke. Hatte Madame Aimée die Zofe bereits über ihre heutigen Pläne in Kenntnis gesetzt? Wusste Claire vielleicht schon, was geschehen würde?

In diesem Moment erhob sich die Madame und kam langsam näher. Auf halbem Weg schnippte sie einmal mit den Fingern und der maskierte, ansonsten aber vollkommen nackte Sklave folgte ihr kriechend.

Ganz nah trat die französische Domina an Michelle heran.

Als sie der Madame in die Augen blickte, lief es ihr eiskalt über den Rücken.

Nur eine winzig kleine Pupille war der einzig schwarze Fleck in den ansonsten schneeweißen Augäpfeln!

Instinktiv trat Michelle einen Schritt zurück. Der Anblick erschreckte sie bis ins tiefste Mark. Ihr Atem ging schneller, das Herz pochte. Wie hypnotisiert starrte sie in die dämonischen Augen der Herrin. Fragen schossen ihr durch den Kopf. Trug die Madame Kontaktlinsen? Oder waren das gar ihre wahren Augen, die sie sonst unter Kontaktlinsen versteckt hielt? Was war an alldem real? Was war Teil eines bizarren Rollenspiels?

Hier in diesen dunklen Gemäuern schienen sich alle Wahrnehmungen einer logischen Erklärung entziehen zu wollen.

Eigentlich hatte sie nach der anregenden Session im Ballsaal gehofft, dass die Madame ein wenig zugänglicher werden würde. Doch diese Hoffnung war vergebens gewesen. Die Herrin wirkte mit ihrem unnatürlich weiß überpuderten Gesicht, den dämonischen Augen, den dunkel geschminkten Augenhöhlen, dem akzentuierten Schwung ihrer Augenbrauen und den dunkelroten Lippen wie die dämonische Herrscherin eines phantastischen Märchenreichs. Und als sie die Lippen einen Spalt öffnete, da war es Michelle für den Bruchteil einer Sekunde, als besäße die Lady lange, spitze Eckzähne. Hastig versuchte sie die aufkommende Verwirrung in sich zu unterdrücken, redete sich ein, dass das unheimliche Auftreten nur Teil eines grotesken SM-Spiels sei.

Entsetzt, gleichzeitig aber auch fasziniert von der Darbietung dieser ungewöhnlichen Lady blickte sie diese ehrfurchtsvoll an. Madame Aimées volles, schwarzes Haar glänzte im Licht der brennenden Kerzen. Trotz der Kühle im Raum trug sie nur ein ärmelloses, schwarzes Spitzenkleid und ein breites, mit Stachelnieten versehenes Lederband, das ihren Hals wie ein Reif umschloss. Eine mysteriöse, kaum zügelbare Macht ging von ihr aus.

`Was führte die Madame mit diesem unheimlichen Auftreten im Schilde?`, fragte Michelle sich nervös und bereitete sich trotz der noch immer in ihr herrschenden Unruhe auf eine neue erotische Erfahrung vor. Auch wenn sie im Ballsaal bereits einmal die Rolle der Herrin eingenommen hatte und ihr der Schwarze Schwan erschienen war, so wusste sie doch, dass ihre Ausbildung noch längst nicht abgeschlossen war. Den Launen der Madame solle man sich besser fügen, seien sie noch so beängstigend, hatte die Baronesse einst vor Aimées Unberechenbarkeit gewarnt.

„Weißt du, warum wir uns heute in der Folterkammer eingefunden haben?", erkundigte sich Madame Aimée mit einem schaurigen Vibrato in der Stimme.

Michelle schluckte noch einmal, denn wieder hatte sie für einen Moment die scharfen Eckzähne aufblitzen sehen.

Sie schüttelte den Kopf.

„Nein, Madame."

„Dann will ich dir verraten, warum!"

Michelle rückte noch einen Schritt zurück, ihr Unterleib zog sich zusammen.

„Vor langer Zeit stand an dieser Stelle, wo sich heute Black Swan Manor befindet, eine uralte Ritterburg. Viele Jahrhunderte wurde hier regiert, intrigiert, geraubt, getötet, geliebt und betrogen, bis die Burg aus unbekannten Gründen eines Tages aufgegeben wurde. Sie geriet in Vergessenheit und verfiel nach und nach. Schließlich diente sie als Steinbruch und die meisten ihrer Steine wurden für den Bau der nahegelegenen Stadt benutzt. Einzig das Fundament und die Kellerräume blieben unter dem Schutt erhalten. Beim Bau von Black Swan Manor auf den Grundmauern der alten Burg wurde der Kellerbereich freigelegt und man entdeckte genau diesen Raum, der den mittelalterlichen Herrschern bereits als Folterkammer gedient hatte. Seltsamerweise haben die Geräte die Jahrhunderte unter dem Schutt fast unbeschadet überstanden", beantwortete Aimée ihre eigene Frage und ließ die Spitzen ihrer schwarz lackierten Fingernägel über den Korpus der Eisernen Jungfrau wandern.

Ein metallisch kratzendes Geräusch zog durch den Raum. Es kam Michelle vor, als würde die Madame so den Geist und die Qualen der einst darin steckenden Folteropfer hervorlocken wollen.

„Black Swan Manor!", sagte Aimée andachtsvoll. „Es ist … und davon sind die Baronesse und ich fest überzeugt … es ist, als hätte eine Vorsehung oder eine höhere Macht dafür gesorgt, dass wir eines Tages uns hier niederlassen! Hier und heute beleben wir den Geist längst vergangener Epochen, ergötzen uns an der Qual unserer Gefangenen und leben unsere geheimsten Fantasien aus!"

Während sie sprach, belauerte sie Michelle aus ihren furchterregenden Augen wie ein Dämon.

„Wir sind der Schwarze Schwan!", konstatierte sie abschließend, sprach dabei jedes Wort einzeln aus.

Nach diesen Worten schnippte sie abermals mit den Fingern. Ohne den Befehl dafür erhalten zu haben, bewegte sich der nackte Sklave – er war bis dahin jeden ihrer Schritte kriechend und in gebührendem Abstand gefolgt – über den groben Steinfußboden vorwärts und legte sich auf einen der Prügelböcke. Rote Striemen auf seinem Rücken zeugten davon, dass man ihn bereits heftig gequält hatte. Nur einen Moment später folgte Claire ihm. Mit ein paar Griffen fixierte sie die Hand- und Fußgelenke des Mannes mit den an den Holzfüßen des Bocks angebrachten Ledermanschetten.

Als die Zofe die Arbeit beendet hatte, fuhr die Madame mit ihren Erklärungen fort:

„Black Swan Manor spielt nach eigenen Regeln. Das Haus ist das spöttische Abbild einer von Konventionen, von Geld und falscher Moral geprägten Welt, der wir entflohen sind. Wir sind eine Parallelgesellschaft von Herrinnen, in deren Obhut sich Menschen wie dieses armselige Individuum begeben. Hier flehen sie darum, vom Dreck ihrer weltlichen Verlogenheit gereinigt zu werden und hoffen darauf, eine höhere Stufe der Existenz zu erklimmen – einen Zustand, den sie dort draußen nie erfahren hätten. Bei uns werden sie sich der Belanglosigkeit ihres Lebens bewusst!"

Nach diesen Sätzen gesellte sie sich ebenfalls zu dem Sklaven und legte die Hand auf sein nacktes, aufgrund der geneigten Oberfläche des Prügelbocks grotesk nach oben gestrecktes Hinterteil.

„Ohne, dass ich ein Wort sagen musste, hat sich dieses armselige Geschöpf auf den Strafbock gelegt, um den reinigenden Schmerz zu empfangen. Schon alleine das Liegen auf dem harten Holz ist nach kurzer Zeit die reinste Qual. Schläge mit der Reitgerte werden darauf infernalisch!"

Sie legte eine Pause ein und umrundete den hilflosen Mann.

„Warum macht er es also?", fragte sie schließlich.

Sie blickte Michelle in die Augen, beantwortete dann erneut selbst ihre Frage.

„Erst wenn der Schmerz am unerträglichsten ist, öffnet sich sein Geist und er erkennt seine wahre Bestimmung!"

Sie gab dem Sklaven einen leichten Klaps auf den Hintern und stellte sich dann an das Kopfende. Sie schob ihre Hand unter sein Kinn und hob sein Gesicht so an, dass er sie direkt ansehen konnte.

„Sag uns, Sklave, worum hast du gebettelt, als du dieses Stadium beim letzten Mal erreicht hattest?"

„Madame", drang es gequält aus seinen Lippen hervor, „Ich hätte in diesem Moment *alles* für Sie getan. Ich war berauscht vom Gedanken, dass ich die schlimmsten Sünden für die Herrin begangen hätte."

„Wer hat dir diese Sünden zugeflüstert?"

„Das hat der Schwarze Schwan getan, Herrin! Als die Qual am schlimmsten war, habe ich ihn ganz deutlich vor mir gesehen!", antwortete er aufgeregt und mit pathetischer Stimme.

Die Herrin zog nach diesen Worten ein dolchartiges Messer hervor. Es war mit einer spitzen Zahnung an der Klinge und einem Silbergriff, der Kopf und Hals eines Schwans nachgebildet war, versehen.

„Welches höchste Opfer hättest du dem Schwarzen Schwan erbracht?"

„Ich hätte ihm mein Leben gegeben!", sagte er mit leiser, zittriger Stimme.

„Du hättest den Tod in Kauf genommen? Das Leben für eine Lady gegeben, die für Kreaturen wie dich nur Spott und Hohn übrig hat und dich anspuckt, wenn ihr danach ist?"

Zur Bekräftigung ihrer Frage spuckte sie ihm ins Gesicht. Ein rötlicher Speichelfaden zog sich über das Auge und die Nase des Mannes.

Der Sklave nickte.

„Jawohl, Herrin! Das, genau das hätte ich für Sie getan!"

Aimées Mund verzog sich zu einem unheilvollen Lächeln und zeigte ihre spitzen Eckzähne deutlicher. Offenbar war sie zufrieden mit der Antwort. Sie legte das Messer beiseite, gab dem Mann einen weiteren, fast freundschaftlichen Klaps auf den Po, umrundete ihn ein letztes Mal prüfend und näherte sich dann Michelle von hinten.

Die wagte es nicht, sich umzudrehen.

„Du weißt, was die Baronesse und ich von dir erwarten, Prinzessin!", flüsterte sie Michelle ins Ohr. „Wir wollen aus dir ein richtiges Latexluder machen, ein dauergeiles Gummipüppchen, das alles mit sich machen lässt und nur Sex im Kopf hat! Ich bin für dich verantwortlich und werde auch die letzten Bedenken in dir ausmerzen, die das verhindern könnten!", drohte sie mit so viel Dynamik in der Stimme, dass Michelle eine Gänsehaut bekam.

Wirre, widersprüchliche Gedankenfetzen schossen ihr durch den Kopf.

*Bitte sprechen Sie nicht so, Madame!*
*Doch, bitte! Ich will mehr davon hören!*
*Ich will den Schwarzen Schwan in mir erwecken!*
*Nein, das macht mir Angst!*
*Ja, ich möchte das Fremde, das Unbekannte!*
*Ich will der Schwarze Schwan sein!*

Als würde die Madame die Gedanken in Michelle verstehen, befahl sie:

„Den Rock hoch und das Höschen ausziehen!"

Michelles Bedürfnisse wollten nun mit aller Macht herausbrechen. Sie dachte gar nicht mehr daran, sich jetzt noch zu zügeln. Eilig zog sie den engen Latexrock über die Hüften bis zur Taille hoch und streifte sich den Gummislip von den Beinen.

Aimée beobachtete jede Bewegung ihrer femininen Schülerin. Dieses bezaubernde Zwitterwesen gehörte nur Hanna und ihr und fügte sich mittlerweile fast all ihren Wünschen, freute sie sich. Und heute sollten auch die letzten Schranken in ihr fallen. Doch sie musste sich zusammenreißen. Zu viel vertrage die Süße noch nicht, hatte Hanna ihr gestern ins Gewissen geredet und dabei eingehend gebeten, es nicht zu sehr zu übertreiben.

„An das Seil mit unserem Mädchen! Dann verwöhnst du sie ein bisschen, um sie in Stimmung zu bringen!", zischte sie ihrer Zofe zu, die Michelle daraufhin zu den von den Decken hängende Ketten und Seilen bugsierte und die Arme über ihren Kopf führte.

Mit ein paar geübten Handgriffen befestigte Claire ein Seil um Michelles schmale Handgelenke und prüfte deren Sitz, schließlich durfte die Blutzufuhr nicht unterbrochen werden. Gut, dass sie einen Teil der Session bereits am Tag zuvor geübt hatte, befand sie. Wenn sie sich heute gut machen würde, dann würde es sie auf der Karriereleiter zur höheren

Stellung der *Gouvernante* einen gehörigen Schritt voranbringen, so ihre Hoffnung. Michelle dürfe keine Möglichkeit mehr zum Nachdenken gegeben werden, hatte Madame Aimée ihr am Vormittag erklärt. All ihre Handlungen sollen intuitiv und aus dem Gefühl heraus erfolgen. Michelle solle, ehe sie überhaupt wusste, was mit ihr passierte, körperlich und emotional auf einer Wolke intensivster SM-Lust schweben. Sie solle gar nicht auf die Idee kommen, dass es vielleicht nicht richtig sein könnte, was sie tat und was man mit ihr veranstaltete.

Als die Seile mittels einer Winde gespannt wurden und Michelles Arme sich in die Höhe streckten, da spürte sie einen heftigen Zug an den Handgelenken und in den Armen. Kurz bevor ihre Füße den Kontakt zum Boden verloren, stoppte die Winde. Finger strichen kurz darauf über ihre Hüften. Erst zogen sie kleine Kreise auf der Haut und wanderten dann tiefer. Dann spürte sie, wie sich die kleinen Brüste der jungen Kammerzofe gegen ihren Rücken drückten. Die Wärme der fast noch kindlichen Hände und der kaum wahrnehmbaren Brüste wirkte beruhigend auf Michelle. Wohlig stöhnte sie auf, als die Zofe sie an den Hinterbacken zu massieren begann, fest, aber keinesfalls schmerzhaft.

„Sie hat einen herrlichen Po, Madame! Er ist stramm, rund und die Haut ist so zart. Wie geschaffen für eine Penetration!", rief Claire ausgelassen, nachdem Aimée nach einer Reitgerte gegriffen und sich hinter den auf dem Prügelbock liegenden Sklaven gestellt hatte.

Wieder und wieder liebkosten Claires Hände die weiche Haut am Po und fanden schließlich den Weg nach vorne, dort wo sich bei Michelle eine stattliche Erektion aufgebaut hatte. Sanft stimulierten ihre Finger die Eichel und die Hoden, so dass sie lustvoll aufstöhnte.

Noch wusste Michelle nichts über den weiteren Verlauf der Session, jedoch war diese Ungewissheit anregend und sie war ungeduldig, was geschehen würde. Sie warf ihren Kopf in den Nacken, spürte, dass Claire sich jetzt noch fester an sie drückte und dann ihre Halsbeuge mit sanften Küssen überzog.

Voller Glück gab Michelle sich den Berührungen hin und ließ sich fallen. Immer tiefer fiel sie, es war, als würde sie in einen unendlich hohen Berg von Watte sinken.

In diesem Moment holte sie ein brennender Schmerz aus der gefühlvollen Geborgenheit der Empfindungen, zog sie aus dem Watteberg der Zärtlichkeiten zurück in die Gegenwart. Ein schreckliches Stechen am Unterleib schien sie förmlich in der Mitte zerreißen zu wollen.

Sie stieß einen Schrei aus, der sofort durch etwas auf ihrem Mund erstickt wurde. Hektisch rang sie nach Atem, spürte, wie sich nur einen Augenblick später etwas über ihren Kopf stülpte.

*Schreien!*

Doch nur ein dumpfes Stöhnen drang aus ihrem Mund!

*Atmen!*

Noch fester zog es sich um ihren Kopf.

*Luft!*

Erneut versuchte sie einzuatmen, vernahm dabei den süßlich-dumpfen Geruch von Gummi.

*Dieser Schmerz!*

Vergeblich zerrte sie an ihren Fesseln.

Panisch riss sie die Augen auf. Das Gesichtsfeld hatte sich verkleinert, einzig das dämonische Gesicht von Madame Aimée schien dieses jetzt noch auszufüllen. Strahlend weiß war ihr scharfes Gebiss.

Wieder der Versuch zu atmen.

Dann hörte sie ein Zischen. Eine Sekunde später füllten sich die Lungen mit Sauerstoff. Erst als Michelles sich vom ersten Schreck vollständig beruhigt hatte, sog sie regelmäßig die lebenswichtige Atemluft durch den Filter der Gasmaske, die Claire ihr über den Kopf gezogen hatte.

***

Aimée trat ganz nah an die wie epileptisch zuckende Michelle heran. Eine Zeitlang betrachtete sie diese wie ein Forschungsobjekt, nickte Claire dann anerkennend zu. Die junge Zofe hatte gute und schnelle Arbeit geleistet. Mit unglaublicher Geschwindigkeit hatte sie die Stahlklammern mit Gewichten an Michelles Hodensack geklemmt und ihr die Gasmaske über das Gesicht gezogen, hatte somit liebevolle Zärtlichkeiten in brennenden Schmerz umgeformt.

Fasziniert begutachtete sie die bizarre Maske, die Michelles Antlitz verbarg. Für das, was mit ihr geschehen sollte, würde Schmerz alleine nicht ausreichen. Michelle würde heute ihre Vermählung mit dem Schwarzen Schwan zelebrieren, ihm so nah kommen, dass sie mit ihm verschmolz. Kurz betrachtete Aimée sich in den kreisrunden, nach außen hin verspiegelten Sichtgläsern der Gasmaske, sah darin ihr eigenes, fahl geschminktes Gesicht, die blutroten Lippen und furchteinflößenden Augen. Sie zog eine ihrer schmalen, geschwungenen Augenbrauen hoch, während sie die Gewichte an den Hoden anhob und prüfend in der Hand wog, so als wolle sie deren Schwere einschätzen. Dann verzog sich ihr Gesicht zu einem diabolischen Grinsen, und als ihre sich öffnenden Lippen spitze Eckzähne in den verspiegelten Sichtgläsern offenbarten, ließ sie die Metallgewichte los.

Die Zähne der Krokodilklemmen fraßen sich schmerzhaft in die Haut, als der Hodensack von den beiden schweren Stahlkugeln nach unten gezogen wurde. Die Metallkugeln knallten ein paar Mal aneinander und gaben einen

118

metallischen Ton von sich. Ein langgezogener, dumpfer und unterdrückter Ton drang aus der Maske. Erneut wurde angestrengt und unregelmäßig Luft durch den Maskenfilter ein und ausgeatmet.

Aimée war zufrieden mit dem, was sich vor ihren Augen abspielte. Das Fleisch ihrer femininen Schülerin zuckte in brennender, aber lustspendender Qual. Sie wusste, dass jede einzelne dieser Empfindungen Michelle helfen würde, das Wesen des Schwarzen Schwans besser zu verstehen. Sie nickte Claire kaum wahrnehmbar zu, die daraufhin in freudiger Erwartung ächzte und nach dem für sie bereitliegenden Strapon griff. Nachdem Aimée sich davon überzeigt hatte, dass die Zofe den Dildo an ihrem Unterleib fest verzurrt hatte, bewegte sie sich zurück zu dem Prügelbock.

Eingehend überprüfte sie das ihr entgegengestreckte Hinterteil des darauf liegenden Sklaven. Es war zwar schon mit Striemen überzogen, konnte einige saftige Schläge aber gewiss noch aushalten, entschied sie.

Ein letzter Blick zu Claire verriet ihr, dass sie Michelle in ein wahres Wechselbad der Gefühle gestoßen hatte: Eine Hand der Zofe liebkoste mit aller Zärtlichkeit den stramm nach vorne stehenden Penis, die andere zog mit sadistischer Kompromisslosigkeit an den Gewichten herum.

Die gefesselte Transe verdrehte krampfhaft den Körper und zog wie wild an den Seilen. Das stärker werdende Keuchen und Stöhnen unter der Maske zeigte Aimée an, dass sich die sexuellen Energien in Michelle immer mehr aufstauten. Schon bald würden die Dämme in ihr brechen und sich der Schwarze Schwan wie eine Flutwelle offenbaren! Aimée wusste, dass sie sich bei diesem Experiment auf ihre treue Zofe verlassen konnte. Sie nahm sich eine der Reitgerten von der Wand und schlug sie mehrfach und mit voller Wucht auf den nackten, sich ihr verlockend präsentierenden Po des nackten Sklaven.

Wie von weit entfernt hörte Michelle unter ihrem eigenen Stöhnen die lustvollen Schreie des auf dem Prügelbock fixierten Mannes. Erneut kam ein Zischen, dann das höllische Brennen, dann der Schrei. Betäubt blickte sie an Claire hinab. Als diese den Blick bemerkte, hob sie den Rock ihres Zofenkleidchens an und zeigte stolz ihren Dildo, der darunter verborgen war. Kalt lächelnd zog sie dabei an den Gewichten.

*„Aaah!"*

Zuerst hatte die Zofe noch schwach an den Gewichten gezogen, dann war es immer heftiger, schließlich fast unerträglich geworden.

*„Aaaaah!"*

Wieder ein Schrei! Von wem stammte er? Längst nahm Michelle alles nur noch wie durch einen unwirklichen Schleier wahr. War es der eigene Schrei, oder der des Sklaven, auf dessen Hintern die zweite Abfolge von schnellen Gertenhieben klatschte? Oder schrien sie beide gemeinsam, weil sie ahnten, dass andere Instrumente aus der Hand der sadistischen Frauen sicher noch viel grausamere Qualen bereiten könnten?

*„Aaah!"*

Wie ein abgestimmtes Ritual wiederholt es sich jetzt immer wieder. Das Zischen der Gerte! Oder war es das Zischen des eigenen, schwerfälligen Atems durch die Gasmaske? Oder beides?

Michelle biss die Zähne zusammen. Muskeln und Sehnen spannten sich an. Getrieben von der Schwerkraft, wurden die Hoden von den Kugelgewichten unbarmherzig nach unten gezogen. Claire und Madame Aimée arbeiteten wie menschliche Roboter, emotionslos, präzise und genau aufeinander abgestimmt.

Das Sklavenfleisch auf dem Prügelbock erzitterte bei jedem Hieb.

*Der Po des Sklaven! Zartrosa verfärbte er sich! Wie eine Vagina!*

Dann wieder eine sanfte Berührung an der Eichel. Wie zärtlich Claires Hand war, wenn sie keine Schmerzen verursachte!

*Ob man mir erlaubt, in das vor mir lustvoll zuckende Loch des Sklaven einzudringen?*

Wie liebevoll die Handfläche über den Penis fuhr, wenn sich der Zug der Gewichte einmal für kurze Zeit entspannte!

Michelle wusste, dass Schmerz qualvoll war, aber auch eine köstliche Wonne spendete, sie von all dem Seelenmüll befreite, den sie im Laufe der Jahre aufgesammelt hatte. Schmerz würde stärken, aufrichten und Zufriedenheit geben, die anders nicht erlangt werden konnte, sagte man hier auf Black Swan Manor.

Michelles Hände zerrten an den Seilen. Bis hoch oben in der Luft hingen sie und verschwanden in der Dunkelheit des Deckengewölbes. Nur knapp konnte sie sich auf den Füßen halten. Zischend kam ihr Atem durch den Filter und füllte die Lungen, und mit einem ähnlichen Geräusch durchschnitt der Stab der Reitgerte die feuchtwarme Luft.

Wieder zog Claire an den Gewichten, stärker, länger und qualvoller als zuvor.

In diesem Moment verlor Michelle den Boden unter den Füßen.

Es war, als würde sie auf einer Wolke schweben.

Die Gedanken stiegen jetzt aus dem Grund ihrer Seele empor.

*Ein Berg schwarzer Federn.*

*Die Federn des Schwarzen Schwans!*

*Auch Schmerz kann mich darin einsinken lassen!*
*Immer tiefer falle ich!*
*Der Schwarze Schwan ist jetzt bei mir!*
*Ich weiß, wer ich bin, wo ich bin, wohin ich will, wohin ich gehöre!*
Die innere Stimme in Michelle verstummte.

# 8.

## Das Frühstück im Wintergarten

„Warum erzählst du nicht weiter?", fragte ich. „Das kann doch noch nicht alles gewesen sein!"

Ich schob mir eine große Portion vom Rührei mit Pilzen auf den Teller, während Michelle sich ein Croissant nahm und davon abbiss. Sie ließ den Blick durch den Wintergarten gleiten, der sich immer mehr durch die aufsteigende Morgensonne erwärmte.

„Es ist schön hier auf Black Swan Manor!", entgegnete sie, ohne auf meine Frage einzugehen. „Diese Mauern! Es sind die alten Mauern! Sie saugen die in ihnen ausgelebten Leidenschaften und Obsessionen ein und atmen sie als Geschichten wieder aus!"

Nach diesen Worten schob sie ihren Korbstuhl vom Tisch weg und legte die Beine hoch, zündete sich eine Zigarette an, sagte, nachdem sie einige tiefe Züge genommen hatte:

„Es ist im Folterkeller fast dasselbe geschehen, wie im Tanzsaal. Ich war vollkommen in Trance!"

„Du hast auch hier keine Erinnerungen an den weiteren Verlauf der Session?"

Sie zuckte mit den Schultern.

„Kaum! Es sind ein paar Bilder und Gedankenfetzen, an die ich mich tatsächlich noch erinnern kann. Und diese sind heute nicht mehr als Traumbilder, die langsam verblassen. Einen großen Teil von dem, was ich darüber erzählen kann, weiß ich von Claire und Aimée!", sagte sie und betätigte die Tischklingel.

Nur einen kurzen Augenblick darauf war Zoe zur Stelle und erkundigte sich nach unseren Wünschen.

„Der Kaffee ist kalt. Mach uns neuen!", befahl Michelle kurz angebunden und nahm einen weiteren Zug von der Zigarette. Während sie den blauen Qualm ausstieß, erklärte sie mir, dass sie Claire nach der Session im Keller förmlich mit Fragen gelöchert habe.

Ich stach mit der Gabel in einen Pilz und schob ihn mir in den Mund. Der Geschmack von Olivenöl, gebratenen Champignons, Rosmarin und Thymian kitzelte meinen Gaumen.

*„Maybe it ist worth investigating the unknown, if only because the very feeling of not knowing is a painful one!",* sagte ich, womit ich andeuten wollte, dass es besser sei, das Unbekannte zu erkunden, weil das Gefühl des Nichtwissens unerträglich ist.

„Ist es wieder ein Zitat einer deiner Landsleute?"

Michelle fragte es wie jemand, der die Antwort auf die Frage bereits wusste.

Lächelnd warf ich meine Haare nach hinten.

„Das ist ein Zitat des polnischen Regisseurs Krzysztof Kieslowski!"

Sie nickte gedankenverloren und schnippte die Asche von der Zigarette.

„An dem Spruch ist was dran! Wie dem auch sei, das Zeugs für eine prickelnde Szene in deinem neuen Buch haben die dann folgenden Ereignisse allemal!"

„Dann erzähl mir davon!"

Ich betätigte erneut die Aufnahmefunktion meines Smartphones.

„Ich werde meine fehlenden Erinnerungen am besten mit den Schilderungen von Claire auffüllen! Ich glaube, so kommen wir der Wahrheit am nächsten", erklärte sie und begann ihre Erzählung:

„Als Claire einen Schalter betätigte, lösten sich die Seile aus den Halterungen an der Gewölbedecke. Nahezu lautlos glitten sie auf den Steinboden der alten Folterkammer. Fast im

124

selben Moment griff Aimée wieder nach dem eigentümlichen Messer und zerschnitt mir damit die Fesseln an den Handgelenken. Erst jetzt merkte ich, wie scharf es war. Es war, als bestünden die Seile aus Butter, so mühelos war die Klinge durch den fingerdicken Nylonstrang geglitten.

Die Situation wurde immer erregender. Die Latexwäsche rieb stimulierend auf meiner Haut, die Kugelgewichte zogen an meinen Eiern und die Zähne der Krokodilklemmen fraßen sich in meinen Hodensack. Dazu die Maske, durch die schwerfällig der Atem rauschte. Der Schmerz und die Empfindungen waren so unerträglich wie aufgeilend, eine verstörende Mischung, die mir komplett das Hirn ausschaltete. Ohne zu überlegen, schob ich mich näher an das sich mir so verlockend präsentierende Hinterteil des Sklaven heran. `Bitte erlaubt mir, verehrte Madame Aimée, ich möchte diese süße, rosa Muschi so durchficken, dass sie vor Geilheit umkommt!`, hatte ich mit von der Gasmaske verzerrter Stimme gefleht.

Nur noch eines gab für mich in diesem Moment. Nichts anderes als meinen Schwanz in dieses enges Loch treiben wollte ich, meine aufgestaute Geilheit an diesem bedauernswerten Objekt abreagieren!

Kurz darauf sah ich, dass Aimée eine ordentliche Portion Gleitöl in die Ritze des Sklaven tropfen lies. Und als sie seine Pobacken einladend auseinanderzog, mich dabei rätselhaft anlächelte und mir ihre spitzen Fangzähne zeigte, da gab es kein Halten mehr. Ich drückte meine übergroße Erektion fest gegen seinen Hintern. Genussvoll ließ ich meine Eichel mehrfach durch das körperwarme Öl in seiner Ritze gleiten. Ich war ohne Ende erregt und um nicht zu früh zu kommen, konnte ich meinen Schwanz nur ganz langsam bewegen. Als Madame Aimèe mir dann ins Ohr flüsterte, dass ich ihm jetzt die Unschuld rauben dürfe, war ich ihr unendlich dankbar. Ich nickte voller Hochgefühl und schob meine Hand prüfend gegen seine Rosette. Er zuckte, als mein von Latex umhüllter Mittelfinger sein glitschiges Ziel erkundete. Ich konnte mein Glück kaum fassen, versuchte den großen Moment so lange wie möglich hinauszuzögern.

Mit zufriedener Miene verfolgte Madame Aimée meine lustvollen Handlungen, stellte sich dann an das Kopfende des Prügelbocks. Ihre eine Hand streichelte immer wieder beruhigend über den von Latex umhüllten Kopf des Sklaven. Sie war so gefühlvoll, als wolle sie ihm die Angst vor dem nehmen, was schon bald mit ihm geschehen würde. Dann sah ich es ganz genau: Ihre andere Hand führte die rasiermesserscharfe Klinge des Foltermessers an seine Kehle! Es hätte jetzt wohl nur noch eine einfache Handbewegung gekostet, um diesen Mann zu töten. Sein Leben lag vollkommen in ihrer Hand. Ein gutturaler Sprechton kam aus seinem Mund. Offenbar wollte er etwas sagen. Vielleicht flehte er aber auch nur. Die Madame schien dies anzuspornen, sie grinste noch diabolischer, drückte ihren Unterleib gegen das Gesicht des Mannes. Ein starker Hauch von Spannung und Angst lag in der Luft, was die prickelnde Erotik ins Unermessliche steigerte. Ich nahm meinen knüppelharten Penis in die Hand und setzte die Eichel genau auf den rosa Anus unseres Opfers. Vorsichtig drückte ich – schließlich war es auch bei mir das *Erste Mal*. Einige Male rutschte ich nach oben und unten ab, ehe ich ein ganz sanftes Nachgeben bemerkte. Wieder kam ein kehliger Ton aus dem Mund des Sklaven, diesmal gedämpft durch den Stoff von Aimées Kleid. Kurz darauf gab der Mann seinen nur zögerlich an den Tag gelegten Widerstand auf. Offenbar hatte er sich dem Unausweichlichen gefügt. Die Schließmuskeln entkrampften sich und mit einem Satz glitt mein Schwanz in ihn hinein. Erschrocken zuckte es wieder unter mir, stärker als zuvor. Ein dumpfes, lustvolles Keuchen presste sich aus seinem Mund. Unverkennbar verspürte er neben der Angst vor dem Messer einen erregenden Schmerz, der von seiner gedehnten Rosette ausging. Die Schulter- und Nackenmuskeln des kräftigen Mannes spannten sich an. Seine gut austrainierten Bizepse kamen deutlich hervor, die Finger krallten sich um die Holzbeine des Prügelbocks. Tiefe und tiefer bohrte ich mich in sein heißes Loch, genoss die Enge und die Wärme, mit der meine Eichel und der Schaft umschlossen wurden.

Ein beißender Schmerz ging von den Klammern am Hodensack durch meinen Unterleib, als ich meinen harten Penis ein wenig zu schnell herauszog, um dann erneut in ihn hinein zu stoßen. Der Sklave verkrampfte, was zur Folge hatte, dass er seinen Anus zusammenkniff und so mein hartes Glied noch fester umschloss. Tief sog er durch den dünnen Stoff des Kleides das anregende Odeur von Madame Aimées Libido ein, kreischte schmerzerfüllt auf, als meine Eichel zu stark in ihn stieß. Ich beruhigte ihn, indem ich meine Latexfinger über seine Hüfte nach unten bewegte und um seinen Penis legte, sanft seine Vorhaut vor und zurück schob. Es dauerte nicht lange bis ich ihn lustvoll keuchen hörte.

Die auf mich einprasselnden Eindrücke erschlugen mich förmlich: Diese alte Folterkammer, der eigene Schmerz, der schwere Atem durch die Gasmaske, die Geilheit und die dauernde Erregung, die diabolische Dominanz von Madame Aimée, der hilflose, aber von Lust erfüllte Sklave, dessen Existenz nur von einer winzigen Handbewegung abhing ... all das steigerte sich zu einem Sturm der Gefühle. Der Schwarze Schwan entfaltete seine Schwingen, mein ganzer Körper wurde von seinem Federkleid umhüllt.

`Stoß schon zu! Nimm dir, was einer Herrin auf Black Swan Manor zusteht! Spritz ihn mit deinem Saft voll!`, hörte ich Aimées an mich gerichtete und in einem bedrohlichen Ton ausgesprochenen Worte. Sie drückte das Gesicht des Sklaven dabei so fest an ihren Unterleib, dass er kaum noch Luft bekam. In diesem Moment löste sich der Plug aus meinem Hintern, zwei Hände legten sich sanft um meine Taille. Lustvoll stöhnte ich auf, als ich bemerkte, dass Claires Strapon mühelos in mein jetzt gut gedehntes Loch eindrang.

Das war der Tropfen, der das langsam vollgelaufene Fass meiner Geilheit zum Überschwappen brachte. Der Sturm in mir schwoll an, von meinem Unterleib schossen die prickelnden Gefühle wie Blitze durch meinen Körper. Härter stieß ich zu, so hart wie ich nur konnte, spürte, wie der Dildo unserer treuen Zofe es in mir gleichtat. Die Hodengewichte schlugen wie Pendel hin und her. Meine Hand am Penis des Sklaven bewegte sich schneller. Er keuchte ekstatisch in Aimées Kleid hinein, benetzte den dünnen Stoff mit seinem feuchten Atem. Dann bemerkte ich, dass der Sklave einen langgezogenen kehligen Laut ausstieß und kam. Sein Unterleib zitterte, als warmes Sperma meine Latexhandschuhe überzog. Es bildete sich ein glitschiger Film, den ich mit schnellen Bewegungen auf Eichel und Penis meines Opfers verrieb. In diesem Moment drang ein Schrei aus meinem Mund und erfüllte den ganzen Raum.

*Der Schwarze Schwan!*

Er hatte meinen Körper verlassen und war jetzt überall, übergroß, bedrohlich und wie ein mystisches Wesen aus grauer Vorzeit. Dann konnte ich es nicht mehr zurückhalten. Der erlösende Höhepunkt entließ einen ersten, dicken Strahl und füllte den Sklaven mit der Essenz meiner aufgestauten Gelüste. Mit einem gutturalen Keuchen und einem krampfhaften Zucken reagierte der Mann unter mir, so dass ein zweiter Schwall Sperma die dünnen Wände seines Darms bespritzte. Schier unendlich lang quoll mein Samen in ihn hinein.

Erst nach einer ganzen Weile wurden Claires und meine Bewegungen langsamer. Ohne meinen Schwanz aus dem Loch des Sklaven zu ziehen, legte ich meinen Kopf nach hinten, spürte den Körper meiner treuen Zofe. Sanft küssten ihre Lippen meinen Nacken. Voller Glück und Geborgenheit schloss ich meine Augen!"

Michelle machte nach diesen Worten eine längere Sprechpause. Sie blickte durch die Wintergartenfenster zum Himmel und schien nachzudenken. Hoch oben zog eine Gänseschar über uns hinweg. Ihre Formation sah wie ein auf der Seite liegendes V aus. Sogar hier unten konnte man leise ihr Geschnatter hören. Dann sagte sie:

„Das, was ich danach sah, kam mir wie eine wilde Kamerafahrt über ein surrealistisches Gemälde vor. Ich kann bis heute nicht sagen, ob es einem Traum oder meiner Fantasie entsprang oder Realität war. Wenn ich Aimée danach frage, dann antwortet sie stets ausweichend, spricht von Filmrequisiten, Gothic-Kontaktlinsen, künstlichem Blut und Zahnaufsätzen!"

Michelle legte eine Pause ein, um sich eine neue Zigarette anzuzünden.

„Was geschah dann?", erkundigte ich mich mit einem erwartungsvollen Kribbeln in der Magengegend.

„Ich meine mich daran erinnern zu können, dass Aimée nach einiger Zeit von dem jetzt regungslosen Sklaven abließ und zu mir kam. Die winzigen dämonischen Pupillen in ihren weißen Augäpfeln fixierten mich mit durchdringendem Blick. Ein dünner Blutfaden lief aus ihrem Mundwinkel zum Kinn und tropfte von dort auf ihr Dekolletee. Sie forderte mich auf, die Gasmaske abzunehmen. Dann öffnete sie ihre vollen Lippen, wie die Zähne waren sie blutig rot. `Willkommen im innersten Zirkel des Schwarzen Schwans!`, sagte sie und legte ihren Mund auf meinen. Dann fielen wir beide in einen unendlich langen und zärtlichen Kuss!"

Wieder schwieg sie und schien in Nachdenklichkeit zu fallen.

„Sicher war es Theaterblut!", sagte ich.

„Theaterblut, das so einen metallischen Geschmack wie echtes Blut hat?"

„Hast du den Sklaven danach noch einmal gesprochen?", erkundigte ich mich.

„Ich habe ihn weder gesprochen, noch ihn jemals wieder gesehen. Beide Probesklaven waren nach diesem Ereignis wie vom Erdboden verschluckt!"

„Aimée ist in jeglicher Hinsicht eine zur Perfektion neigende Frau!", befand ich. „Als Domina ist sie wandlungsfähig und kann innerhalb von Sekunden in eine neue Rolle schlüpfen oder sich auf fremde Situationen einstellen. Kein Wunder, dass Hanna ihr Herz an sie verloren hat. Beide haben auf ihre Art und Weise alles gegeben, damit du das Wesen des Schwarzen Schwans in dir verstehst und eine von uns wirst! Sie haben erkannt, welch Potential dein Körper und dein Geist in sich trägt, um dich an Orte jenseits des rein physikalisch Erlebbaren zu führen."

„Wofür ich dankbar bin! Noch heute bin ich überwältigt, welche Gefühle Hanna und Aimée in mir freizusetzen vermochten."

In dem Moment, als Michelle die letzten Worte aussprach, betrat Zoe den Wintergarten.

„Hat ziemlich lange gedauert, Zofe! Der Kaffee ist doch bestimmt schon wieder kalt!", ärgerte sich Michelle, als Zoe das Tablett abstellte. „Hast du die ganze Zeit über wieder heimlich an der Tür gelauscht, um dich an unseren Erlebnissen aufzugeilen, du kleines Gummiluder?"

Zoe schluckte. Verlegen fummelte sie mit den Fingern an den Rüschen ihrer Latexschürze und zog am Rocksaum ihres Zofenkleidchens. Ich griff nach meiner Reitgerte und schlug ihr damit auf die Hand.

„Hand vom Kleid! Beide Hände auf den Rücken!", sagte Michelle im selben Moment aufgebracht.

Zögerlich kam die Zofe dem nach. Ganz augenscheinlich war ihr die Situation unangenehm.

Eine kurze, gespannte Stille trat ein. Dann hob ich mit der Spitze der Gerte ihren Rock an.

Als wir sahen, was sie darunter zu verbergen versucht hatte, kicherten Michelle und ich fast gleichzeitig los.

„Der Schwanz ist noch geschwollen! Sie hatte wohl einen Steifen!", lachte Michelle.

„Dabei hat eine Zofe bei uns doch in absoluter Keuschheit zu leben!", entgegnete ich und konnte mir ein ironisches Lachen nicht verkneifen.

„Wir werden es Claire sagen! Dir ist bekannt, welche Strafe darauf steht?", wurde sie von meiner Freundin ermahnt.

Zoe verstand sofort. Sie schluckte abermals. Ihr ausgeprägter Adamsapfel hüpfte mehrfach wie ein Tischtennisball auf und ab. Dann fiel sie auf die Knie. Mit flehenden Worten bat sie, der Frau Gouvernante davon nichts zu erzählen. Diese hätte ihr bei der letzten Übertretung bereits gedroht, sie zu entlassen und durch einen neuen, vielversprechenderen Bewerber zu ersetzen. Angeblich hätte sich ein junger, vermögender Erbe aus Schweden um einen Zofendienst beworben und viel Geld dafür geboten. Er würde gut aussehen, sei schlank und intelligent und wäre aufgrund seiner Bildung und seines wohlhabenden Elternhauses eine ideale Besetzung.

„Ich möchte nicht zurück in mein altes Leben!", flehte Zoe und versuchte meine Hand zu küssen.

Ich zog sie weg und machte eine abfällige Geste.

„Verschwinde und mach die Tür hinter dir zu! Wir wollen dich nicht mehr sehen! Erst wenn wir mit dem Essen fertig sind, kommst du wieder und räumst den Tisch ab!"

Unterwürfig bedankte sich Zoe und beeilte sich, den Wintergarten zu verlassen. Abwägend blickte ich ihr hinterher. Dieser ehemalige Landrat aus dem Norden von

Schottland, der in seinem normalen Leben auf den Namen Edward Sheldon hörte, war alles andere als die richtige Besetzung für die Rolle einer Zofe in unserem Haus.

„Ich werde es Claire sagen! Dann kann er morgen seine Sachen packen!", sagte Michelle wütend.

„Ich glaube eher, dass du neugierig auf den jungen Bewerber aus Schweden bist! Er soll lange, blonde Haare und einen schönen braunen Teint haben! Er würde sich als Zofe sicher gut machen", grinste ich sie provokant an und dachte an Hannas geniales Geschäftsmodell des Zofendienstes:

Als Hannas langjähriger Butler Alfred – er war schon in Deutschland auf Schloss Nordgründen ihr treuer Hausdiener – unerwartet verstarb, kam sie auf eine findige Idee. Statt einen neuen Hausdiener einzustellen, schuf sie die Möglichkeit, sich um eine Stelle als Gummizofe bei ihr zu bewerben. Viele Bewerber waren ehemalige Kunden aus dem Kerker, die sich als Sklaven gut gemacht hatten und so eine Gelegenheit sahen, uns über einen längeren Zeitraum noch ein wenig näher zu sein. Dafür zahlten sie einen nicht geringen Tribut an die Baronesse. Hanna hatte so mehrere Fliegen mit einer Klappe geschlagen: Sie sparte das Gehalt eines Butlers ein, hatte dafür willige Arbeitskräfte und erhielt von diesen noch einen saftigen Tribut. Unsere Zofen waren im Grunde die guten Geister für alles. Sie halfen in der Küche, bedienten uns, putzten unsere Gemächer, unsere Toiletten und Bäder, wuschen und bügelten unsere Wäsche. Sie hatten die Betten zu machen und durften unsere Schuhe putzen und uns bei Bedarf natürlich auch unterhalten. In der Hierarchie am Hof standen sie eine Stufe über den Kerkersklaven, ließen übrigens auch kaum eine Gelegenheit aus, ihnen das zu zeigen. Die Bewerber auf solch eine Stelle durchliefen ein Auswahlverfahren und wurden schließlich von Claire – sie hatte mittlerweile die Stellung der Gouvernante inne – eingearbeitet und überwacht. Es hielten sich ständig zwei Zofen mit den gleichbleibenden Namen Zoe und Louise bei uns auf. Derzeit wurde Zoe von besagtem schottischen Landrat Edward Sheldon gespielt, während die Rolle von Louise durch Stefano Esposito, dem neureichen Spross einer italienischen Autobauerfamilie, eingenommen wurde.

\*\*\*

„Willst du noch was aus meiner Vergangenheit hören? Etwas aus meiner Kindheit und Jugend?", fragte Michelle und holte mich aus meinen Gedanken.

Ein Blick auf mein Smartphone sagte mir, dass die Aufnahmefunktion noch eingeschaltet war.

„Schieß schon los. Ich bin gespannt!"

Hastig begann sie zu erzählen:

„Der unerwartete Tod unserer Haushälterin Mrs. Kelly hatte ein großes Loch in meinem noch jungen Leben hinterlassen. Wir bekamen immerhin eine neue Angestellte, doch war diese kaum geeignet, die in mir geweckten Bedürfnisse zu erfüllen. Ich musste daher neue Wege erschließen, um meine seltsamen Neigungen zu befriedigen. Diese eröffneten sich mir unerwartet schnell, als ich die Lösung meines Problems in einer der Kleiderkommoden meiner Mutter entdeckte. Da unsere neue Haushälterin nachts nie nach mir sah, bot sich so die Gelegenheit, der durch Mrs. Kelly in mir geweckte Leidenschaft weiter nachzugehen. Fast wurde es schon zu einem Ritual, wenn ich frisch gebadet und nackt unter die Bettdecke meines Elternbetts schlüpfte und mich mit der Unterwäsche meiner Mutter für die Nacht präparierte: weiße, lange Spitzenhandschuhe, Nylonstrümpfe, Strumpfhaltergürtel und Slips aus feinster Spitze, ein Nachthemd aus zarter Seide. Je näher die Tage meiner Pubertät rückten, desto mehr Raum nahm diese Obsession in mir ein. Ich wagte es sogar, einige Objekte meiner Begierden auch am Tag aus dem Schrank meiner Mutter zu entwenden und unter meiner Schuluniform zu tragen. Der moralische Graben, den ich mit meinem bizarren Verhalten übersprungen hatte, lastete allerdings schwer auf mir. Es gab einfach keinen, mit dem ich darüber reden konnte. Freunde hatte ich kaum noch. Ich beschäftigte mich – wie die anderen Jungen meines Alters es taten – nicht mit Fußball oder Modellautos, sondern mit Balletttanz und Barbiepuppen. Mein ganzes Taschengeld ging für diese teuren Puppen und ihre Kleider drauf. Und statt Abenteuerromane und Superheldencomics las ich lieber die Modezeitschriften meiner Mutter. Stundenlang betrachtete ich in den Magazinen die attraktiven, langbeinigen Models, versuchte mir dabei vorzustellen, wie ich in einer eng anliegenden Damenbluse, einem Bleistiftrock oder auf hochhackigen Schuhen aussehen würde. Würde ich so puppenhaft wie meine Barbies aussehen? Oder könnte ich so stolz und attraktiv wie meine Mutter auftreten? So tauchte ich für viele, viele Jahre in eine mich isolierende Scheinwelt. Trotz Schule, Studiums und trotz meiner Arbeit an der Universität kreisten meine Gedanken, meine Träume und meine Wünsche stets um diesen von mir geschaffenen Mikrokosmos. Erst mit Hilfe von Aimée und Hanna war es mir möglich, dieses in meinem Kopf existierende Konstrukt in mein *erstes,* mein *reales* Leben zu übertragen. Ihre radikale Freude an der Grausamkeit und ihre Dominanz, aber auch ihr Feingefühl und ihre Offenheit gegenüber meinen Obsessionen haben mich den Schwarzen Schwan entdecken lassen. Und nur ihnen habe ich es zu verdanken, dass ich auch den letzten, entscheidenden Schritt des operativen Eingriffs vollzogen habe!"

Die Worte waren wie in einem Guss aus ihrem Mund gekommen. Nach dem letzten Satz strich sie mit der Hand über ihre üppigen Brüste und fiel in ein tiefes Schweigen.

Zufriedenheit lag auf ihrem Gesicht. Augenscheinlich war sie froh, einmal wieder darüber gesprochen zu haben.

„Ich möchte, dass du das Wort für Wort in deinem Roman bringst, wie ich es gerade gesagt habe!", bat sie.

Ich stoppte die Aufnahmefunktion und wir beide sahen zum Fenster hinaus. Im Westteil des Parks konnten wir Aimée und Hanna sehen. Sie schlenderten nebeneinander und hatten gleich vier Kunden im Schlepptau. Alle vier waren nur mit einem ledernen Lendenschurz bekleidet, was die übliche Sommerbekleidung für die Sklavendressur auf dem Longierplatz war. Der eigentümliche Tross wurde von Adam abgeschlossen. Er hielt zwei Pferde am Zaumzeug, die stoisch hinter ihm trotteten. Die Reittiere schienen sich an der illustren Menschengruppe vor ihnen kaum zu stören. Eines der edlen Tiere war Kassiopeia, Hannas Lieblingspferd, das andere war Aimées Stute Galaxy. Offenbar planten meine in einem klassischen Reitoutfit gekleideten Freundinnen nach der Sklavenparade einen Ausritt.

Ich warf einen Blick auf die Uhr. Es war schon fast Mittag.

„Wollen wir ihnen folgen?"

Ein breites Grinsen legte sich auf Michelles Gesicht.

„Auf dem Weg dorthin kann ich dir ja erzählen, wie ich das erste Geld für Hanna verdient habe!"

# 9.

## Rendezvous mit einer TS Domina

Es war ein geschäftiger Freitagabend in London. Autos und Lieferwagen schoben sich als endlose Blechschlangen durch die Straßen, stauten sich vor Ampeln und Kreuzungen. Für Londoner Verhältnisse war es eine ungewöhnlich angenehme Aprilnacht, warm und trocken und zur Abwechslung einmal nicht von Nebelschwaden durchzogen. Fußgänger eilten über die breiten Gehwege von High Holborn. Sie trugen leichte Jacken oder hatten ihre Mäntel geöffnet. Sie würden einen Pub besuchen, ins Restaurant oder Kino gehen oder den lauen Abend für einen Spaziergang im Park nutzen. Nach einem langen und nassen Winter war endlich einmal nicht jeder darauf bedacht, so schnell wie möglich ins heimische Wohnzimmer zu kommen, wo ein feuerknisternder Kamin auf ihn wartete.

Schon seit fünf Minuten saß Michelle auf der Rücksitzbank eines Taxis, das bisher kaum eine viertel Meile vorangekommen war. Das Gefährt bewegte sich zu dieser Uhrzeit nur im Schneckentempo, war sogar langsamer als die Fußgänger. Genervt warf sie einen Blick auf den Taxameter. Es war schon neunzehn Uhr dreißig. Knapp zwei Meilen waren es vom Rosewood Hotel, einem noblen Fünf-Sterne-Haus, in dem sie eingecheckt hatte, bis zum Globe Theatre am Südufer der Themse. Wenn das so weiterginge, würde sie zu spät kommen, würde Shakespeares Macbeth ohne sie beginnen, fürchtete sie. Dieses kulturelle Erlebnis wollte und durfte sie auf keinen Fall verpassen.

Aaron Hensley bräuchte eine besondere Begleitung für einen Theaterbesuch in London, hatte Hanna sie auf ihren ersten Kunden eingeschworen. Hensley sei im Vorstand eines US-Autobauers tätig, welcher zu Marketingzwecken das komplette Theaterhaus für eine Sondervorstellung von Shakespeares Macbeth angemietet hätte. Daher wäre nur handverlesenen Kunden und ausgewählten Mitarbeitern diese Aufführung im Globe Theatre vorbehalten. Hensley hätte nach einer attraktiven, anmutigen Begleitperson gefragt, die gleichzeitig aber auch seine Wünsche nach Unterwerfung und Submission erfüllen könne.

Da hatte Hanna sich für Michelle entschieden. Hanna kannte den Mittdreißiger schon seit einigen Jahren als einen ihrer Kunden. Sie hatte ihn als kultiviert und stilvoll beschrieben und er sei mit SM-Sexpraktiken und verbaler Dominanz durchaus vertraut. Nun wolle Hensley intensiver in die Welt des SM und an die Grenzen seiner Belastbarkeit herangeführt werden. Ganz leicht würde der Job allerdings nicht werden. Hensley sei ein bedeutender Geschäftsmann aus der Automobilbranche und wäre für seine oft an den Tag gelegte Selbstsucht bekannt. Man sagte über ihn, dass er sich in seinem Beruf und auch im Privatleben kaum reinreden ließe und beim Erreichen seiner Ziele sogar über Leichen ginge. Erst kürzlich hätte er trotz zahlreicher Proteste mit einem Federstrich ein ganzes Fertigungswerk für Automobile in den USA stillgelegt. Bei diesen Worten hatte Hanna ihr einen Zeitungsartikel gezeigt, der in England nicht mehr als eine Randnotiz war, in den USA jedoch für erhebliches Aufsehen gesorgt hatte:

03.04. – Washington/Pittsburgh
**US-Autobauer beharrt auf Werkschließung**
Unbeeindruckt von den Protesten aus Reihen der Politik und den Gewerkschaften beharrt die Geschäftsleitung des US-Autobauers Pegaso um Vorstandsmitglied Aaron Hensley auf die Schließung des Fertigungswerkes in Pittsburgh/Pennsylvania. Damit sind die Arbeitsplätze von mindestens 2500 Beschäftigten gefährdet. Etliche

Kritiker dieser umstrittenen Entscheidung argwöhnen, dass Hensley trotz anders lautender Beteuerungen dem Standort Pittsburgh nie eine Chance geben wollte und die Schließung von langer Hand vorbereitet hätte. Viele Ältere unter den betroffenen Arbeitnehmern befürchten, dass sie in der von Krisen geschüttelten Region um Pittsburgh keinen gleichwertigen Arbeitsplatz finden und ein Fall für die Fürsorge werden. Die Autobauergewerkschaft kritisiert zudem, dass Hensley nach Beginn der Proteste eine Abriegelung des Werks und damit faktisch eine Aussperrung verhängt habe.

Die schwere Verantwortung in seinem Beruf und die gravierenden Folgen seiner Entscheidungen hätten bei Hensley allerdings Spuren hinterlassen. Er sei ausgebrannt, unkonzentriert und leide unter Albträumen. Er benötige nach seinen Angaben dringend einen seelischen Ausgleich, den Michelle ihm schaffen sollte: die totale Demütigung!

Erneut bremste das Taxi ab. Einen kurzen Moment dachte Michelle daran, dem Fahrer eine Fünf-Pfund-Note in die Hand zu drücken, auszusteigen und den Rest zu Fuß zurückzulegen. Sie ärgerte sich, dass sie zu spät das Hotel verlassen hatte, weil ihr wieder einmal die Wahl des Kleides so schwer gefallen war. Bei diesem Gedanken sah sie prüfend an sich hinab. Sie begann zu lächeln, der Missmut über den dicken Verkehr löste sich sogleich auf. Aufregender als früher kam sie sich mit diesen schicken High Heels von Gianmarco Lorenzi vor, die im Fußraum der Rücksitze diskret glänzten. Der Körper unter dem weißen Kaschmirmantel und dem schlichten schwarzen Seidenkleid war parfümiert, eingecremt und dauerhaft enthaart.

Es war nicht leicht gewesen, all das zu erreichen. Einige komplizierte Monate lagen hinter ihr. Operationen an Brust und Po, das Permanent-Make-Up, die endlos langen Sitzungen der Haarwurzelentfernung hatten Psyche und Körper gefordert. Und ohne den Rückhalt von Hanna, Aimée

138

und den anderen Ladys von Black Swan Manor hätte sie es wohl kaum geschafft. Nun konnte sich das Ergebnis mehr als sehen lassen. Die begnadete Schönheitschirurgin Lady Fortescue – eine sehr gute Freundin der Baronesse –, sowie ihr Team um die reizende Oberschwester Tracy hatten eine hervorragende Arbeit abgeliefert.

Sie kramte ihren Lippenstift aus der Handtasche. Als sie ihren kleinen, runden Schminkspiegel aufklappte, blitzte ihr das volle Rot von sinnlich geschwungenen Lippen entgegen. Trotzdem zog sie noch einmal kräftig die Konturen nach. Besser zweimal die Lippen nachziehen, als einmal, erinnerte sie sich an Hannas oft ausgesprochene Worte. Frauen wie wir lieben es, den Lippenstift auch dann zu benutzen, wenn es eigentlich nicht unbedingt nötig sei. Die Außenwirkung ist entscheidend! Welcher Mann liebte es nicht, einer Frau dabei zuzusehen, wie sie sich die Lippen nachzieht? Baronesse Hanna hatte sich in vielen Fragen als eine umsichtige Ratgeberin und hilfreiche Mentorin erwiesen.

Als Frau lebte es sich einfach anders, hatte Michelle schnell gelernt. Regeln und Gewohnheiten, die sie noch als Thomas Abbott – war das tatsächlich einmal ihr Name gewesen? – an den Tag gelegt hatte, mussten vollkommen abgelegt, neue Verhaltensweisen erlernt werden.

Schon solch eine einfache Sache wie der Einkauf von Bekleidung war kaum mit dem zu vergleichen, wie sie es aus ihrem damaligen Leben her kannte. Der Mann namens Thomas Abbott ging früher zu Woolworth oder Peek & Cloppenburg und kaufte sich gleich zwei Bluejeans und zwei graue Stoffhosen auf einmal. So hatte er für die kommenden Jahre für Arbeit und Freizeit eine Hose zum Tragen und eine zum Wechseln. Unterhosen, Hemden und Socken wurden in günstigen Fünferpacks erworben. Heutzutage erwies sich der Kauf von Bekleidung als weitaus aufregender, überlegte

Michelle und erinnerte sich an ihr Einkaufserlebnis vom Vormittag:

Zeitiger als geplant war sie schon am frühen Morgen in London eingetroffen, hatte sich nach dem Einchecken im Hotel für einen Besuch des Nobelkaufhauses im altehrwürdigen Knightsbridge entschieden. Bei Harrods vereinten sich fast sämtliche Topdesigner der Welt unter einem Dach. Viel Zeit hatte sie sich an diesem Vormittag mit dem Betrachten der Dessous gelassen. Ein süßes, pfirsichfarbenes Ensemble aus feinster Seide war ihr da besonders ins Auge gestochen.

„Kann ich Ihnen helfen, Lady?", wurde sie von einer älteren Verkäuferin angesprochen, die sie offensichtlich schon länger beobachtet hatte. In ihrem Blick war zu erkennen, dass sie dabei war, Michelles Körpermaße einzuschätzen.

„Das pfirsichfarbene Set aus Slip und Strapskorsett hat mich magisch angezogen!", lachte Michelle verlegen.

„Oh … eine gute Wahl für die Lady! Die Farbe passt genau zu ihren Haaren und dem dunklen Teint! Darf ich es Ihnen zur Anprobe holen lassen? 80C schätze ich?"

Nach einem Nicken von Michelle gab die Dame einer jüngeren Mitarbeiterin zu verstehen, die gewünschten Artikel zu besorgen.

„Ein wird ein Sekündchen dauern. Wollen Sie sich die Wartezeit mit einem Espresso verkürzen?"

Nichts in den Worten der ganz offensichtlich erfahrenen Mitarbeiterin deutete darauf hin, dass sie in Michelle nicht eine Frau sah.

Fünf Minuten und einen Espresso später fand Michelle sich in der Umkleidekabine der Abteilung wieder. Zu dem zweiteiligen Set wurden auf ihren Wusch hin schwarze Nylons mit Naht gereicht.

Der glatte Stoff war tatsächlich seidenweich, besaß einen zarten Saum aus Spitze an den Rändern. Ihr wurde heiß, als sie sich im Spiegel der Umkleidekabine betrachtete. Ihre Brüste ruhten straff und wie zwei kleine Honigmelonen in den Körbchen des Korsetts und der Penis lag im Slip wie in einem wohlig-weichen Kokon aus Seide und Spitze. Genau so würde sie sich heute Nacht dem Kunden zeigen, entschied sie.

Nachdem sich die Verkäuferin dezent durch den Vorhang erkundigt hatte, ob die Lady noch einen Wunsch hätte, gab sie zur Antwort, dass sie das Set und auch die Nylons nehmen würde. Bezahlen würde sie mit Kreditkarte.

Als der Taxifahrer mit der Fahrzeughupe einen unachtsamen Passanten von der Fahrbahn verscheuchte, Gas gab und mit rasendem Tempo über die Blackfriars Bridge in Richtung Süden fuhr, wurde Michelle aus ihren Erinnerungen geholt. Ein Blick auf die Uhr zeigte ihr, dass es zwanzig vor acht war. Das in einem elisabethanischen Gebäude untergebrachte Globe Theatre nahe dem Südufer der Themse war vor allem wegen der Aufführung der Werke von William Shakespeare berühmt geworden. Es nahm einen bedeutenden Platz in der Theatergeschichte des Königreichs ein, wusste Michelle aus ihrem Studium, in dem das Werk Shakespeares eine nicht unerhebliche Rolle gespielt hatte. Im Jahre 1599 war das Haus für dreitausend Zuschauer erbaut worden und bot nach einem Neu-, sowie vielen Umbauten mittlerweile tausendfünfhundert Personen Platz. Michelle freute sich besonders, dass nur geladene Gäste die Vorstellung besuchten, was diese typischen Theaterärgernisse, wie lärmende Schulklassen mit überforderten Lehrern, schnarchende Rentner und pseudointeressierte Touristen vom Festland ausschloss.

Rechtzeitig fuhr der Wagen vor dem Schauspielhaus vor. Viele Besucher befanden sich bereits in dem von einer Mauer umzogenen Theatervorplatz, fast alles Pärchen, wie Michelle feststellte. Trotz des robusten, urigen Aussehens des Schauspielhauses, war man an diesem Abend sehr elegant gekleidet. Ganz sah es danach aus, als wolle man sich nach einem langen, kühlen und feuchten Winter einmal wieder in den schönsten Outfits der Öffentlichkeit zeigen. Am Ticketschalter stellte sie sich für eine Karte an, sah sich um, ob sie schon irgendwo ihren heutigen Kunden entdecken konnte.

„Die Karte wurde von Mister Aaron Hensley bestellt und ist auf den Namen Michelle Descartes hinterlegt!", erklärte sie dem jungen Mann hinter dem Kassenfenster.

„Miss Descartes, Ihre Karte! Bitte warten Sie aber bitte einen kurzen Moment. Man wird Sie zu ihrem Platz bringen", sagte er und reichte das Ticket durch die Luke.

Schon eine Sekunde später tauchte ein Bediensteter neben ihr auf.

„Würden Sie mir bitte folgen, Lady? Ihre Begleitung lässt sich wegen dringender Geschäfte entschuldigen. Er wird erst in wenigen Minuten eintreffen", sagte er halb entschuldigend und in dem wohl höflichsten Englisch, das sie je gehört hatte.

„Bitte!", entgegnete sie entzückt und ließ sich durch die Menge führen.

Obwohl sie in der kurzen Zeit eine ganze Reihe recht attraktiver Frauen unter den Anwesenden ausmachen konnte, fühlte sie sich doch plötzlich als der Mittelpunkt des Interesses der anderen Besucher. Brav machte man ihr Platz, musterte sie und flüsterte sich hastig Worte zu.

Das Haus war alles andere als eines der typischen, opulenten Theaterhäuser, die mit weißem Marmor, einem großen Foyer, vergoldeten Verzierungen und Figuren glänzten. Hier war fast alles aus Holz und Stein gearbeitet, die

Mauern bestanden aus Fachwerk und ein Reetdach sorgte bei Regen für einigermaßen trockene Füße. In diesem Theater gab es auch keine mit Stuckarbeiten und Malereien verzierte Decke, von der überdimensionale Kronleuchter hingen. Wenn man nach oben sah, dann blickte man im Gegensatz zu anderen Schauspielhäusern in den Nachthimmel von London, der sich heute glücklicherweise sternenklar und von seiner besten Seite zeigte.

Man führte sie zu einer schmalen Treppe. Sie folgte dem Uniformierten und fragte sich, wohin man sie bringen würde. Sie durchquerten Gänge und passierten eine Tür, die zu einer Loge führte.

„Für Priority Guests wurden eigens Logen hergerichtet, die es ansonsten hier nicht in dieser Form gibt. Ich wünsche Ihnen eine gute Unterhaltung", sagte der Mann und erkundigte sich, ob er ihr den Mantel abnehmen dürfe.

Michelle bejahte und ließ ihren Kaschmirmantel von den Schultern gleiten. Sie blickte sich um, setzte sich dann auf die Holzbank, die man mit roten Polsterkissen versehen hatte. In einer Nische stand ein Sektkühler mit einer Flasche Champagner und zwei Gläsern darin. Sie erinnerte sich, dass der letzte Besuch in diesem Theater während ihrer Studienzeit war. Damals war finanziell kaum mehr als ein Stehplatz im Innenraum möglich, sinnierte sie und war glücklich darüber, dass es das Schicksal in den letzten Monaten so gut mit ihr gemeint hatte. Von dem Logenplatz aus hatte man einen hervorragenden Blick auf das Auditorium und auf die mit reichen Schnitzarbeiten verzierte Bühne.

Ohne zu fragen, schenkte der Bedienstete ein Glas Champagner ein und reichte es Michelle, machte einen höflichen Diener und verschwand.

Sie nippte am Glas und atmete einmal durch, genoss den Blick, der sich ihr bot. Mehr und mehr füllte sich der Zuschauerbereich. Sie war froh über diese kleine

Verschnaufpause, die ihre Nerven beruhigte. So konnte sie sich etwas sammeln, bis der Klient eintraf. Der untere Bereich, wo sich ansonsten die Stehplätze befanden, war leer.

Ein paar Minuten später legte sich das Gemurmel im Auditorium, ein untrügliches Zeichen dafür, dass die Vorstellung beginnen würde. Als sie ihr Smartphone ausstellte, zeigte das Display 20:04 Uhr an. Fast alle Plätze waren nun besetzt. Sie fragte sich wo Hensley bleiben würde. Dann wurden die Leuchten runter gedimmt und das leise Gemurmel unter den Zuschauern verstummte ganz.

Noch immer war sie alleine.

Ihre Nervosität wurde zu Verärgerung. Sie versuchte den in ihr aufkommenden Groll zu unterdrücken, sich jetzt ganz dem Spektakel hinzugeben, das auf der Bühne begann. Dort erschallte ein lauter Donner, ein Scheinwerfer imitierte einen Gewitterblitz.

Drei als Hexen verkleidete Akteure betraten die Bühne.

ERSTE HEXE:

„Wann kommen wir drei uns wieder entgegen,
im Blitz und Donner, oder im Regen?"

ZWEITE HEXE:

„Wenn der Wirrwarr stille schweigt,
wer der Sieger ist sich zeigt!"

DRITTE HEXE:

„Das ist, eh` der Tag sich neigt!"

ERSTE HEXE:

„Wo der Ort?"

ZWEITE HEXE:

„Die Heide dort!"

DRITTE HEXE:

„Da wird Macbeth sein! Fort, fort!"

„Ich bitte die Unpünktlichkeit zu entschuldigen, verehrte Lady!", flüsterte ihr in diesem Moment jemand unerwartet ins

144

Ohr. „Leider ließ es sich aus geschäftlichen Gründen nicht vermeiden."

Michelle machte eine genervte Miene und erwiderte nichts. Der bisherige Abend war bisher alles andere als optimal gelaufen. Sie nippte am Champagner und wies auf den freien Platz neben sich. Schweigend setzte sich der Mann.

Nun konzentrierte sie sich ganz auf das Schauspiel und tauchte ins Schlachtgetümmel der zweiten Szene des Theaterstücks ein.

\*\*\*

Erst nach dem dritten Aufzug kam die Spielpause. Die Lichter dimmten langsam hoch. Nun drehte sie sich zu dem Mann hin, der sie zu dieser Aufführung eingeladen hatte.

Der Klient – sie hatte in der dunklen Loge bisher nicht mehr als ein von der Bühnenbeleuchtung erhelltes Gesicht von ihm gesehen – entpuppte sich nun zu einem Mann mit einem großen und stämmigen Körper. Die vollen, dunkelblonden Haare umrahmten ein nicht schönes, dafür aber imponierendes Gesicht. Die Haut war einfach zu uneben, um es als hübsch zu bezeichnen, befand sie. Doch sah es eindrucksvoll aus, mit ausgeprägten Gesichtszügen, einer großen Nase, hohen Wangenknochen und einem kräftigen Kinn. Der Blick seiner himmelblauen Augen war kaum zu deuten.

In diesem Moment betrat die Servicekraft die Loge, schenkte Champagner nach und reichte ein Tablett mit Austern.

„Wir benötigen Sie für heute nicht mehr! Gehen Sie!", warf er dem jungen Mann in einem strengen Ton zu, der die Loge daraufhin sofort verließ.

Ganz offensichtlich war ihr heutiger Kunde es gewohnt, dass andere auf ihn hörten.

„Warum sind Sie zu spät gekommen?", fragte Michelle und ließ sich den Handrücken küssen. Sie nahm einen Schluck von der prickelnden Flüssigkeit und blickte zur leeren Bühne. Im Tonfall ihrer Stimme hatte sie keinen Zweifel daran aufkommen lassen, dass sie eine Entschuldigung verlangte. Auf Hannas Anraten hin beließ sie noch es bewusst beim förmlichen „Sie", um zunächst eine Distanz zu wahren.

„Ich wurde aufgehalten, Lady Michelle. Es tut mir leid!", sagte er seltsam kleinlaut und ging auf die Knie, nahm die ihr nochmals dargebotene Hand und küsste sie unterwürfig.

„War das alles?"

„Das war nur ein Anfang, verehrte Lady. Ich hoffe, Sie werden es erlauben, dass ich es wiedergutmanchen kann", räumte er beschämt ein.

Michelle versuchte, einen zornigen Gesichtsausdruck zu machen. Aber als sie ihn ansah, da lächelte er. Er wirkte amüsiert und seine Augen funkelten. Sie konnte nicht anders, als sein Lächeln zu erwidern. Der Mann hatte Ausstrahlung und konnte Menschen für sich einnehmen. Vorsicht war hier geboten, schoss es ihr durch den Kopf. Wichtig war, dass sie auf jeden Fall die Oberhand behielt. Bei ihm musste sie schon perfidere Mittel als eine normale Schmerzbehandlung mit einer Reitgerte anwenden, um ihm Demut und Unterordnung anzuerziehen.

„Aber ja, ich werde Ihnen erlauben, die Verspätung schon bald wiedergutzumachen!", entgegnete Michelle und hielt seinem Blick stand.

Ein seltsames Versprechen war in seinen Augen zu lesen und unter der Kraft des Blicks dieses ansehnlichen Kunden bemerkte sie ein leichtes Kribbeln im Bauch. Sie fasste sich aber sofort wieder, wusste, dass sie sich zusammenzureißen hatte. Die Rollen waren von Hanna für diesen Abend klar definiert worden: Michelle würde die tonangebende, überhebliche und arrogante Lady sein, und er derjenige, der sich nach ihr verzehren, sie verehren würde.

Kühl sah sie ihn daher an.

„Ich möchte das Schauspiel genießen!"

Ihre Stimme war frostig.

„Da bin ich ganz Ihrer Meinung, Lady Michelle", entgegnete er zustimmend.

„Das glaube ich Ihnen nicht! Das Theaterstück interessiert Sie überhaupt nicht. Ich habe es an ihrem Gesichtsausdruck gesehen!"

„Wie bitte, Lady?"

„Haben Sie mich nicht verstanden? Ich will den Rest des Schauspiels genießen und nicht gestört werden!" Ihre Hand wies zum Holzboden der Loge. „Dort unten setzen Sie sich hin. Mit etwas Glück dürfen sie mir noch zwischen dem vierten und fünften Aufzug Champagner nachschenken und Austern reichen – vielleicht mir auch die Füße küssen!"

Der Mann schien noch nicht begriffen zu haben. Erst als die drei Hexen und ein brodelnder Kessel in der ersten Szene des vierten Aufzugs im Licht der Bühnenbeleuchtung erschienen und Michelles kühler Blick dorthin ging, fügte er sich und tat, was ihm gesagt worden war.

\*\*\*

„Haben Sie sich gut unterhalten gefühlt, Lady Michelle?", erkundigte sich Aaron Hensley, als sie nach der Vorstellung die Theaterbar aufgesucht hatten.

Michelle bejahte die Frage, hakte sich, nachdem sie einigen Geschäftsmännern aus den Vereinigten Staaten vorgestellt worden war, vertraut bei ihm ein. Schließlich war sie an diesem Abend nicht nur als Domina, sondern auch als Escort Lady engagiert worden und hatte nach außen die Rolle einer aufmerksamen Begleiterin zu spielen.

Ja, sie habe das Stück genossen, erklärte sie der interessierten Runde, ließ bei ihren Worten keinen Zweifel aufkommen, dass sie mit dem Werk bestens vertraut war. Die Schauspieler hätten erstklassig agiert, einen unverfälschten Shakespeare auf klassische, wundervolle Weise dem Publikum vermitteln können.

„Möchten Sie noch etwas essen, Mylady?"

„Nein, danke! Ich glaube, ich habe genug gehabt. Die Austern und das Baguette haben mir gereicht", sagte sie so, dass man es in der Gesprächsrunde mitbekam, flüsterte Hensley dann zu: „Rufen Sie Ihren Chauffeur! Ich möchte zu einer ganz bestimmten Adresse gefahren werden!"

Eine Sekunde später hatte er sein Smartphone in der Hand und tippte eine Nachricht ein. Kurz darauf kam die Antwort, dass die Limousine auf dem Vorplatz warten würde.

\*\*\*

Der Chauffeur stieg geschwind aus, öffnete den hinteren Wagenschlag und ließ sie einsteigen.

Michelle versuchte, das leicht mulmige Gefühl in der Magengegend zu unterdrücken. Zum ersten Mal bemerkte sie so etwas wie Aufregung. Sie war dabei, in den Wagen eines Mannes zu steigen, den sie zuvor nie gesehen hatte und kaum kannte. Für den Bruchteil einer Sekunde zögerte sie, stieg dann aber ein und glitt mit dem Po über die hellbraunen Ledersitze auf die andere Wagenseite.

„Wohin fahren wir?", wurde sie gefragt.

„Wir besuchen ein ganz besonderes Etablissement! Ich möchte mich amüsieren!"

Michelle verschwieg bei ihrer Antwort, dass es sich bei diesem Etablissement um einen kleinen, aber exklusiven SM-Club handelte, an dem die Baronesse gemeinsam mit ihrer Freundin Lady Fortescue Geschäftsanteile besaß.

„79 Belsize Park, London NW3!"

Mehr als diese Adresse sagte sie nicht, während sich der Wagen in den noch immer sehr dichten Verkehr einfädelte. Überraschend zügig ging es mit dem Koloss von Auto voran, stets schien der erkennbar geschulte Fahrer entstehende Lücken zu erahnen, bevor sie überhaupt entstanden waren.

Erneut wurde die Blackfriars Bridge genommen, um die Themse zu überqueren, diesmal in entgegengesetzter Richtung nach Norden. Die Lichter entlang des Themseufers spiegelten sich im schwarzen Flusswasser.

Nach nicht einmal dreißig Minuten Fahrt bog der Wagen in eine ruhige, von gepflegten Gärten und Reihenhäusern gesäumte Straße ein.

„Wir sind da!", sagte sie trocken, als sie vor einem unscheinbaren Wohnhaus zum Stehen kamen. Nichts deutete darauf hin, was sich hinter der biederen Fassade mit der Hausnummer 79 verbarg.

Der Chauffeur öffnete ihr die Wagentür. Nun hatte sie endlich die Gelegenheit, diesen Teufelsfahrer einmal von Nahem zu betrachten. Ein junger Mann, klein und schlank, und mit einem hübschen Gesicht – ganz im Gegensatz zu seinem imposanten, aber alles andere als gut aussehenden Chef, stellte Michelle fest. Für eine Sekunde fixierten sich ihre Blicke, schienen aneinander festhalten zu wollen. Dann nahm sie seine gereichte Hand und stieg aus.

Mit einigen harschen Worten deutete Hensley seinem Fahrer an, dass er wieder einzusteigen habe. Als dieser sich hinter das Steuer gesetzt hatte, gab er ihm den Auftrag, eine Parklücke zu suchen und sich für weitere Anweisungen bereit zu halten.

Ohne zu zögern steuerte Michelle auf die Haustür zu, bemerkte dabei, wie Hensley hinter ihr Schritt zu halten versuchte. Außer einer kleinen, runden Luke in der Tür deutete noch immer nichts darauf hin, welch ein anrüchiges Etablissement sich hier befand. Sie betätigte den Türklopfer und für eine Sekunde zeigte sich ein dunkelhäutiges Gesicht hinter der auf Kopfhöhe angebrachten Öffnung. Ein angedeutetes Nicken von Michelle reichte, damit der Türsteher begriff und sich die Pforte zur dieser für Normalos verbotenen Welt öffnete.

\*\*\*

Michelle führte den Kunden in eine im viktorianischen Stil ausgestattete Bar. Lampen auf der Theke, an den Wänden und auf einigen Tischen verbreiteten ein sanftes Licht. Etwa ein Dutzend Gäste waren an diesem Samstagabend anwesend. Sie unterhielten sich oder lauschten der Musik des Mannes am Piano, saßen an polierten Walnusstischen und hatten Cocktails oder Sektgläser vor sich stehen.

Etwas abseits der Gäste hatte sich eine ältere Lady auf einer Chaiselongue niedergelassen. Als sie Michelle erblickte, stand sie sofort auf. Die Dame trug ein elegantes weißes Chiffonkleid mit einem schwarzen Kragen und Bündchen aus Seide. Ihre Füße steckten in flachen, schwarzen Lackschuhen. Ein Dutt auf ihrem Hinterkopf sorgte dafür, dass ihre stahlgrauen Haare streng nach hinten lagen. Ein halb gefülltes Glas Champagner stand auf einem Serviertablett für sie bereit. Allerdings befand sich das Tablett nicht wie üblich auf einem Tisch. Es wurde von einem vor ihr auf dem Boden knienden und von Kopf bis Fuß in schwarzem Leder gehüllten Haussklaven gehalten. Michelle fragte sich im ersten Moment, wie dieser Mann atmen würde, sah erst auf dem zweiten Blick die kleinen Perforationslöcher im Augen- und Mundbereich der Maske. Der Mann zitterte leicht, versuchte so gut es ging, stillzuhalten, um nichts zu verschütten. Sicher würde dies eine drakonische Strafe aus der Hand dieser aristokratischen Lady nach sich ziehen, war sie überzeugt.

„Liebste Michelle!", sagte die Dame mit einem gewinnenden Lächeln. „Es ist immer wieder ein wahrer Genuss mein Opus Magnum zu treffen!"

„Lady Fortescue!", mit schnellen Schritten kam Michelle auf die Lady zu, umarmte sie und drückte ihr einen Kuss auf die Wange. „Wie ich sehe, geht es Ihnen gut!"

„Ach, Sklaven sind auch nicht mehr das, was sie einmal waren, meine Liebe!", entgegnete die Schönheitschirurgin stirnrunzelnd und warf einen flüchtigen Blick über die Schulter. „Ich habe ihn heute Abend schon so hart rangenommen, dass er es eigentlich kapiert haben müsste. Trotzdem zittert der noch wie Espenlaub! Es wird nicht lange dauern, und der Narr verschüttet den guten Moët Chandon zum dritten Mal an diesem Abend!"

Nach diesen Worten drückte sie die Spitze ihres Schuhs in seinen Wadenmuskel. So quälte sie ihn eine Weile, ergötzte sich am seinem Bemühen, keine Regung zu zeigen und das Tablett gerade zu halten.

Dann ergänzte sie mit gequälter Stimme:

„Ach, aber was kann man auch schon von einem Politiker aus dem Unterhaus erwarten? Große Versprechen und nichts dahinter."

Michelles Gesicht verzog sich.

„Moët Chandon verschütten? Das ist unverzeihlich!"

„Setz dich zu mir!", forderte die adlige Dame ihre Freundin mit weitaus freundlicherer Stimme auf. Michelle wandte sich daraufhin zu Hensley und giftete ihn an:

„Warum vernachlässigst du deine Pflichten?"

Hensley schien im ersten Moment nicht zu verstehen, war auch deshalb verwirrt, weil Michelle ihn jetzt mit „Du" anredete. Erst als Lady Fortescue dem Nachdruck verlieh und sagte, dass man einer Lady den Mantel abzunehmen habe, senkte der Geschäftsmann den Kopf und hielt den Arm hin, so dass Michelle ihren Kaschmirmantel darüber legen konnte. Mit gesenktem Haupt bewegte er sich in Richtung Garderobe.

„Das war nach deiner Verspätung heute schon die zweite Oberflächlichkeit! Das wird ein Nachspiel haben!", rief sie ihm nach.

Nachdenklich blickte ihm hinterher. War seine Unterwürfigkeit gespielt? Oder entsprang sie tatsächlich einer wahren Sklavenseele?

Der Abend würde es sicher noch zeigen.

***

Während Michelle sich neben ihrer fast vierzig Jahre älteren Freundin auf dem roten Samtpolster der Chaiselongue niederließ, warf sie einen verstohlenen Blick auf den in Leder gehüllten Diener. Noch immer zitterte der Mann. Stoisch starrte er mit gesenktem Kopf auf den mit orientalischen Mustern verzierten Teppich unter sich, schien nichts von dem wahrzunehmen, was um ihn herum geschah. Seine Konzentration galt ganz dem Silbertablett, auf dem von einer weiblichen Bedienung nun ein zweites Sektglas abgestellt wurde.

„Wer ist diese Kreatur?", fragte Michelle.

„Sein wahrer Name tut nichts zur Sache. Zu diesem Objekt sei nur so viel gesagt, dass er eine der Personen ist, die die politischen Geschicke unseres Landes bestimmen", antwortete die alte Lady und sagte nach einer kurzen Pause: „Vermutlich stellt er sich dabei ähnlich stümperhaft an, wie in seinem Job als Sklave."

Als Hensley von der Garderobe zurückkehrte, bekam er von Michelle die Anweisung, sich neben dem Ledersklaven auf den Boden zu setzen.

152

Streng sah sie ihn an, als er sich der Aufforderung umständlich fügte.

Der Geschäftsmann wolle seinen Erfahrungshorizont vor allem in Bezug auf Demut und Erniedrigung erweitern, hatte Hanna ihr im Vorbereitungsgespräch über die Wünsche des Kunden berichtet. Dieses Verlangen solle er erfüllt bekommen, hatte Michelle sich da vorgenommen. Noch heute Nacht würde er Dinge machen und Entwürdigungen hinnehmen, die zuvor undenkbar für ihn gewesen wären. Während Michelle sich den weiteren Verlauf des Abends im Gedanken ausmalte, richtete Lady Fortescue das Wort an Hensley:

„Und wer sind Sie? Sind sie ebenfalls ein Politiker?"

Wie Michelle es anfangs getan hatte, benutzte Lady Fortescue das förmliche „Sie".

Bevor Hensley reagieren konnte, antwortete Michelle für ihn: „Er ist in seinem bürgerlichen Leben ein Geschäftsmann."

„Was führt Sie in mein Etablissement, Geschäftsmann?"

Der Mann zögerte, suchte ganz augenscheinlich nach einer passenden Antwort, gab dann an, dass man auf Wunsch von Lady Michelle dieses Haus besuchen würde.

„Wissen Sie, warum meine liebste Michelle Sie ausgerechnet *hierher* geführt hat?"

Er schüttelte den Kopf.

„Nein, mein Sklave weiß es nicht! Ob er es überhaupt jemals erfährt, hängt von seinem Verhalten ab!", bestätigte Michelle scharfzüngig.

Lady Fortescue nahm daraufhin zwei Zigaretten aus der auf dem Tablett liegenden Schachtel und gab ihrer Freundin eine davon. Die Frauen ließen sich Feuer geben und inhalierten den blauen Dunst. Die Lady hob ihre aufgemalten Augenbrauen und setzte die Befragung fort:

„Wenn Sie sich von Lady Michelle ausgerechnet hierher führen lassen, besitzen Sie bereits bis zu einem gewissen Grad ein fügsames Naturell. Sie verhalten sich uns gegenüber tatsächlich unterwürfig und machen das, was wir Ihnen sagen. Diese Eigenschaft legen Sie im normalen Leben kaum an den Tag, oder?", erkundigte sich die erfahrene Hausherrin.

„Ich denke nicht, Mylady. Im normalen Leben habe ich wenig Verlangen nach Unterwürfigkeit. Sie wäre kontraproduktiv in meinem Beruf. Ich bin ein Erfolgsmensch, der sich durchzusetzen hat und Stärke zeigen muss."

Selbstbewusstsein schwang in seinen Worten mit.

Lady Fortescue nickte bedächtig. Sie fummelte mit einer Hand an der Maske ihres Dieners und löste ein mit zwei Druckknöpfen befestigtes Stück Leder von seinem Mund, so dass seine schmalen Lippen zum Vorschein kamen.

„Mund auf!", befahl sie knapp und schnippte fast im selben Moment die Zigarettenasche auf die Zunge des Mannes.

Nur eine Sekunde später tat Michelle es ihr gleich. Danach beugte sie sich zu Lady Fortescue. Sie hielt ihre Lippen dicht an das Ohr der Lady und flüsterte ihr etwas so leise zu, dass keiner es mithören konnte.

*\*\**

„Würden Sie uns einen Gefallen tun, Mr. Hensley?", fragte Lady Fortescue, nachdem sie aufgeraucht und die Zigarette auf der ausgestreckten Zunge ihres Ledersklaven ausgedrückt hatte.

„Wie darf ich Ihnen behilflich sein, Lady?"

Die adlige Dame lächelte, gab dem Politiker einen Stoß mit dem Fuß in die Seite und sagte zu ihm: „Die Theatervorstellung möge beginnen!", worauf dieser das Tablett auf den Boden vor sich abstellte und sich in Bewegung setzte. Nachdem er an einer an der Wand

154

angebrachten Kordel gezogen hatte, glitt lautlos ein Vorhang zur Seite und gab den Blick auf eine reichhaltig ausgestattete Folterkammer frei. Im Clubraum und an der Theke wurde es urplötzlich still. Die Augen aller anwesenden Gäste richteten sich auf das, was zuvor hinter dem Vorhang verborgen war.

Michelle schnappte entzückt nach Luft. Andreaskreuz, Spreizhölzer, Pranger, Prügelbock, Peitschen, Paddel und Gerten – all das, was ein dominantes Herz begehrte, war in dem Spielzimmer vorhanden! Die Handschriften von Baronesse Hanna und ihrer Geschäftspartnerin Lady Fortescue waren unverkennbar. Alles war aus hochwertigen Materialien gefertigt: glänzender Stahl, Edelhölzer oder Leder. Hier lagen Lust, Luxus, Schmerz, Qual und hemmungslose Begierden ganz dicht beieinander. Ein von Kopf bis Fuß in erotischen Latexanzügen gekleidetes Pärchen bespielte gerade eine junge, auf dem hölzernen Prügelbock gefesselte Frau. Sie war, außer einer einem Katzenkopf nachgebildeten Maske, vollkommen nackt. Ein lustvolles Stöhnen entwich ihrem Mund.

„Es wird Zeit für ein wenig Zerstreuung!", sagte Lady Fortescue und klatschte einmal in die Hände. „Mr. Hensley, würden Sie sich ins Nebenzimmer begeben und die Herrschaften um zwei Reitgerten bitten? Fragen Sie bitte nach Gerten von mittlerer Länge. Meine Freundin Michelle hat mir angeboten, mich an dem, was sie mit Ihnen vorhat, zu beteiligen. Und ich gebe zu, dass ich solch ein Angebot einfach nicht ablehnen kann. Es wäre mir ein Vergnügen, Sie so zu erniedrigen, dass Sie als anderer Mensch mein Haus verlassen!"

Sie ließ sich eine weitere Zigarette anzünden, zog genussvoll daran und schnippte erneut ein Häufchen Asche in den offenen Mund ihres Ledersklaven.

„Das ist doch der Grund ihres Besuchs, oder? Sie wollen das Haus doch als besserer Mensch verlassen?"

Aaron Hensleys Augen weiteten sich nach diesen Worten. Damit hatte er ganz augenscheinlich nicht gerechnet. Er öffnete den Mund, um etwas zu entgegnen.

„Er wird ganz sicher nichts dagegen haben!", schnitt Michelle dem sichtlich perplexen Mann das noch nicht ausgesprochene Wort ab und wandte sich zu ihm: „Worauf wartest du? Geh schon! Besorge uns die gewünschten Instrumente!"

Hensleys Gesichtszüge verzerrten sich, sein Hals bewegte sich so, als wolle er eine unangenehme Kröte herunterschlucken. Ein wenig zögerlich tat er dann aber das, was ihm gesagt worden war.

Mit Bedacht trat er an das dominante Latexpärchen heran. Die ließen von ihrer Spielpartnerin ab und blickten Hensley aus schwarzen, den Kopf eng umschließenden Latexmasken an.

Leise sprach er ein paar Worte zu ihnen, so leise, dass Michelle es nicht verstehen konnte. Kurz darauf ging er in die Knie und küsste dem Mann und die Frau abwechselnd die von schwarzglänzenden Handschuhen verhüllten Finger und Handrücken, worauf er von der Dame zwei Reitgerten mittlerer Länge ausgehändigt bekam. Als er ging, schien sich das Paar nicht mehr weiter um ihn zu kümmern. Der in einem atemberaubend engen Latexanzug gekleidete Mann schob der Sklavin seinen steifen Penis in das Hundemaul, während die nicht minder aufregend gekleidete Frau den freien Po ihres weiblichen Opfers mit einer Reihe von Hieben mit ihrer Cat'o'nine bedachte.

\*\*\*

„Ich bin wegen meines Sklaven besorgt", sagte Michelle, drückte ihren glühenden Zigarettenstummel auf der ausgestreckten Zunge des devoten Politikers aus und nahm die ihr von Hensley hingehaltene Reitgerte. Mit einem Fingerzeig befahl sie ihm, sich wieder neben dem menschlichen Aschenbecher auf den Boden niederzuknien.

„Warum bist du besorgt?"

Lady Fortescues glühender Glimmstängel wanderte nach ihrer Frage auf dieselbe Art in den offenen Mund des Ledersklaven. Es zischte leise, als die Glut auf der Zunge erlosch. Mit einem kräftigen Schluck verschwanden die beiden Stummel im Rachen des Mannes. Mittlerweile hatte er sich auf seine Rolle eingestellt und sich beruhigt, sein Zittern hatte sich gelegt. Die Oberfläche der Flüssigkeit in den halb geleerten Champagnergläsern vibrierte nicht mehr.

Die Spitze von Michelles Reitgerte drückte auf Hensleys Wange, so dass sich der Stab etwas durchbog.

„Ich bin nicht wegen seiner fehlenden Erfahrung in Hardcore-SM besorgt, sondern wegen seines Charakters! Ich habe heute mit ihm eine Vorstellung von Macbeth im Globe Theatre besucht. Dabei hatte ich die Gelegenheit, seinen Gesichtsausdruck zu studieren!"

„Und was hast du in seinem Gesicht gelesen?"

„Er versteht nichts von Theater! Er konnte sich einfach nicht in die Figuren hineinversetzen. Es wird für ihn kaum möglich sein, sich selbst in neue Rollen einzufinden. Ihm fehlt die nötige Kreativität!"

Die Clubbesitzerin tat entsetzt.

„Welchen Nutzen hat ein Sklave mit einem verhärteten Herzen, ein Mann ohne emotionalen Zugang zum Schauspiel?"

„Ich sah in seinen Augen, dass er nicht in der Lage ist, eine Rolle anzunehmen, die jenseits des Begreifbaren liegt."

„So, wie du es damals gemacht hast!"

Michelle fasste dies als Kompliment auf. Sie lächelte und ihre roten Lippen zogen sich nach oben.

„Ja, ich habe die Pforte zu einer neuen Welt durchschreiten können. Hanna und Aimée haben meine Seele über die Schwelle geführt, während Sie meinen Körper dorthin transformierten! Mit Ihrer Hilfe habe ich es geschafft, auf eine Art zu leben, von der die meisten Menschen nicht einmal wissen, dass sie überhaupt existiert! Allerdings vergessen Sie nicht, dass ich dafür auch einen Preis zahle. Ich kann nie wieder in mein altes Leben zurück, werde wohl weder Kinder, noch einen Ehemann oder eine Ehefrau haben. Vielleicht werde ich auch nie in meinem Leben verliebt sein!"

Lady Fortescue seufzte.

„Das kann allerdings auch ein Segen sein, denn Liebe kann Qual bedeuten!"

„Dafür habe ich andere Qualen erlitten, lustvolle Qualen!", Michelle begann wieder zu lächeln. Ihr Blick wanderte zu dem Sessionraum. „Ich genieße es, Lust aus dem Zufügen von Schmerz zu gewinnen. Doch den Schmerz des Verliebtseins habe ich nie erfahren dürfen.", sinnierte sie, wechselte dann das Thema. Ihr Ton wurde entschlossener. „Ich will, dass der Sklave uns seine Aufrichtigkeit beweist!"

„Er muss seine Reise behutsam antreten, aus eigenem Antrieb!", entgegnete Lady Fortescue, erkundigte sich daraufhin bei Hensley, was ihm sein vermeintliches Sklavenherz sagen würde.

Ihre knorrigen Finger umschlossen den Griff der Reitgerte fester.

„Fühlen Sie sich sicher genug, sich von uns in die Demut führen zu lassen?"

„Mehr als sicher, Herrin!", antwortete Hensley.

„Dann beantworten Sie mir eine Frage!"

Ihre Hand wies zu dem Sessionraum. Die Latexdomina hatte sich inzwischen einen Strapon umgeschnallt und trieb den Dildo so heftig in den Anus ihrer Sklavin, dass diese vor Schmerz aufschrie. „Welche Rolle wäre Ihnen am liebsten? Die des Sklaven, des Doms oder der Domina?"

„Herrin, mein Wunsch ist es, ein demütiges Sklavenobjekt zu sein. Ein Sklave, der nicht darüber nachdenkt, warum er gewisse Aufgaben bekommt, sondern sie ausführt, seien sie noch so eigenartig. Einer, der sich den Launen der Obrigkeit fügt und Schmerz …"

„Geschwätz!", schnitt Michelle ihm das Wort ab. „Das ist nicht mehr als das Wunschdenken eines Mannes, der sich an seinen eigenen Gedanken aufgeilt. *Nach dem Orgasmus* ist bei Männern nicht *vor dem Orgasmus!*"

Sie packte ihn am Kragen und zog ihn zu sich heran.

„Wenn man den Wunsch nach dem Dasein eines Sklaven einer Herrin hegt, heißt es noch lange nicht, dass man es auch tatsächlich ist! Ich möchte deine Demut auch noch dann erleben, wenn du abgespritzt hast, du kleiner Wurm!"

Sie verpasste ihm eine saftige Ohrfeige und stieß ihn wieder zurück, merkte, wie sich Zorn in ihr aufbaute, was immer ein guter Indikator dafür war, dass sich der Schwarze Schwan in ihr regte. Am liebsten hatte sie ihn jetzt wie ein lästiges Insekt unter ihren Absätzen zertreten. Sie ließ sich von Lady Fortescue eine neue Zigarette anzünden und nahm einen tiefen Zug.

„Beweis mir deine Aufrichtigkeit!", fauchte sie Hensley an, blies ihm dabei den blauen Dunst ins Gesicht. Dann richtete sie sich auf und öffnete den Reisverschluss am Rücken ihres Kleides. Mit einem leisen Rascheln glitt der glatte Stoff zu Boden und präsentierte das, was sie darunter trug: das am Vormittag bei Harrods erworbene, pfirsichfarbene Ensemble aus Slip, Korsage und Nylonstrümpfen.

Eine Weile genoss sie die bewundernde Blicke der beiden auf Knien ausharrenden Sklaven und der anderen Gäste im Raum, ließ sich dann zu ihrer Freundin aufs Sofa zurückfallen. Ihre rechte Hand grub sich in Hensleys kurzes, volles Haar. Sie spreizte die Schenkel und zog seinen Kopf näher an ihren Unterleib. Zufrieden stellte sie fest, dass der Mann zitterte.

Noch näher zog sie seinen Kopf zu sich heran, so dicht, dass seine Lippen fast den Seidenstoff ihres Slips an der Stelle berührten, wo der Penis für eine Auswölbung sorgte.

„Ich will, dass er abgemolken wird, ohne einen Orgasmus zu bekommen!", sagte sie.

Plötzlich gab es ein klatschendes Geräusch neben ihr. Lady Fortescue hatte mit der flachen Hand gegen die Wange des Ledersklaven geschlagen. Eine Sekunde später war ihre Stimme zu hören:

„Politiker! Worauf wartest du? Stell schon das Tablett ab! Der Geschäftsmann möchte die Ehrlichkeit seines Anliegens unter Beweis stellen. Melk´ ihn für uns ab!"

Der Mann in Leder nickte und zögerte keine Sekunde. Er stellte das Tablett zu Boden und machte sich daran, den Reißverschluss von Hensleys Hose zu öffnen.

Michelle spürte, dass ein Ruck durch dessen Körper ging und er reflexhaft seinen Kopf zurückzuziehen versuchte. Sie krallte ihre Finger daher noch fester in seinen Haarschopf.

„Wage es weder, deinen Kopf zurückzuziehen, noch meinen Schwanz zu berühren, du armseliges Würstchen!", warnte sie und riss seinen Kopf nach hinten, dass er zu ihr aufschauen musste. „Noch einmal und ich rufe die Türsteher und lasse dich hier hochkant rauswerfen! Haben wir uns verstanden?"

Sie bekam ein vorsichtiges „Jawohl" als Antwort.

160

„Jawohl, was …?", schrie sie – halb außer sich – den Mann an und gab ihm eine weitere, gepfefferte Backpfeife.
„Jawohl, Lady Michelle."

\*\*\*

„Da soll doch einmal jemand behaupten, dass die Zusammenarbeit von Politik und Wirtschaft in unserem Königreich nicht mehr funktionieren würde!", lachte Lady Fortescue, als der Sklave Hensleys Penis aus der Hose herausgeholt hatte und zärtlich streichelte. Mit interessierter Miene verfolgte sie, wie der schwarze Lederhandschuh damit begann, Vorhaut und Eichel zu stimulieren. „Sein Schwanz ist schon hart, obwohl der Melkvorgang noch nicht einmal richtig begonnen hat!"

Kurz darauf spürte Michelle die Hand von Lady Fortescue an ihren Brüsten. Mit geschickten Griffen befreite sie diese von den großzügig gearbeiteten Cups der Korsage.

„Größe C, runde Brüste, geschmeidig und keine Anzeichen einer Hängebrust. Perfekt! Auch ohne BH stehen sie. Meine Schöpfung, mein Meisterwerk!", flüsterte die Schönheitschirurgin und starrte voller Stolz auf die strammen Brüste, die sich ihr mit aufgestellten, bräunlichen Nippeln präsentierten.

Dann beugte sie sich vor und schützte ihre Lippen.

Sanft liebkoste ihre Zunge abwechselnd die Brustwarzen, während ihre Hand über den glatten Stoff der Korsage nach unten wanderte und unter das mit Spitzen verzierte Bündchen des Slips glitt.

In einem Gefühl tiefster Wonne schnurrte Michelle, legte ihre Lippen dankbar auf die Schläfe von Lady Fortescue. Ihr Zorn verflog umgehend. Die geschickten Chirurgenhände der Lady sorgten für ein wildes Pochen in ihrer Brust. Heiße Lust pulsierte durch ihren Körper. Blut rauschte in den Penis und ließ ihn anschwellen. Sie stöhnte zufrieden auf, vernahm das anregend würzige Odeur des Parfüms der Lady. Diese setzte die Stimulation am Penis fein dosiert ein, nie wurde es zu wenig, nie zu viel. Sie hielt damit eine latente Erregung aufrecht, ohne einen vorzeitigen Orgasmus hervorzurufen. Trotz der vielen Blicke, die auf sie gerichtet waren, konnte Michelle sich jetzt vollkommen fallen lassen, spürte die Zärtlichkeiten der Hand an ihrem Penis und der Lippen an ihren Nippeln, genoss die auf sie einwirkenden Gefühle.

Als Hensleys Körper unregelmäßig zu zucken begann, lockerte sie den Griff in seinen Haaren. Sie hörte, dass er schwerfällig ein- und ausatmete, schloss die Augen und ließ die übrigen Sinneseindrücke voll auf sich wirken. Auch wenn sie es nicht sehen konnte, so wusste sie, dass er jetzt auf ihren Penis starrte, der sich unter Lady Fortescues geschickter Handarbeit zu einer stattlichen Größe aufgerichtet hatte.

Erst nach einer gefühlt unendlich langen Zeit öffnete sie wieder ihre Augen, deren Lider ihr plötzlich schwer wie Blei vorkamen. Hensleys Gesicht war noch immer ganz nah an ihrem Schwanz, so nah, dass er den Geruch ihrer Männlichkeit inhalieren konnte. Starr blickte er auf Lady Fortescues schlanke, knochige Finger mit den silbrig lackierten Nägeln, die die Eichel umschlossen und gefühlvoll massierten. Wie gerne würde er wohl den vor seinem Gesicht aufragenden Penis mit Küssen überziehen, den maskulinen Geschmack der Eichel mit der Zunge aufnehmen, fragte Michelle sich und warf einen Blick auf den Ledersklaven.

Augenscheinlich nahm der seine Aufgabe sehr erst und wollte seine Herrin nicht enttäuschen. Seine Finger liebkosten Hensleys Hoden und fuhren über seinen Schwanz. Dann spielten sie intensiv mit der Vorhaut, schoben sie sanft vor und zurück. Kurz hielt er inne, ließ Hensley in seiner aufgebauten Erregung zappeln, um dann mit seinem erotischen Werk fortzufahren. Der Geschäftsmann stöhnte auf. Nach einer Weile konzentrierte sich die jetzt flinker werdende Lederhand nur noch auf die Eichel, stimulierte sie intensiv mit der Handfläche, versetzte Hensley so in ein wollüstiges Keuchen. Sein Stöhnen wurde lauter und sein Körper schüttelte sich unter dem Einfluss des sich aufbauenden Höhepunkts. Unablässig wanderte die von Leder überzogene Handfläche über die Eichel, schnell und effektiv.

Auf einmal beendete der Sklave abrupt seine Bewegungen. Er löste die Hand vom Penis und hielt die offene Handfläche vor die Eichel. Das Stöhnen ebbte ab. Ein Strom Flüssigkeit ergoss sich über die Handfläche und die Finger, überzogen das tiefe Schwarz des Lederhandschuhs mit weißlichen Spermafäden.

In diesem Moment erhöhte Lady Fortescue die Intensität ihrer gekonnt dosierten Stimulationen an Michelles Penis. Ihre Lippen umspielte ein bösartiges Lächeln. Der Politiker hatte gut gearbeitet. Zwar hatte der Geschäftsmann abgespritzt, jedoch nicht die körperlichen Wonnen des Orgasmus erlebt. „Abmelken" war eine sehr demütigende Art des SM, befand Lady Fortescue, wusste aber, dass sie in diesem Fall unumgänglich war.

„Den Saft ablecken!", zischte sie Hensley zu, der sich von dem Geschehnis noch nicht erholt hatte. Er reagierte aber schnell, als er die Hand des Ledersklaven vor seinem Gesicht sah. Umgehend öffneten sich seine Lippen und voller Leidenschaft leckte er sein noch lauwarmes Sperma vom Handschuh, bis nicht ein Tropfen darauf mehr zu sehen war.

Michelle, ganz in den erregenden Gefühlen dieses Augenblicks gefangen, holte keuchend Luft, wand sich unter den Berührungen von Lady Fortescues Händen und bemerkte, wie sich mit einem Kribbeln langsam der Höhepunkt in ihr aufbaute. Schon ein paar Sekunden später erreichte sie den Punkt, an dem es kein Zurück mehr gab. Unwillkürlich drückte sie den Pobacken zusammen, krallte die Finger wieder fest in Hensleys Haare und stieß keuchende Laute aus.

„Den Mund auf, du Kulturbanause!", hörte sie Lady Fortescues Aufforderung an Hensley. Ihre Hand legte dabei an Tempo zu, die schlanken Finger umschlossen die Eichel fester, während sich das herrliche Gefühl im Innersten von Michelle verstärkte, den ganzen Unterleib erfüllte und, als es kaum noch auszuhalten war, in einem Orgasmus explodierte. Ein Sturm der Erlösung fegte über sie hinweg, erschütterte ihren Körper und ihre Seele. Als sie aus halb geöffneten Lidern erkannte, wie ihr Sperma in mehreren Schüben in den geöffneten Mund ihres Sklaven spritzte, seufzte sie erleichtert und in glücklicher Entzückung auf.

Erst nachdem die Wellen langsam abebbten, um sich ganz zu beruhigen, entspannte sie sich in einer Phase angenehmer Mattigkeit.

Kaum noch bekam sie mit, dass sich kurz darauf bei dem bizarren Dreier in der Folterkammer ebenfalls eine kollektive Klimax aufbaute.

***

Lady Fortescues ruhige Worte beendeten schließlich die Stille im Club.

„Führ ihn zu Lady Ewa und Master Adam. Sie sollen unserem neuen Novizen seinen wahren Platz in unserer Gesellschaft zeigen! Auch er soll eine Tiermaske bekommen, eine Maske, passend für ihn ist. Du wirst schon wissen, welche ich meine", sagte sie sie zu ihrem Ledersklaven und hatte dabei erstmals die Vornamen des Latexpaars im Spielraum genannt. Dann warf sie ihrem Diener ein Halsband und eine Hundeleine hin. Dieser wusste sofort, was zu tun war. Er schnallte Hensley das Lederhalsband um, zog einmal ruckartig daran und gab dem Neuling so das Zeichen, ihm kriechend zu folgen. Langsam bewegten sich die beiden Männer auf das dominante Pärchen zu, dass sich gerade daran machte, ihre Gespielin vom Prügelbock zu befreien.

Dort war ein Platz freigeworden.

\*\*\*

18.04. – Washington/Pittsburgh
**Werkschließung überraschend vom Tisch**
US-Autobauer Pegaso zieht seine umstrittenen Pläne zur Schließung des Fertigungswerks in Pittsburgh/Pennsylvania zurück. Stattdessen sollen dreihundert Millionen Dollar in eine neue Fertigungsstraße und eine Lackiererei investiert werden. Das Werk in Pittsburgh soll demnach künftig selbstfahrende und Elektro-Fahrzeuge produzieren. Dadurch können bestehende Arbeitsplätze gesichert und dreihundertfünfzig weitere neu entstehen, hieß es in einer Mitteilung der Geschäftsleitung.

Der zuletzt wegen seiner entscheidenden Rolle bei den Schließungsplänen kritisierte Aaron Hensley war zu einer Stellungnahme nicht bereit. Er ließ lediglich verlautbaren, dass ein Erlebnis in London ihn dazu bewogen habe, seine tiefgreifende Entscheidung zu überdenken. Er sei froh, dass er den Vorstand für seine neuen Pläne im strukturschwachen Pittsburgh gewinnen konnte.

**10.**

## Am Longierplatz

Immer, wenn ich mich auf die Absperrungen des kreisförmigen Longierplatzes setzte, fühlte ich mich wie in den Westernfilmen, die ich oft als Kind gesehen habe. In diesen Streifen saßen staubige Cowboys auf den Zäunen einer Pferdekoppel, kauten auf einem kalten Zigarettenstummel oder einem Grashalm herum und sahen dabei zu, wie Mustangs von rauen Gesellen in Chaps und Sporenstiefeln eingeritten wurden. Die Dressur eines Pferdes oder auch das Longieren war heutzutage weitaus technischer und fortgeschrittener, längst nicht mehr so roh und ursprünglich, wie zu Zeiten des Wilden Westens. Auf Black Swan Manor nutzten wir diese Form des Trainings vornehmlich zur Gymnastizierung und Konditionierung unserer menschlichen Reittiere. Es bot gute Möglichkeiten, sie abwechslungsreich und artgerecht zu bewegen.

„Michelle war damals noch nicht erfahren genug, um Hensleys Wünsche in vollem Umfang zu erfüllen", sagte die rechts neben mir auf dem Zaun sitzende Hanna. Ihr Blick war starr auf Aimée gerichtet, die in der Mitte des Longierplatzes stand. „Es war ihr erster Job. Daher war es erforderlich, dass Adam, Lady Fortescue und du damals im Club ebenfalls anwesend waren."

„Ja, so ist alles gekommen, wie du es dir vorgestellt hattest!", konnte ich nur bestätigen.

„Und zweitausendfünfhundert Arbeiter in Pittsburgh haben ihren Job behalten", warf Michelle ein, die links neben mir auf dem Zaun saß. „Wenn die wüssten, was für Hensleys Umdenken gesorgt hatte!"

Eine Weile sahen wir drei unserer Freundin Aimée bei der Arbeit zu. Sie setzte die Longierpeitsche nur so ein, dass sie eine treibende Wirkung hatte und ihre vier Schützlinge in Bewegung hielt. Zum gezielten Touchieren hielt sie das über drei Meter lange Zuchtinstrument stets in Kopfhöhe hinter ihnen. Als einer der im leichten Trab laufenden Männer an Tempo verlor, bewegte Aimée kaum merklich die Hand, mit der sie den Peitschengriff hielt.

Es gab ein leises Zischen, dann knallte es dezent. Der Knoten am Ende des aus einem Lederriemen bestehenden Schlags traf den Sklaven an der Schulter. Sofort nahm er wieder Geschwindigkeit auf und schloss zu seinen Kollegen auf.

„Was ich dich schon immer fragen wollte", platzte es aus Hanna heraus. „Warum hast du die Kurzgeschichte genau an der Stelle beendet, als der Ledersklave mit dem angeleinten Hensley zu dir und Adam kam?"

„Ich wollte die Leser nicht überstrapazieren."

Hanna sah mich fragend an.

„Womit überstrapazieren?"

„Es hätte sich alles einfach zu sehr wiederholt!"

„Du solltest es so schreiben, wie es sich tatsächlich zugetragen hat und nicht etwas kürzen, nur weil es zu bizarr oder zu dick aufgetragen wirken könnte!"

„Zweimal hatte Hensley bereits Sperma aufgenommen, sein eigenes und das von Michelle. Sollte ich tatsächlich noch weitere Szenen einbauen, in der ähnliches mit dem Saft der anderen männlichen Gäste des Clubs geschah?"

„Ewa hat vollkommen recht!", warf Michelle ein und ließ sich von Hanna eine Zigarette anzünden. „Es würde sich doch nur alles wiederholen und die Leser langweilen."

„Natürlich könnte man auch davon eine gute Geschichte mit einigen sehr prickelnden Szenen machen. Aber ich glaube, das kann ich besser in einem der nächsten Bücher verarbeiten", bekräftigte ich und versprach zumindest Teile davon noch zu Papier zu bringen. „Zum Beispiel die Szene, als der Ledersklave sich vor mir niederkniete, meine Füße küsste und mir die Schlaufe der Hundeleine übergab!"

„Du nahmst die Schlaufe", ergänzte Michelle, „und befahlst Hensley, deinen Dildo zu säubern, danach auch noch Adams kalten Saft von der Katzenmaske der Sklavin zu lecken!"

„Was er tatsächlich ohne Zögern getan hat! Er hat sich übrigens entgegen Michelles Befürchtungen beachtlich gut in seine neue Rolle gefügt, und das ohne jeglichen Einsatz von Gerte und Peitsche!", sagte ich und musste schmunzeln, als Michelle daraufhin von Hensleys neuer Bestimmung erzählte:

„Mit der Zunge und den Lippen hat er wahre Wunder vollbracht und alles gereinigt. Ich habe danach nie wieder einen besseren Schlucksklaven als ihn erlebt! Jeden Tropfen Flüssigkeit hat er voller Inbrunst aufgenommen und alles von den Resten körperlicher Substanzen befreit!" Sie musste jetzt ebenfalls lächeln, ergänzte: „Ja, und danach waren wir alle der Meinung, dass er den Ehrenplatz auf dem Prügelbock verdient habe!"

„Die anderen Gäste hatten hoffentlich viel Spaß mit ihm?", fragte Hanna. Aus dem Tonfall hörte ich heraus, dass sie um das Wohl der Kunden ihres Etablissements besorgt war.

„Sehr viel Spaß!", bekräftigte ich und verfolgte daraufhin wieder das Schaulaufen unserer vier Pferdchen auf dem kreisrunden Platz.

„Welche Maske hat er verpasst bekommen?", hörte ich Aimées Stimme nach einer Weile von der Mitte des Longierplatzes. Ganz offenkundig hatte sie unser Gespräch verfolgen können.

„Einen Schweinekopf! Nachdem Hensley sich ganz nackt ausgezogen hatte, bekam er von dem Ledersklaven eine

Schweinemaske aufgesetzt!", bekam sie von Michelle zur
Antwort.

*\*\**

Aimée beendete die Trainingseinheit, indem sie ihre
Schützlinge mit einem scharfen Pfiff zu sich in die Mitte rief.
Unverkennbar war sie zufrieden mit den Leistungen ihrer
spärlich bekleideten und noch außer Atem befindlichen
Tierchen. Entgegen der üblichen Gepflogenheiten bei solchen
Anlässen durften die Männer ihr heute sogar die Hand
küssen. Wie wir alle trug sie Handschuhe der Marke Roeckl,
einer Manufaktur aus München. Lasziv hielt sie ihnen den
Handrücken hin, der nacheinander so vorsichtig geküsst
wurde, als wäre es der von Queen Elisabeth II. Nach dieser
Zeremonie gesellte Aimée sich zu uns und setzte sich neben
Michelle auf den Zaunbalken.

„Hat einer von euch einen Wunsch? Schuhpflege?
Fußmassage?", fragte sie und ließ eine Zigarette geben.

Michelle und ich entschieden uns für eine Fußmassage,
während Hanna und Aimée sich die Reitstiefel reinigen lassen
wollten. Ein weiterer Pfiff aus Aimées Mund signalisierte den
Männern, dass sie sich uns nähern durften.

Ich streifte meine Schuhe ab und spürte schon eine Sekunde
später, dass sich zwei geübte Hände um die Druckpunkte
meiner Füße kümmerten. Der Sklave unter mir verstand sein
Handwerk, kein Wunder, hatte ich mir aus dem vierköpfigen
Pool die Nummer 5231 für diesen Job ausgewählt. Eine erste
Aufmerksamkeit bekam er in Form meiner Zigarette. Ähnlich
wie Michelle es in meiner Geschichte getan hatte, sagte ich
zuerst: „Sieh mich an!", und dann: „Mund auf!". Dann tippte
ich mit dem Zeigefinger auf den Glimmstängel, so dass die
Asche direkt in seinen geöffneten Mund fiel. Es war einfach

fantastisch, wenn man die Ereignisse aus den Geschichten in die Realität umsetzen konnte. Erlebnisse, Fiktionen und Fantasien: All das stand bei mir in ständiger Wechselwirkung und beeinflusste sich gegenseitig.

Kurz darauf vibrierte mein Telefon.

Henry hatte mir geschrieben, dass er schon bald aus London zurück sei. Er habe gute Nachrichten, denn die Probleme mit der Denkmalschutzbehörde wären aus der Welt. Hanna bräuchte keinen der ihr gewährten Zuschüsse an die Behörde zurückzahlen.

Ich gab das sofort an meine Freundinnen weiter.

„Das spart mir mindestens hunderttausend Pfund!", jubelte Hanna. Deutliche Erleichterung war aus ihren Worten herauszuhören. Dann stieß sie mir den Ellenbogen in die Seite und fragte mich, ob ich eine Idee hätte, wie man Henrys Einsatz wohl am besten belohnen könne.

„Ich habe da schon eine!", sagte ich und warf einen vieldeutigen Blick auf 5231, der voller Hingabe meine Füße knetete. Aus dem Augenwinkel erkannte ich, dass sich in Michelles Gesicht ein erwartungsvolles Lächeln breitmachte. Ganz augenscheinlich beschäftigte sie sich mit ähnlichen Gedanken, denn beim Frühstück hatte ich ihr von dem, was ich mit meinem Ehesklaven Henry vorhatte, berichtet.

# 11.

## Hannas Sommerpavillon

Das Lustwandeln in der Parkanlage von Black Swan Manor ist stets aufs Neue ein Erlebnis. Die weitläufige Gartenanlage ist eine kuriose Ansammlung von Skulpturen, Gartenteichen, Bachläufen und Pflanzen voller Sinnlichkeit und magischer Kraft. Um das 18. Jahrhundert herum als Barockgarten nach französischem Muster angelegt, hatte man ihn nach und nach mit Pflanzen aus allen Erdteilen ergänzt. So könnte er heute am besten als eine Art „barocker Weltgarten" bezeichnet werden. Hier in dem nahezu ganzjährig durch den Golfstrom gemäßigten Klima von Cornwall steht zusammen, was sonst durch klimatische Zonen getrennt ist. Buchen, Palmenarten, Kiefern, Agaven, Eichen und Kampferbäume. Wie Hanna mir einmal erklärt hatte, sollen über fünfhundert Pflanzensorten im Park beheimatet sein.

Auf dem Rückweg vom Longierplatz nach Black Swan Manor durchquerten Michelle und ich das hochsommerliche Grün der Anlage. Nur das obligatorische Vogelgezwitscher und das Knirschen der Kiesel unter unseren Füßen waren zu hören. Worte erübrigten sich jetzt, denn unsere Umgebung schien irgendwie für sich zu sprechen. Wir stoppten an einem in der Sonne liegenden Teich und beobachten die Koi-Karpfen, wandelten durch kleine Märchenlandschaften aus Farnen und Bambushainen. Diese Landschaft mit all ihrer üppigen Pracht und Schönheit bildete die Kulisse, vor der die Welt des SM, des Fetischs und der Erotik einen spannenden Kontrast bot. Nicht nur die hier vorzufindenden Fixierhölzer oder Sklavenkäfige deuteten dabei auf die bizarren Abgründe unter der pittoresken Oberfläche des feenhaften Landschaftsgartens hin. Auch wurde unser Blick von den zahlreichen auf Lichtungen oder im Schatten von exotischen Bäumen aufgestellten Skulpturen angezogen. Der Schwarze Schwan war in der Kunst allgegenwärtig. Man fand ihn als eine aus schwarzem Marmor gearbeitete Bildhauerei auf einer Wegkreuzung oder auch als bizarr-erotische Skulptur auf dem Rasen. Gerade passierten wir eine Bronzeplastik, die eine niederländische Bildhauerin für Hanna anlässlich der Eröffnung von Black Swan Manor gefertigt hatte. „Herrin züchtigt Sklaven" war auf einem kleinen Metallschild darunter zu lesen.

„Gibt es noch ein Erlebnis, das ich für eine erotische Geschichte verwerten könnte?", fragte ich, das sinnliche Kunstwerk nachdenklich betrachtend.

„Eine Begebenheit aus der Phase, in der ich lernte, wie eine Frau zu werden? Oder meinst du die Zeit nach meiner Transformation?"

„Ich meinte etwas aus der Zeit, als dir antrainiert wurde, dich wie eine Frau zu geben. Du hast damals ja viele neue Erfahrungen gemacht und bist in einer Mischung aus Lob und Anerkennung, aber auch Bestrafung und Sanktionen von Hanna und Aimée erzogen worden. Ist da noch was in ganz besonderer Erinnerung geblieben?"

Sie nickte.

„Ich werde in Hannas Sommerpavillon davon erzählen!"

\*\*\*

Ein paar Minuten später hatten wir *Hannas Sommerpavillon* erreicht. Wir nannten ihn so, weil er auf Hannas Geheiß hin auf der zentralen Wegkreuzung errichtet worden war. Gerade an warmen Tagen wie den heutigen bot er uns ein schattiges Plätzchen. Zutritt hatten natürlich nur wir Herrinnen und die Zofen, wenn sie uns bedienten. Eventuell mitgebrachte Sklaven wurden draußen angebunden. Dass Hanna dabei über einen ziemlich schrägen Humor verfügte, bewies sie durch ein am Eingang, kurz über dem Boden angebrachtes Emailleschild, auf dem in altdeutscher Schrift „Wir müssen draußen bleiben!" stand. Drei nackte Männer mit Halseisen waren darauf abgebildet.

Nachdem Michelle vorgeschlagen hatte, dass wir bei ihrer Erzählung auch eine kleine Erfrischung zu uns nehmen könnten, betraten wir das Gartenhäuschen. Wir flegelten uns jeder in eine Ecke des ausladenden Loungesofas und legten die Füße hoch. Fast im selben Moment betätigte Michelle einen Klingelzug.

„Puh, ist das schwül heute! Wenn die Nacht auch so wird, wird es mir zu warm für Latexwäsche!"

„Hanna sagte mir vorhin auf dem Longierplatz, dass für den Abend und die Nacht ein Tief mit starken Regenschauern gemeldet sei."

Genüsslich drückte ich mich in die Kissen und freute mich auf die für den Abend geplante Session mit Michelle und Henry. Sie sollte nicht nur eine Belohnung dafür sein, dass er die Angelegenheit mit der Denkmalschutzbehörde für Hanna geklärt hatte. Auch hoffte ich, dass sie sein Selbstverständnis als mein männlicher Sklave gründlich umkrempeln würde.

Ein sanfter Lufthauch zog durch die mit Efeu und Clematis bewachsenen Flechtwände der Laube, strich über meine Haut und brachte einen Anflug von Rosenblütenduft mit. Das Vogelgezwitscher schien von allen Seiten zu kommen. Als Michelle begann, mit ihren Füßen an meinen zu nesteln, schloss ich meine Augen und genoss die vielen Sinneseindrücke.

„Ich habe nachgedacht, über Gewesenes und vielleicht Kommendes", hörte ich ihre Stimme wie von weit entfernt. „Noch immer befinde ich mich auf einer Reise, die mich mehr und mehr den Sinn des Ganzen verstehen lässt. Es brauchte einige Zeit, um überhaupt in mein Innerstes eintauchen zu können, um die Komplexität des Schwarzen Schwans zu verstehen. Im Grunde musste dazu erst eine Vergangenheit entstehen, damit ich aus dem Brunnen des Gewesenen schöpfen konnte. Jedes Zurückdenken ist heute wie ein verschlungener Pfad, ein Wiedererleben mit neuen Augen. Ich sehe nicht mehr mit dem unschuldigen, blauäugigen Blick des Thomas Abbott, sondern mit dem der transsexuellen Michelle Descartes. Ich habe meine männlichen Eigenschaften damals geschätzt und gleichzeitig verachtet. Nicht mehr als eine Maske waren sie. Nun weiß ich um die Vielfalt meiner weiblichen Eigenschaften, die so lange im Dunkel meiner Seele versteckt waren."

Nach diesen Worten schwieg sie. Sie schien nachzudenken.

Ich nickte, antwortete aber nicht.

Michelle hatte mit ihren Worten den Punkt getroffen, überlegte ich. Hanna, Seiyoua, Vera, Aimée, ich … wir alle haben eine ähnliche Entwicklung durchlaufen. Wenn ich heute darüber nachdenke, kommt mir meine eigene manchmal märchenhaft vor, fast unwirklich, aber dennoch dem Herzen so nah, dass ich es als Schicksal bezeichne. Die zurückhaltende Bürokraft mit dem Namen Ewa, die in einem mittelständischen Unternehmen in Norddeutschland gearbeitet hat, gibt es heute nicht mehr. Die Erinnerungen an dieses Leben verblassen mehr und mehr. Sie sind wie eine Sandburg am Strand, die langsam im Spiel der Gezeiten verschwindet. Die schlichte Ewa von einst ist jetzt Lady Ewa, der ein Mann sich zu Füßen wirft und darum bettelt, ihr die Stiefel küssen zu dürfen. Mit der Entdeckung weiblicher Dominanz habe ich wie Michelle eine Reise ins Ungewisse angetreten. Sie ging über Berge und führte durch tiefe Täler bis hierher zu diesem verwunschenen Ort namens Black Swan Manor. Hier in der Abgeschiedenheit unseres Refugiums gelten die Regeln, die Moralvorstellungen und die Werte der

Außenwelt nicht mehr. Die Welt da draußen ist anders. In den Ballungszentren stehen uniforme, seelenlose Monster aus Stahl, Glas und Beton, Hochhausschluchten, Industrieparks, hohläugige Parkhäuser. Die Natur und das Schöne und Außergewöhnliche sind dort rar geworden. Menschen vereinsamen, hetzen von Termin zu Termin, Raum und Zeit sind extrem verdichtet. Wir haben das Glück, dieser trüben Welt entflohen zu sein. So ergibt es für mich Sinn, all das, was hier passiert, aufzuschreiben. Wer sich auf die Geschichten von Black Swan Manor einlässt, wird von ihnen in jene Zauberwelt entführt, in der es keine klaren Konturen mehr gibt; dort wo sich die Grenze zwischen Realität und sexueller Fantasie überlappt. Einfach ausgedrückt: Sehnsucht ist das, wonach wir uns sehnen! Wie ein Spiegel das genaue Abbild der Realität ist, können auch Fantasien der Spiegel der Wirklichkeit werden. Man muss es nur zulassen.

Das gleichmäßige Klacken von Absätzen auf dem Holzfußboden der Laube unterbrach meine Gedanken. Louise hatte den Pavillon betreten. Auf ihrem Tablett standen zwei leere Gläser, eine Karaffe mit O-Saft und eine mit Wasser, sowie zwei Schalen mit Obst und Nüssen. Michelle gab der Zofe zu verstehen, dass sie alles auf dem Tisch abstellen solle.

„Du kannst gehen! Wenn wir dich brauchen, rufen wir dich!", sagte sie knapp.

Wie immer machte Louise einen braven Knicks. Dann drehte sie sich auf dem Absatz um und verschwand mit einem süßen Wackeln ihres Hinterns. Der Glockenrock und ihre prächtige, pechschwarze Haarmähne – extra für ihren Aufenthalt bei uns hatte sie die Haare wachsen lassen – hüpften im Takt ihrer beherzten Schritte.

„Schade, dass sie bald gehen muss!", flüsterte Michelle mir zu, als das Klacken sich entfernte.

Ich konnte dem nur zustimmen. An Louises Auftreten gab es kaum etwas zu mäkeln. Stets war sie perfekt geschminkt. Sie hatte eine schlanke Figur und wegen ihrer langen Haare benötigte sie auch keine Perücke. Ohne weiteres konnte der junge Italiener Stefano Esposito so als echtes Hausmädchen durchgehen.

„Im November wird er eine leitende Stellung im Betrieb seines Vaters einnehmen müssen", erwiderte ich. „Hoffentlich wird ihm der Aufenthalt bei uns dabei helfen, ein guter und verantwortungsvoller Chef zu werden."

Michelle schenkte uns zwei Fruchtsaftschorlen ein. Ich nahm einen kräftigen Schluck und fischte mir ein paar Cashewnüsse aus der Schale.

„Wo waren wir stehengeblieben?", wurde ich gefragt, als ich mich zurück in die Kissen lümmelte. Ich merkte, dass Michelles Füße wieder Kontakt zu meinen suchten.

„Du wolltest mir noch was aus der Zeit vor deiner Transformation erzählen."

Meine Freundin runzelte die Stirn.

„Wollte ich das tatsächlich?"

„Ja. Du hast es mir versprochen!"

Sie schien kurz zu überlegen.

„Wie ja schon gesagt: Es ist mir, von einigen Ausnahmen abgesehen, nicht besonders schwer gefallen, in die Rolle einer Frau zu schlüpfen", begann sie ihre Erzählung.

„Schnell wurde das, was anfangs ungewohnt war, zu einem wundervollen Ritual. Da ich rund zwei Stunden für Morgentoilette und Ankleiden brauchte, begab ich mich meist nach dem Frühstück um kurz vor elf ins Bad. Hygiene und Körperpflege wurden das A und O. Der Beginn machte eine Darmspülung, dann folgten die obligatorische Benutzung des Bidets, eine Dusche und eine penible Körperenthaarung. Die damals noch künstlichen Fingernägel wurden lackiert und ich wählte eine der Perücken für mich aus. Meist legte ich mir ein klassisch-erotisches Make up auf. Ich konnte unter mehreren femininen Düften wählen, wobei ich mich am liebsten für „La Femme" von Prada entschied. Bevor ich das Ankleidezimmer verließ, um auf eine der Herrinnen zu warten, musste ich anfangs immer darauf achten, dass ich in der Damenwäsche keinen steifen Schwanz hatte. Doch je weiter meine Feminisierung voranschritt, umso mehr legte sich das. Schließlich war ich eine Frau, deren sexuelle Erregung eben anders als bei einem Mann funktionierte.

Die Zeit bis zum Eintreffen der Herrinnen vertrieb ich mir dann meistens mit Musikhören, meiner Arbeit in der Bibliothek oder dem Studium von Modezeitschriften.

Kurz nach Mittag wurde ich entweder von Hanna oder Aimée aufgesucht, die das Training mit mir fortsetzten. Sie gaben mir – jede auf ihre Art – Tipps zu meinem Make up, meiner Frisur, der Kleidung oder zu meinem Verhalten. Waren man zufrieden mit mir, strich man mir mit der flachen Spitze des Reitstocks über meinen Slip. Es konnte aber auch vorkommen, dass der Stock dazu benutzt wurde, um Unmut über mich zu äußern. Dann hatte ich mich auf das Bett zu knien oder über den Tisch zu legen, den Morgenrock zur Seite zu schlagen und mein Hinterteil rauszustrecken, damit es ordentlich versohlt werden konnte.

War man sehr zufrieden mit meiner Darbietung, bekam ich nette Komplimente, einen freundschaftlichen Klaps auf den Po oder manchmal sogar ein Geschenk …"

Michelle stoppte ihre Erzählung, meinte dann, dass eines der Geschenke so außergewöhnlich gewesen sei, dass ich darüber eine kleine Geschichte schreiben könnte. Ich ließ mir das nicht zweimal sagen, holte mein Smartphone aus der Tasche und betätigte die Aufnahmefunktion.

„Leg los mit der Geschichte!", sagte ich voller Erwartung.

## 12.

## Das Geschenk der Herrin

„Danke, Herrin! Das war sehr großzügig von Ihnen!"

„Du hast es dir verdient!", entgegnete die Baronesse und passierte mit schnellen Schritten das von Claire aufgehaltene Hauptportal von Black Swan Manor.

„Darf ich fragen, wohin wir fahren?"

„Fragen darfst du, eine Antwort bekommst du nicht! Die Fahrt wird der zweite Teil unseres Geschenks zum erfolgreichen Bestehen deiner Ausbildung, Michelle! Deine Feminisierung ist nunmehr abgeschlossen. Schon nächste Woche beginnt deine körperliche Transformation. Es gibt also einen Grund, dir noch einmal etwas Gutes für Körper und Geist zukommen zu lassen!"

In angemessener Grandezza schritten die beiden Ladys die Steintreppe zum Vorplatz hinab, wo man sie bereits erwartete. Mit einer vornehmen Bewegung öffnete der Chauffeur die hintere rechte Tür des Mercedes. Als sie einstiegen, wurde Michelles Nase von einem anregenden Duft umschmeichelt.

„Es ist ein Mercedes 600 Pullmann, der in den 60er Jahren gebaut worden ist", erklärte Hanna, als die beiden Damen auf die zwei hinteren, gegenüberliegenden Sitzreihen der überlangen Limousine glitten. Stolz schwang in ihren Worten mit. „Der Wagen ist ein ehemaliges Regierungsfahrzeug aus Deutschland. Ich habe ihn vor einiger Zeit erworben und für meine Zwecke umbauen lassen. Die Sitze, die Türen und der Dachhimmel sind mit meinen Lieblingsmaterialien bezogen. Daher der Geruch von Leder und Latex! Auch gibt es hier ein paar versteckte Vorrichtungen, an denen Sklaven fixiert werden können."

Michelles Po schmiegte sich auf die mit schwarzem Leder bezogene Rücksitzbank. Langsam und mit einem tiefen Brummen setzte sich die schwere, überlange Limousine in Bewegung, beschrieb einen Kreis auf dem Wendeplatz vor dem Hauptportal und rollte die als Allee angelegte Auffahrt zur Landstraße hinunter. Sie warf einen Blick durch die getönten Scheiben nach draußen und dachte über ihre erste Fahrt in diesem Wagen nach. Diese hatte sie als Entführungsopfer und an Armen und Beinen gefesselt im Kofferraum verbracht.

Die dicken, verknorpelten Stämme der im Januar noch kahlen Buchen zogen an ihr vorbei. Die Türen des Wagens waren fest geschlossen, die Riegel tief in das schwarze Leder unter den Fensterscheiben versenkt. Einen Moment lang stellte Michelle sich vor, wie sie versucht, den Türknopf mit den langen Fingernägeln hervorzuholen und so die Türen zu entriegeln. Aber das wäre wohl unmöglich. Ein zufriedenes Lächeln umspielte ihre roten Lippen. Es gab kein Zurück mehr, keine Möglichkeit zum Ausstieg. Doch selbst wenn, wo sollte sie jetzt noch hin? Die Anstellung bei der Universität war genauso gekündigt, wie die Wohnung in Epping. Kleidung, persönliche Gegenstände, Ausweispapiere, alles was an Thomas Abbott erinnerte, war unwiederbringlich vernichtet.

Wochen und Monate harter Ausbildung lagen hinter ihr. Nur ein einziges Mal hatte sie in dieser Zeit das Anwesen verlassen dürfen. Bevor die Transformation nicht abgeschlossen sei und keine neue Identität angelegt wäre, müsse sie auf Black Swan Manor bleiben. Man wisse nicht genau, wie akribisch die Polizeibehörden im Vermisstenfall Dr. Thomas Abbott ermittelten.

Michelle ließ ihren Blick über die fernen Hügel gleiten, sah dann nach vorne zu der ihr gegenüber sitzenden Hanna. Nein, sie machte sich absolut keine Sorgen. Niemand konnte wissen, wo sie ihr neues Zuhause gefunden hatte. Hier bei den Ladys war sie sicher, fühlte sich geborgen und akzeptiert. Oft hatte die Herrin gesagt, wie wertvoll sie sei, wie sehr sie und Aimée sich jemanden wie Michelle auf Black Swan Manor gewünscht hatten.

Wie zur Bestätigung der Gedanken waren die Augen der Baronesse fest auf Michelle gerichtet. Beurteilend, bewachend, vielleicht auch bewundernd: Die Blicke glitten wie eine Berührung über die Haut.

„Du siehst gut aus! Wie gefällt dir dein neues Outfit?", fragte die Baronesse, während die Limousine an den anderen Autos auf der Landstraße vorbeirauschte. „Es ist der erste Teil des Geschenks an dich!"

Michelle spürte, dass Blut in ihren Kopf pumpte. Verlegen zupfte sie an ihren schwarzen Lederhandschuhen, strich dann mit den Handflächen über die Ärmel ihres neuen Pelzmantels. Wie sanft das glatte Nappaleder der Handschuhe über das flauschige, schneeweiße Kunstfell glitt!

„Es berauscht mich immer wieder, wie vielfältig und bezaubernd die Garderobe einer Frau ist!"

„Die Garderobe einer Lady!"

„Einer exklusiven Lady!", entgegnete Michelle.

Die Baronesse musste lachen. „Der Kunstpelz ist von einem echten Pelz kaum zu unterscheiden. Wir verzichten mittlerweile darauf, echte zu kaufen", sagte sie. „Ich hoffe, die Überraschung war gelungen?"

Voller Hochmut blickte Michelle an sich hinab und bewunderte gefühlt zum hundertsten Mal ihr neues Outfit. Im Fußraum strahlten ultrahohe Pumps einen mattweißen Glanz aus, zarte Nylonstrümpfe schmiegten sich um ihre Beine, dazu der enge Lederrock, der kurze Blazer, der Damenhut mit dem Gesichtsschleier. All das war in einem unschuldigen Weiß gehalten, einzig die schwarze Satinbluse und die Lederhandschuhe sorgten für den nötigen Kontrast in diesem aristokratischen Traumoutfit.

„Wie gewöhnlich, unförmig und einfallslos die Bekleidung war, die Thomas Abbott trug. Lady Michelle duldet nur noch Materialien wie Leder, Seide, Satin und Latex an ihrem Körper!"

Fast überschwänglich kamen die Worte aus ihrem Mund. Seit dem frühen Vormittag, als Claire, behangen mit den Einkaufstaschen diverser Damenausstatter, ihren Wohnbereich betreten hatte, fuhren ihre Gefühle Achterbahn. Sie wollte gerade weitersprechen, als sie von Hanna durch eine unmissverständliche Geste unterbrochen wurde.

Diese blickte mit besorgter Miene auf ihre Armbanduhr.

„Es gibt Tage, da haben sogar Herrinnen pünktlich zu sein! Um spätestens 16:35 Uhr müssen wir einen bestimmten Punkt in der Stadt anlaufen!", sagte sie mit ernstem Ton.

Kurz darauf wurde ein Schalter betätigt, der die getönte Scheibe zur Fahrerkabine absenken ließ. Die Straße, das Armaturenbrett und der kurzrasierte Hinterkopf von Adam kamen zum Vorschein.

Als die Baronesse sich umdrehte, um dem Chauffeur einige Worte in dessen polnischer Muttersprache mitzuteilen, nutzte Michelle die Gelegenheit, einen längeren Blick auf die ihr gegenüber sitzende Hanna zu werfen.

Ihre Erscheinung war sowohl attraktiv als auch ein wenig beunruhigend, befand Michelle. Der helle Kaschmirmantel, der Pillbox-Hut und das cremefarbene Etuikleid passten alles andere als zur Jahreszeit und dem Wetter. Diese Sachen hätten eher Grace Kelly oder Kim Novak in einem Film der 50er oder 60er Jahre tragen können. Uneingeweihten konnte so schnell entgehen, welch eine dominant-sadistische Lady tatsächlich in der edlen Vintage Garderobe steckte. Ihr Gesicht war markant, mit ausgeprägten Backenknochen, durchdringenden grünen Augen und einem Mund mit sinnlichen Lippen. Trotz aller selbst auferlegter Verbote hatte Michelle sich immer wieder intensiv von dem körperlichen Magnetismus angezogen gefühlt, den Hanna auf sie ausübte. Sie haderte wegen dieser unkeuschen Gedanken oft mit sich, aber konnte nicht anders. Vielleicht quälte sie deshalb der Gedanke so sehr, weil es sich hier um *männliche* Sexualfantasien handelte, die immer noch zum Vorschein kamen.

Allerdings wusste Michelle auch, dass sie schon bald hemmungslos mit der Herrin und ihrer geliebten Aimée vögeln würde. Angedeutet hatte die Baronesse es bereits. Sobald Michelle nach dem chirurgischen Eingriff endgültig und unwiderruflich in das von ihr gewünschte Zwitterwesen transformiert worden sei, wolle die Herrin eine exklusive Nacht mit Aimée und ihr verbringen.

*Lus primae noctis - Das Recht der ersten Nacht,* hatte die Baronesse es genannt.

Der Gedanke daran erzeugte ihr ein anregendes Kribbeln im Unterleib.

„Was ist? Bist du aufgeregt?", fragte Hanna, als sich die Trennscheibe zum Fahrer wieder hob.

Hannas harte Stimme hatte Michelles Gedankenstrom unterbrochen. Erschrocken fuhr sie zusammen. Sie fragte sich, ob die Baronesse von ihren feuchten Gedanken ahnte, während sie gleichzeitig versuchte, die vielen Eindrücke zu verarbeiten, die Puzzlestücke zusammenzusetzen. „Alles ist gut, verehrte Herrin", antwortete sie hastig und riss sich so rasch wie möglich zusammen. An der Beschilderung bemerkte sie, dass der Wagen die Vororte von Plymouth erreicht hatte, der einzigen Großstadt im ansonsten ländlich geprägten Südwesten der Insel.

182

„Wir werden langsamer. Haben wir unser Ziel erreicht?", erkundigte sich Michelle.

„Der Feierabendverkehr in Plymouth", meinte Hanna kurz angebunden. „Er ist schrecklich! Vor allem bei Regen! Aber ich denke, wir werden pünktlich ankommen."

Es war noch Nachmittag. Jedoch fühlte es sich an, als sei es schon Abend. Graue, tief hängende Wolken, schwer von Regen, drückten auf die Stadt herab. Der Wind brachte regelmäßig einen Schwall von Regentropfen, die in kräftigen Schüben gegen die Scheiben klatschten. Michelle starrte durch das Wagenfenster, sah, dass sie an einem breiten Fluss angekommen waren. Es musste der River Tamar sein, folgerte sie. Mit unruhiger Gischt durchzog er hier die Stadt, um nach ein paar Meilen im Plymouth Sound an der Südküste in den Ärmelkanal zu münden. Auf der anderen Seite erhoben sich Gebäude: eine Ansammlung von Firmen und Bürohäusern mit hunderten von Fenstern, in denen sich die grauen Wolken geheimnisvoll spiegelten.

Der Wagen drosselte weiter das Tempo, um dann ganz zu stoppen. Die Baronesse warf erneut einen Blick auf die Uhr, zog sich daraufhin ihre cremefarbenen Lederhandschuhe über und griff ins Ablagefach. Daraus nahm sie vier silberfarbene, an einer Nylonkordel aufgezogene Kugeln, die knapp die Größe eines Tischtennisballs hatten.

Es war Punkt 16:35 Uhr.

∗∗∗

„Schau dir die Menschen dort an!", sagte die Baronesse mit einem seltsamen Unterton in ihrer Stimme.

Sie wies auf ein Dutzend in Regenmänteln gekleidete Leute, die unter dem schützenden Dach einer Haltestelle auf den nächsten Bus warteten, der auf der Leuchttafel für 16:40 Uhr angekündigt war. Dabei spielte ihre rechte Hand mit den

Kugeln, die bei jeder Bewegung ein klackerndes Geräusch abgaben. Michelle kannte dieses Geräusch nur zu gut. In jeder der vier hohlen Metallkugeln befand sich eine kleinere, schwerere Kugel. Bei Bewegung entstand somit nicht nur dieses Klackern, sondern auch eine leichte Erschütterung, die für äußerst wonnige Momente sorgte, wenn diese in gewissen Körperöffnungen steckten.

Michelle kniff die Augen zusammen und blickte zur Bushaltestelle. Dort schienen die Menschen unter dem Dach der Haltestelle miteinander zu verschmelzen. Eine graue Masse, in der vage so etwas wie ein Farbpunkt auszumachen war: Eine der wartenden Personen trug einen roten Regenmantel.

„Ihre Arbeit beginnt an fünf Tagen die Woche pünktlich um 07:00 Uhr. Die Mittagspause geht von 12:00 Uhr bis 12:30 Uhr. Sie sitzen neun Stunden im Büro, buchen Konten, schreiben Rechnungen, lochen, legen ab, verrichten Tag ein, Tag aus bis zur Rente dieselben, stupiden Tätigkeiten. Man ringt um Beförderungen oder kriecht seinem Vorgesetzten für eine Gehaltserhöhung in den Hintern. Jeden Tag um 16:30 Uhr werden sie von ihren Bürogebäuden ausgekotzt und strömen wie eine Herde Schafe zur Haltestelle, um gegen 16:40 Uhr den Bus zu erreichen. Dann geht es entweder zur Familie ins traute Heim … oder in die Zweizimmerwohnung in einem tristen Häuserblock, wo niemand auf sie wartet!"

Michelle blickte ihre Herrin an. Auch wenn sie den Sinn der Worte verstand – schließlich hatte auch sie einst täglich an einer Busstation wie dieser gestanden – so fand sie aber keinen Bezug zu dem, was all das zu bedeuten hatte. War man die Strecke bis hierher nur deshalb gefahren, um ihr den Spiegel ihres alten Lebens vorzuhalten?

„Dort, Michelle!", erklärte Hanna mit ernster Stimme und nickte in Richtung der Menschen. „In dieser grauen Masse werden unsere Sklaven geboren!", sagte sie und klopfte dann zweimal kräftig an der Trennscheibe zum Chauffeur, worauf der Motor mit einem tiefen Brummen startete.

„Schau mal, was gleich passiert! Achte dabei besonders auf die Person mit dem roten Regenmantel."

Nach diesen Worten setzte sich der Wagen in Bewegung. Er fuhr einen Halbkreis und wechselte die Fahrbahn, kam dann genau vor der Haltestelle zu stehen. Michelle sah, dass der Fahrer ausstieg und um den Wagen herumging. Aus der Nähe konnte sie nun auch Einzelheiten in der Bushaltestelle ausmachen. Tatsächlich trugen alle Personen einen grauen oder schwarzen Mantel. Einzig eine Frau mittleren Alters war diejenige, die dieser Masse einen Farbtupfer verlieh, denn ihr Mantel war rot. Hatte diese Frau im ersten Moment noch ruhig dort gestanden, änderte sich ihr Verhalten, als sie die außergewöhnliche Limousine erblickte. Im Gegensatz zu den Menschen um sie herum, die weiter stoisch geradeaus schauten und nichts mitzubekommen schienen, wurde sie plötzlich unruhig. Deutlich war zu erkennen, dass sie im Gesicht rot anlief. Ihre Mundwinkel begannen zu zucken, es schien, als wolle sie etwas sagen. Mehrfach atmete sie hektisch ein und aus, biss sich dann auf die Unterlippe. Nervös blickte die Dame nach links und rechts. Für den Bruchteil einer Sekunde sah es aus, als wolle sie den Ort verlassen. Doch blieb sie stehen, tippte mit ihren in eleganten Damenschuhen steckenden Füßen unruhig auf dem Boden herum. In diesem Moment öffnete der Fahrer die hintere Wagentür. Feuchtkühle Luft strömte in den warmen Innenraum hinein.

Ab diesem Augenblick lief für Michelles alles wie in einem Traum, der in Zeitlupe abgespielt wurde und dessen Drehbuch von der Baronesse geschrieben worden war, ab. Sie sah, dass Hanna die Schlaufe am Ende der Nylonkordel mit den Lustkugeln auf den Zeigefinger schob. Wie die Pendel einer Wanduhr ließ sie diese jetzt am ausgestreckten Finger hin und her schaukeln, hob ihren Kopf einladend in Richtung der nervösen Frau und verunsicherte sie so noch mehr. Diese biss sich erneut auf die Unterlippe und kratzte sich am Hinterkopf, machte einen Schritt auf den Wagen zu, zögerte und blickte wieder nach links und rechts, so als wolle sie sich versichern, dass niemand mitbekommen würde, was geschah. Nun schien alles noch langsamer abzulaufen. Es war, als könne man jedem einzelnen Regentropfen beim Fallen zusehen.

Die Dame öffnete ihren Mantel, ließ ihn von den Schultern auf den regennassen Gehsteig rutschen, während sie Schritt um Schritt nach vorne trat. Eine kurze Zeit blieb sie neben dem Chauffeur stehen. Sie blickte ihn aus wehmütigen Augen an, so als würde sie sich bei dem Anblick des Mannes an ein unvergesslich schönes Erlebnis erinnern. Wie hypnotisiert glitt sie in den Innenraum des Wagens, warf einen kurzen, irritierten Blick auf Michelle und fiel vor Hannas Füße. Erst als die Tür mit einem dumpfen Knall von außen geschlossen wurde, schien Michelle wieder aus dem Traum zu erwachen.

*** 

„Ist die kleine Cora läufig?"

Hannas Mund verzog sich nach ihren Worten zu einem selbstgefälligen Lächeln. Lässig streckte sie die Hand zu der auf dem Wagenboden knienden Frau aus.

„Jawohl … Herrin … die … läufige Hündin kann … sie möchte gefickt werden!", kam die Antwort der unbekannten Frau, immer wieder unterbrochen von leidenschaftlichen Küssen auf das weiche Nappaleder von Hannas Handschuh.

Eine Weile duldete Hanna die Unterwürfigkeit, zog dann mit einer raschen Bewegung ihre Hand weg.

„Die Herrin wird dafür sorgen, dass alle Löcher der Hündin gefüllt werden!", versicherte sie, versetzte der Frau daraufhin eine kräftige Ohrfeige. „Es war ein langer Weg für mich bis hierher. Du kennst das Ritual, Cora! Zeig, wie dankbar du sein kannst!"

Mit einem genervten Seufzer lehnte Hanna sich zurück in die schwarzen Lederpolster der Rückbank. Noch immer hingen die vier Liebeskugeln erwartungsvoll in ihrem Zeigefinger und gaben klackernde Geräusche von sich. Ein wenig gleichgültig verfolgte sie, wie die Frau sich jetzt um das Schuhwerk der Herrin kümmerte. Zärtlich, als wäre sie unendlich dankbar dafür, dass sie in den Wagen gerufen worden war, küsste sie die vorne spitz zulaufenden Pumps, bewegte ihre Lippen über das glatte Leder bis zu den Absätzen. Ihre Zunge schob sich unter das Ende des dünnen Absatzes, fuhr von dort die gesamte Absatzlänge nach oben und wieder runter. Immer wieder murmelte sie dabei Worte ihrer Dankbarkeit.

Der Wagen hatte sich mittlerweile in den zähen Feierabendverkehr eingefädelt und bewegte sich in Richtung Stadtzentrum.

Aufgewühlt von den Ereignissen, änderte Michelle ihre Sitzposition. Ihre anfängliche Verwirrung wegen der aberwitzigen Situation wurde langsam aber sicher von einer immer stärker werdenden Erregung abgelöst. Die nicht unattraktive Dame arbeitete in einer gehobenen Stellung in einem der umliegenden Bürogebäude, davon war sie überzeugt, wofür vor allem das dunkelblaue Businesskostüm, die eleganten Schuhe und die schneeweiße Viskosebluse sprachen. Als sie sah, dass sie den ganzen Absatz der Baronesse in ihren Mund schob und dabei wie ein aufgeregtes Hündchen mit dem Hintern wackelte, spürte Michelle einen Hitzeschub. Blut drückte in den Penis, die Hoden kribbelten und schienen sich fest an ihren Körper schmiegen zu wollen. Der Rest der Männlichkeit in ihr hätte nun am liebsten den vorderen Zipper am Saum ihres Lederrocks geöffnet, den harten Schwanz herausgeholt und hemmungslos masturbiert. Die Weiblichkeit in ihr wartete jedoch. Schnelle sexuelle Befriedigung war dem femininen Teil in Michelle fremd geworden. Dieser Teil genoss den faszinierend schönen Anblick, diesen endlosen Augenblick tiefer Hingabe einer Sub zu ihrer Herrin.

„Hilf uns auf die Sprünge! Wann war meine süße Hündin zum letzten Mal läufig?"

Hannas scharfer Ton zerschnitt buchstäblich die gespannte Ruhe.

Fast widerwillig ließ der Mund vom edlen Schuhwerk der Herrin ab. Cora blickte nach oben und wollte gerade antworten, als Hanna ihr den Fuß an die Wange legte und ihren Kopf zur Seite drückte. „Erzähl es Michelle! Sie ist meine Freundin und eine neue Lady meines Hauses. Künftig wirst du sie öfters an meiner Seite sehen!"

Ganz wie Hanna es zuvor getan hatte, streckte auch Michelle die rechte Hand zu der Sub aus, bekam eine Sekunde später den Hauch eines Kusses auf den Handrücken.

„Lady Michelle", begann die Frau hastig zu berichten, „es ist mir eine Ehre, Sie heute kennenlernen zu dürfen. Das letzte Mal hat die verehrte Baronesse mich im August empfangen. Es war am 28. August, ein wunderschöner, warmer Sommertag! Ich habe das Datum) in meinem Bürokalender mit einem roten Herzchen versehen. Ich durfte an diesem Tag die Herrin auf einer Fahrt ins Grüne begleiten. Schließlich haben wir an einem einsamen Waldweg gehalten. Und dann hat mich unter ihren wachsamen Augen der Chauffeur auf der Kofferklappe dieses Wagens ge …"

„Genug gequasselt!", unterbrachen Hannas Worte den Redeschwall. „Meine Michelle hat eine lange Phase der Keuschheit durchleben müssen. Befeuchte mir zuerst die

Liebeskugeln und dann kümmerst du dich um ihr Wohlergehen!" Sie streckte die Hand vor und ließ die vier Kugeln vor dem Gesicht der Frau baumeln. „Beachte jedoch: Genau wie dies hier nicht vier gewöhnliche Murmeln für ein Kinderspiel sind, ist Michelle ist nicht das, was sie auf dem ersten Blick zu sein scheint!"

Cora lächelte unsicher. Anscheinend hatte sie die Worte nicht verstanden. Sie nickte und nahm die Kugeln abwechselnd und voller Begeisterung in den Mund, mal eine, mal zwei gleichzeitig. Sie küsste sie und benetzte sie mit Speichel.

*„ ...und dann kümmerst du dich um ihr Wohlergehen!"*

Diese Worte hatten einen Sturm der Gefühle in Michelle ausgelöst. Aufgeregt veränderte sie erneut die Sitzposition, verlagerte das Gewicht auf die Seite. In diesem Moment hatte Cora sich schon ganz dicht zu ihr hinbewegt.

„Gefalle ich Ihnen, Herrin Michelle?" fragte sie vorsichtig und blickte sie aus treuen Hundeaugen an.

Michelle hielt dem Blick stand, legte ihre Hand an den Hinterkopf der Frau und drückte ihn zu sich an den Schoß, dorthin, wo sich ihr steifer Penis als eine dicke, längliche Ausbeulung unter dem weißen Lederrock abzeichnete. Unverkennbar verstand Cora jetzt die Worte der Herrin. Ein seltsamer Ton, halb stöhnend, halb jaulend kam aus ihrem Mund. Wieder wackelte sie mit dem Po, streckte diesen auffordernd Hanna entgegen. Dann legten sich ihre Lippen auf das Nappaleder, küssten zärtlich den darunter verborgenen Penis.

„Du gefällst mir, kleines Hündchen!", antwortete Michelle zufrieden.

Sie hatte diese Worte ernst gemeint. Cora sah weitaus besser als diese unvorteilhaft gekleideten Bürotanten aus, die sie als Thomas Abbott im Hochschulbetrieb kennengelernt hatte.

Ein Stückchen rutschte Michelle vor, so dass sich ihr Rock nach oben schob. Die Spitzenabschlüsse der halterlosen Nylons kamen zum Vorschein. Die Sub sah das, keuchte leise, löste ihre Lippen vom Leder und küsste die weiße Spitze, während ihre Finger den vorderen Zipper des Rocks suchten.

Michelles Atem wurde schneller und unregelmäßiger, als sie dabei zusah, dass der Reißverschluss bis oben geöffnet und ihr Penis aus dem zarten Gefängnis aus Seide und Leder befreit wurde. In diesem Moment zog Cora zwei Klammern aus ihrem hochgesteckten Haar und warf den Kopf zurück, so dass es sich über Schultern und den Rücken verteilte.

„Herrin … bitte … die Hündin hält es nicht mehr aus!", bettelte sie in einem verzweifelten Ton.

Hanna legte daraufhin ihre Hände auf Coras Pobacken, die sich unter dem Stoff ihres Businessrocks abzeichneten. Als sie diesen bis zur Taille hochschob, seufzte die devote Frau erleichtert auf. Unverkennbar genoss sie, dass die Herrin ihren Po liebkoste. Dann schob Hanna den Mittelfinger unter den String und befreite die Poritze von dem letzten störenden Stoff.

„Zeig meiner geschätzten Michelle, was du kannst!", forderte die Baronesse. Sie bildete eine Speichelkugel zwischen ihren Lippen und ließ sie auf den freien Anus unter sich tropfen. Einen Augenblick später verschwand die erste Lustkugel im Hintern der Frau, die dies mit zufriedenen, fast tierisch anmutenden Lauten quittierte.

Eine Glut schien augenblicklich in Cora aufzulodern. Gierig küsste sie die Penisspitze und spielte mit der Zunge daran. Ihre kleine Hand passte gerade so eben um das steife Glied. Langsam fuhr sie daran auf und ab.

Wie eine Verhungernde genoss Michelle diese Zärtlichkeiten nach der langen Zeit des Lernens, der Schmerzen und Entbehrungen. Eilig öffnete sie die beiden vorderen Knöpfe ihres Damenblazers und bog den Rücken durch. Sie stöhnte leise auf und streichelte ihre künstlichen Brüste. Schon bald würden es echte sein, die dort unter Satin und Seide ruhten, schoss es ihr durch den Kopf. Ein prickelnder Schauer lief dabei über ihren Rücken.

Wieder kam dieser seltsam tierische Ton aus Coras Mund, eine zweite Kugel war einen Moment zuvor in ihren Anus geglitten.

Die Zunge spielte mit der Eichel, rote Lippen umschlangen sie erst sanft, dann immer fordernder. Sie saugte sich schließlich so sehr daran fest, dass Michelle einen spitzen Lustschrei ausstieß. Ihr dankbarer Blick ging zunächst in Richtung ihrer Freundin und Mentorin Hanna, dann senkte sie ihn und schaute der Sklavin zu, wie sie den Penis und die Hoden immer intensiver verwöhnte. Noch ein Stück rückte sie vor. Sie spreizte die Beine so weit, wie es nur möglich war, vernahm dabei den komischen Ton aus Coras Mund ein weiteres Mal, als Hanna die dritte Kugel in ihr enges Loch schob. Das Feuer in Cora wurde stärker. Mit einer raschen Bewegung rutschte sie näher zwischen Michelles offene Schenkel. Sie benutzte eine Hand, um die Hoden zu massieren und mit der anderen immer wieder am Penis hoch und runter zu fahren. Leidenschaftlich küsste sie dabei die pralle Eichel.

Michelle atmete tief ein, während sie die künstlichen, vorstehenden Nippel der Brustwarzen durch den dünnen Satinstoff ihrer Bluse massierte. Blut schoss ihr durch den wie wahnsinnig kribbelnden Unterleib.

Kurz darauf wurde der Innenraum des Wagens ein viertes Mal von diesem tierhaften Ton erfüllt. Cora hatte die letzte Kugel in sich aufgenommen.

Langsam aber sicher kündigte sich in Michelle der Orgasmus an. Unter halb geöffneten Lidern bemerkte sie, dass der Mercedes nur noch mit Schrittgeschwindigkeit vorankam. Passanten eilten ganz nah an den Wagenfenstern vorbei. Sie hatten die Krägen hochgeschlagen und die Hüte tief ins Gesicht gezogen. Ein Meer von Regenschirmen spannte sich über ihren Köpfen. Wie ferngesteuert hetzten sie dahin. Als wenn Michelle sich davon überzeugen wollte, dass sie nicht mehr zu denen da draußen gehörte, legten sich ihre Handflächen an Coras Schläfen. Sachte führend gaben sie das Tempo der die Eichel stimulierenden Lippen vor.

Angeregt von dem Schauspiel beugte Hanna sich nach vorne. Sie benetzte den Mittelfinger ihres Handschuhs mit Speichel und steckte ihn ein kleines Stückchen in die vor Lust pulsierende Vagina ihrer hündischen Verehrerin, die daraufhin noch seltsamere Töne von sich gab. Fast wie das Jaulen eines aufgeregten Welpen, der mit Frauchen Gassi gehen darf, klang es nun. So verharrte Hanna eine Weile. Die Erfahrung sagte ihr, dass Michelle ein heftiger Orgasmus bevorstehen musste. Fast diabolisch war ihr Grinsen, als sie den Mittelfinger etwas anwinkelte und diesen noch ein Stück tiefer schob. Durch das feine Handschuhleder konnte sie deutlich die in Cora herrschende Hitze und Feuchtigkeit spüren.

Hinter den dünnen Wänden des Unterleibs bewegten sich sanft die Lustkugeln. Hanna stieß sie neckisch mit der Fingerspitze an. Nochmal schrie Cora auf, keuchte in Michelles Penis und ließ ihn vollständig im Mund verschwinden. Dann zog sie ihn heraus, stülpte die Lippen über die Eichel und begann wie ein Hundebaby daran zu nuckeln. Hanna hörte, dass Michelle schwerfällig stöhnte. Nur noch Sekunden würde ihr Höhepunkt auf sich warten lassen. Mehrfach stieß sie jetzt hart mit dem gekrümmten Mittelfinger zu, reizte somit die empfindlichen Stellen der Sklavin tief in ihrem Unterleib.

Das Wageninnere war jetzt von lautem Stöhnen und Keuchen erfüllt. Michelle und Cora kamen gleichzeitig, genossen die auf sie einstürmenden Empfindungen auf ihre eigene Art und Weise. Michelle hatte die Augen geschlossen. Ihre Handflächen lagen auf ihren Brüsten, spielten mit den Brustwarzen, die sich keck unter dem schwarzen Satin ihrer Bluse abzeichneten. Cora zitterte am ganzen Körper. Gänsehaut bildete sich auf ihren Pobacken. Ein langgezogener, quälender Schrei der Lust drang aus ihrem Mund, in dem sich zur selben Zeit Michelles Sperma ergoss.

In diesem Augenblick war es Michelle, als würde die Welt da draußen den Atem anhalten. Die Fußgänger stoppten abrupt ab, wirkten verunsichert und verharrten auf der Stelle. Neugierig drückten ein paar ganz dicht am Auto stehende Passanten ihre Gesichter an die verdunkelten Scheiben, um einen Blick ins Wageninnere zu erhaschen.

Cora ließ sich von den vielen beobachtenden Augen nicht stören. Zufrieden und ganz augenscheinlich wie von einer schweren Last befreit, leckte sie wie ein verspieltes Hündchen letzte Spermatropfen von ihren Fingern, der Eichel und vom Leder des Minirocks.

## 13.

### Freud und Leid des Ehesklaven!

Am Longierplatz hatten wir Hanna versprochen, Henry für sein Verhandlungsgeschick bei der Denkmalbehörde zu belohnen. Da ich in den kommenden Kapiteln davon erzählen werde, möchte ich die Gelegenheit nutzen, um ein paar Worte über ihn und unsere Beziehung zu verlieren:

Der tägliche Umgang mit einer Herrin ist alles andere als leicht für einen Ehesklaven. Wohl täglich durchläuft mein Ehemann ein Wechselbad der Gefühle, wenn ich meiner Berufung als dominant-sadistische Lady von Black Swan Manor nachgehe und mich mit unseren vorwiegend männlichen Gästen vergnüge. Und wie schon von mir erwähnt, hat er meine Ungerechtigkeiten, Untreue und Unnahbarkeit bis an die Grenzen des Erträglichen zu dulden. Jedoch bezeichne ich dies gerne als *selbstgemachtes Leid*. Schließlich war er es, der mich einst in diese bizarre Welt einführte und mir die Tür zu dieser besonderen Art der Lebensgestaltung öffnete. Er allein war es, der den Schwarzen Schwan in mir erweckte. Nun hat er tapfer die Konsequenzen für sein Handeln zu tragen und muss bereit und in der Lage sein, die Leiden eines Ehesklaven auf sich zu nehmen. Doch ich bin überzeugt, dass sein Herz ihm täglich aufs Neue sagt, dass dies das einzig wahre Lebensmodell für ihn ist. Die lange Dauer unserer Beziehung hat es schließlich bewiesen.

Trotz der innigen Vertrautheit zwischen uns lasse ich ihn liebend gerne im Unklaren darüber, was ich so treibe. Er ist sich dessen bewusst, fragt deswegen auch nicht dauernd nach. Würde sein Wissen auch nur das Geringste an unserer Beziehung ändern? – Nein, ganz sicher nicht! Herrin und Sklave in einer festen Beziehung, funktioniert das überhaupt?

– Wenn sich die Herzen finden und die Grenzen klar abgesteckt sind, ist es unproblematisch! Wichtig ist, dass jeder auf die Eigenarten und Gewohnheiten des anderen bis zu einem gewissen Grad Rücksicht nehmen muss und seine Persönlichkeit respektiert. Aufkommende Probleme lösen sich stets von selbst, wenn Liebe vorhanden ist. Wo Liebe ist, kann jeder von uns sein, wie er ist, ohne zu befürchten, negative Konsequenzen zu erleiden.

Bisweilen konnte ich ziemlich gemein zu Henry sein. Oft waren ihm während meiner unzähligen Machtdemonstrationen, die ich mit großer Freude zu zelebrieren verstand, die Tränen gekommen. Doch am heutigen Abend wollte ich schlichtweg grausam werden, ihm damit einen gehörigen Kick verschaffen, um seinem devot-masochistischen Herz eine Fülle von Glücksmomenten zu bescheren. Die anstehende Nacht hatte ich mit Michelle daher gut durchgeplant, denn sie sollte Henry ja auch den Weg zu einer ganz neuen Erfahrung ebnen.

Die Session begann eigentlich schon mit seiner Ankunft. Als er nach einer langen Fahrt aus London auf Black Swan Manor eingetroffen war und vorsichtig an der Tür zu meinem Gemach anklopfen wollte, bemerkte er, dass sie nur angelehnt war.

„Herrin?", fragte er vorsichtig in das Dunkel – bewusst hatte ich die Vorhänge zugezogen – meines Gemachs.

Ängstlich um die Ecke linsend war er wie so oft in der Ungewissheit, genau in diesem Moment würde der Schlag einer Reitgerte auf seinen Körper niedergehen.

Doch nichts geschah. Alles blieb dunkel und still.

Ein Lächeln legte sich auf mein Gesicht, als sich seine Umrisse in der offenstehenden Tür zum Korridor abzeichneten. Offenbar überlegte er, was er nun machen sollte. Er trug einen dunklen Anzug und hielt einen Aktenkoffer in der Hand. Wie es aussah, hatte er den Wagen in der Fahrzeugscheune abgestellt und war von dort aus direkt zu mir gekommen.

„Komm näher und berichte mir kurz von deiner Reise nach London!", forderte ich ihn von meinem Sessel in der Ecke des Zimmers auf. Trotz des einfallenden Lichts vom Flur war ich von tiefer Dunkelheit umgeben.

Der Schatten vor der Tür zuckte nach diesen Worten zusammen, dann bewegte er sich langsam in meine Richtung.

Ich gewährte Henry einen Kuss auf meinen Fuß und auf den Handrücken, ließ mir dann von seinen Verhandlungen mit der Denkmalschutzbehörde berichten. Als er von seinen Gefühlen erzählte, die ihn durchströmten, nachdem er am Morgen die Fotos von mir und Michelle auf dem Smartphone geöffnet hatte, legte ich mein boshaftes Lächeln auf. Die ganze Rückfahrt über hätte er sich auf diese Aufmerksamkeit seiner Eheherrin gefreut, ihr hochmütiges Lächeln ersehnt, erzählte er daraufhin mit strahlenden Augen.

„Wir haben morgen noch genügend Zeit, über alles zu reden. Jetzt gehst du erst einmal zu Hanna und erzählst ihr das Wichtigste! Sie erwartet ungeduldig deinen Bericht. Wenn das erledigt ist, wirst du dich in dein Zimmer zurückziehen, deinen Körper penibel reinigen und dich komplett rasieren, um Michelle und mir in dieser Nacht dienen zu können. Deine zu tragende Dienstkleidung wirst du auf dem Bett vorfinden. Danach begibst du dich in den Wellnessbereich im Keller und wartest auf uns!"

Als ich hörte, dass endlich der ersehnte Regen gegen die Scheiben schlug, befand ich, dass es an der Zeit war, mit den Vorbereitungen für die Session zu beginnen.

„Die Herrin möchte heute Nacht noch sehr viel Spaß mit ihrem Sklaven haben. Aber vorher will sie aus den alten

Klamotten raus, sich Laufsachen anziehen und mit Lady Michelle joggen gehen!"

Bei dem Satz erhob ich mich aus dem Sessel und sah zu ihm runter.

„Worauf wartest du noch? Auf dich warten Aufgaben! Raus mit dir!"

# 14.

## Die -8- Schritte des sexuellen Vorspiels einer Domina

Es gibt kaum eine Zeitschrift oder ein Internetmagazin, das sich nicht schon einmal in Form eines Artikels oder Ratgebers über das sexuelle Vorspiel ausgelassen hat. Während „Wikipedia" recht trocken die Definition „dem eigentlichen Geschlechtsakt vorausgehender, ihn vorbereitender Austausch von Zärtlichkeiten" vorgibt, überbieten sich andere mit Tipps und Ratschlägen, wie es am besten durchzuführen sei. Als praktische Hinweise werden der interessierten Leserin solch exotische Begriffe wie „Co-Sleeping" (ein Modewort für Kuscheln ohne Sex), Anaga Ranga, Lingam-Massage, Yoni-Massage oder Damm-Massage um die Ohren geschlagen, was immer all das auch sein mag.

Nach Meinung dieser Ratgeber geht es in erster Linie darum, behutsam herauszufinden, welche sexuellen Bedürfnisse der Partner hat, seinen oder ihren Körper auf kreative Weise zu erforschen, die Leidenschaft anzuheizen und Hemmungen zu verlieren. Das soll alles ohne Zeitdruck gehen und ohne auf die Uhr zu schauen. Und nicht nur die Frauen würden von einem guten Vorspiel profitieren, sondern auch der Mann. Dieser könne danach eine leidenschaftliche Liebhaberin im Bett erwarten. Allerdings – so wird schnell nachgeschoben – solle „Mann" der Frau dabei nicht plump und vorschnell ins Höschen greifen. Das könne die Stimmung bei ihr blitzschnell zerstören und die ganze Sache in einer riesigen Enttäuschung enden lassen.

Die einschlägigen Medien geben allerdings keinerlei Auskunft über das richtige Vorspiel einer Domina. Als dominant-sadistisch veranlagte Herrin und leidenschaftliche

Trägerin von Latex und Leder habe ich in diesen Medien lange nach passenden Ratschlägen für mich gesucht. Den Vorgaben der oben genannten Ratgeber zu folgen, würde nach meiner Meinung ziemlich komisch aussehen. Man stelle sich einen Sklaven vor, der mit seiner Stiefelherrin unter der kuscheligen Bettdecke das „Co-Sleeping" betreibt.

Statt eine der zahlreichen Zeitschriften für Lifestyle anzuschreiben und gute Praxistipps für uns Herrinnen einzufordern, habe ich mir Gedanken darüber gemacht, wie es tatsächlich bei mir aussieht. Dabei bin ich zu dem erstaunlichen Ergebnis gekommen, dass ich ein Vorspiel schon lange praktiziere! Meines geht zeitlich sogar über die von den Artikelschreibern geforderten „mindestens dreißig Minuten" weit hinaus. Allerdings fehlt eine Komponente, die bei „Vanillafrauen" nicht wegzudenken ist: Zärtlichkeiten!

Meine ideale Vorstellung von einem Vorspiel kann in acht Punkten zusammengefasst werden und sieht wie folgt aus:

*1. Ich verrichte kurz vor Sonnenuntergang eine gute Stunde intensiven Sport. Am liebsten jogge ich durch den Regen, so dass ich schön nass und ausgekühlt heimkomme.*

Nach der Hitze und dem Müßiggang des Tages wollen Körper und Geist gefordert werden, um sich bei der Session voll entfalten zu können. Am besten geht das mit Ausdauersport.

Das Glück war an diesem Tag ganz auf meiner Seite: Wie vom Wetterbericht vorhergesagt, hatten am frühen Abend heftige Schauer eingesetzt. Als es sich eingeregnet hatte, waren Michelle und ich in unsere Laufklamotten geschlüpft und hatten uns auf den Weg gemacht. Als Laufstrecke diente uns meistens der Waldweg bis zum Ufer des River Tamar und wieder zurück. Über sieben Meilen waren wir gejoggt, waren über glitschige Baumwurzeln, Wasserpfützen und Steine gesprungen und hatten feuchten Kies und Matsch unter unseren Joggingschuhen gespürt. Während des Laufens waren meine Gedanken immer wieder um Michelles Geschichten gekreist. Sie würden genügend Stoff bieten, um einen Roman zu füllen, hatte ich befunden und dann entschieden, dass Henry jetzt ein wenig mehr in den Vordergrund rücken sollte. Schließlich hatte er es sich redlich verdient.

*2. Nach dem Sport kleide ich mich vollständig aus, wobei sich der Haussklave um meine dreckige Wäsche zu kümmern hat.*

Ich wischte mir Schweiß und Regenwasser mit einem mir gereichten Handtuch aus dem Gesicht und den Haaren, nahm einen kräftigen Schluck Mineralwasser direkt aus der Flasche und warf sie Henry hin. Der fing sie auf und hielt Michelle und mir die Tür zu dem im Keller von Black Swan Manor untergebrachten Spa-Bereich auf. Hier fanden sich zwei Saunen, ein Entspannungsraum mit Liegen, ein kleines Schwimmbecken, Sonnenbank, Fitnessgeräte, Massagebetten und natürlich ein Whirlpool – all diese netten Dinge, die unser Leben noch eine Spur lebenswerter machten.

Während Michelle und ich uns in Richtung der Duschkabine bewegten, entledigten wir uns der durchnässten Sportsachen. Laufschuhe, Socken, Leggins und Funktionsshirts wanderten zu Boden und bildeten eine Spur, die von Henry sorgsam aufgelesen wurde. Brav dackelte er in einem gebührenden Abstand hinter uns her und bückte sich nach den verdreckten Klamotten. Eines besonderen Kommandos bedurfte es dafür nicht. Mein Ehemann wusste, was er zu tun hatte und man sah ihm die Gewissenhaftigkeit an, mit der er die schmutzige Wäsche über seinen Arm legte.

Wegen der schweren Regenwolken hatte die Dunkelheit an diesem Abend früher als gewohnt eingesetzt. Die Temperaturen waren stark gefallen und Michelle und mir war kühl. Fast gleichzeitig sprangen wir unter die Dusche und genossen den Strahl warmen Wassers, der sich über unsere nackten, ausgekühlten und mit Gänsehaut überzogenen Körper ergoss. Gegenseitig seiften wir uns ein. Meine glitschigen Hände glitten über ihre üppigen Brüste und ihren Penis, dem ich eine ordentliche Schaummassage gönnte. Wir quiekten und gackerten und benahmen uns wie ausgelassen spielende Kinder, küssten uns immer wieder und rieben unsere eingeseiften Körper aneinander. Am liebsten hätte ich mich schon jetzt von ihr unter der Dusche nehmen lassen. Jetzt ein schneller Fick im Stehen und von hinten, fantasierte ich in meiner Euphorie, als ich ihre Hoden und den halb erigierten Schwanz durch meine seifigen Finger glitschen ließ. Doch musste ich meine feuchten Träumereien vorläufig noch auf Eis legen, denn zu einem perfekten Vorspiel gehörte ja noch viel mehr.

*3. Ich nehme ein heißes Bad.*

„Hast du dich um unsere Sachen gekümmert?", fragte Michelle über die Schulter nach hinten, dorthin, wo Henry mittig im Raum stand und auf Instruktionen wartete.

Noch immer waren wir unter der Dusche und alberten herum.

„Ich habe sie aufgelesen und werde mich umgehend um die Reinigung kümmern, Lady Michelle."

Erregt rieben meine transsexuelle Liebhaberin und ich unsere aufgestellten Nippel aneinander.

„Ist der Whirlpool gefüllt?", erkundigte ich mich ohne ihn anzusehen, genoss das heiße Spiel unserer Titten.

„Jawohl, Lady Ewa.", hörte ich die erwartete Antwort.

Als ich die Dusche abstellte, fragte unser Lakai, ob wir Bademäntel wünschten. Wir bejahten das und glitten daraufhin in die uns hingehaltenen, flauschigen Mäntel. Sogar an Badelatschen hatte er gedacht, in die unsere Füße schlüpften. Michelle ließ sich eine Flasche Mineralwasser reichen und gemeinsam schlenderten wir zum Whirlpool. Die Bademäntel glitten von unseren Körpern, und eine Sekunde später stiegen wir in das gut temperierte und blubbernde Wasser des kreisrunden, im Boden eingelassenen Beckens.

Ich aalte mich im dampfend warmen Nass, als Michelle unseren Diener anwies, den Champagner zu öffnen, sowie Zartbitterschokolade und Erdbeeren zu reichen. Ihr schwarzes Haar war feucht. Auf ihren sinnlichen Lippen lag ein Lächeln.

„Ich schwelge in präkoitalen Glücksgefühlen!", lachte ich ihr zu und stieß mit ihr an, spürte eine Sekunde später das anregende Prickeln des Moët & Chandon an meinem Gaumen.

Michelles Antwort kam prompt und in Form einer Frage.

„In bitte *was* schwelgst du?"

„In den Glücksgefühlen vor dem Sex!"

„Woher hast du das denn?"

„Irgendwo in 'Shades of Grey' habe ich das Wort postkoital, also *nach dem Geschlechtsverkehr*, gelesen. Präkoital ist dann ja wohl das Gegenteil, oder!"

Ich erntete dafür ein verständnisloses Kopfschütteln und bekam dazu noch einen gewaltigen Schwall Wasser ins Gesicht gespritzt. Eine kleine Wasserschlacht begann. Wir rangelten miteinander, neckten uns, gaben uns Küsse. „Sieht er nicht hübsch aus, unser kleiner Slave?", lachte ich meine Michelle an, als ich rittlings auf ihrem Schoß zur Ruhe kam. Ich spürte ihr hartes Glied an der Innenseite meiner Schenkel. Meine Muschi öffnete sich. Nur einmal kurz der Versuchung nachgeben und das pralle Ding in sich spüren, überlegte ich. Doch musste mich noch in Zurückhaltung üben.

Michelles musternder Blick wanderte über den Mann, der in etwa zwei Metern Entfernung von uns stand und brav auf weitere Anweisungen wartete.

„Wo hast du seine Schürze gekauft?", fragte sie mich.

„Ich habe sie in einem Internetshop entdeckt. *Weiße Latzschürze im viktorianischen Kleiderstil, an den Rändern mit verspielten Rüschen abgesetzt, Englisches Latex, geklebt*", zitierte ich die Artikelbeschreibung aus meiner Erinnerung, sagte dann in Henrys Richtung: „Dreh dich um! Wir wollen dein Hinterteil begutachten!"

Wir konnten uns ein lautes Lachen nicht verkneifen, als Henry sich uns von hinten präsentierte. Außer der Stellen, wo die Schürze hinten zusammengebunden war, bot er sich uns in voller Nacktheit.

„Wie das Ringelschwänzchen einer Sau!", prustete es aus Michelle heraus. Sie spielte damit auf den rosafarbenen Schlauch an. Er ragte in einem Bogen aus seinem Anus heraus und endete in einem tennisballgroßen Blasebalg.

„Der Dildo wird für ein geschmeidiges Loch sorgen! Wer weiß, wie sehr es heute Nacht noch strapaziert wird!", lachte ich und glitt vom Schoß meiner Freundin.

„Und jetzt raus mit dir, Lakai! Die Herrinnen wollen unter sich sein! Ich werde dich rufen, sobald wir auf dem Massagebett unseren Entspannungsschlaf nehmen", fauchte ich meinen Mann an.

Der machte einen beherzten Diener, drehte sich um und bewegte sich in Richtung Ausgang. Kurz bevor er die Tür erreichte, warf Michelle ihm noch nach, dass er auf jeden Fall noch die Sportschuhe putzen solle. „Zieh dabei eines der Zofenkleidchen an! Du darfst auch den Geruch unserer Füße aus den Schuhen inhalieren!"

Unter unserem Lachen verschwand er aus dem Blickfeld.

Ich zerbiss eine Erdbeere und nippte am Champagner als ich auf Michelles Erzählung mit der Hundedame Cora zurückkam.

„Hast du mit Cora an dem Tag eigentlich auch richtig gefickt? In der Geschichte hattet ihr ja nur Oralsex."

„Ganz wie Hanna es ihr versprochen hatte, wurde jedes ihrer drei Löcher von mir bedient. Als unser Mercedes den Parkplatz des Ford Park Cemetery in Plymouth erreichte, hatte ich wieder genug Potenz gesammelt, um Coras triefend feuchte Lustgrotte auszufüllen. Dabei nuckelte sie wie ein Kind an den Lustkugeln herum und genoss Hannas Finger in ihrem Hintern. Meinen letzten Tropfen Sperma habe ich dann ihrem Anus gespendet, als wir eine halbe Stunde später die Kais am Hafen durchfuhren. Die Lustkugeln steckten da in ihrer Vagina und Hannas Finger in ihrem Mund."

„Hanna ist ganz schön einfallsreich, wenn es um das Wohl ihrer Kundschaft geht!"

„Cora war mindestens genauso erschöpft wie ich … aber auch so befriedigt. Wir ließen sie dann irgendwo in der Stadt an einer Bushaltestelle raus. Sie hat sich bei mir und Hanna bedankt und ihr zwanzig Fünfzigpfundnoten ausgehändigt, von denen ich die Hälfte abbekam. Das war mein erster echter Verdienst als Schwanzhure! Fünfhundert Pfund Verdienst, dazu noch ein tolles Outfit bekommen und drei Orgasmen gehabt! Der Tag sollte mir einen Vorgeschmack dessen geben, wie mein künftiges Leben aussehen würde!"

Eine Zeitlang genossen wir noch schweigend das sprudelnde Nass, stiegen danach aus dem Pool und schlüpften in unsere Bademäntel. Der vierte Punkt des Vorspiels wartete schon auf uns.

*4. Ich lege mich eine Weile aufs Bett. Manchmal genehmige ich einem Sklaven, eine Fußmassage bei mir durchzuführen. Dabei kann es vorkommen, dass ich fest einschlafe (In diesem Fall haben alle Beteiligten Pech gehabt und die Session fällt ins Wasser!).*

„Du hast alles so gemacht, wie von mir gewünscht?"
Meine Worte waren mit der nötigen Strenge ausgesprochen worden.

Henry bog den Rücken durch und beantwortete meine Frage mit einem schnellen *Sehr wohl, Herrin.* Wie gefordert, hatte er sein Outfit gewechselt. Statt mit Schürze war er jetzt mit einem süßen Zofenkleidchen bekleidet – übrigens ein ähnliches Modell wie jenes, das auch von Zoe und Louise getragen wurde. Für die nötige Weiblichkeit sorgten flache Ballerinas, Nylons, sowie eine Latexmaske mit einem attraktiv gestalteten Frauengesicht, künstlichen Wimpern und einem schönen Schmollmund.

„Sklave 5231 habe ich, wie von Ihnen gewünscht, aus der Zelle geholt!", sagte er.

„Du siehst übrigens süß aus, kleine Zofe! Ist 5231 ebenfalls passend gekleidet?", erkundigte ich mich und fuhr mit meinen Fingern prüfend durch sein langes, blondes Perückenhaar.

„Jawohl, Herrin. Er wartet bereits im Ruheraum auf Sie. Wie er mir versicherte, freue er sich besonders darauf, die Füße der Herrinnen zu massieren. Und das hier habe ich natürlich auch nicht vergessen."

Er öffnete seine Hand. Zwei kleine Glöckchen befanden sich darin. Sie waren über ein kurzes Metallkettchen mit jeweils einer Krokodilklemme verbunden. Ich lächelte voller Erwartung, musste dabei an Michelles Erlebnis mit diesen Klemmen in der Folterkammer denken. Eine davon nahm ich an mich. Die andere gab ich meiner Freundin.

Vergnügt schlenderten wir durch die uns offen gehaltene Tür.

Ein warmes, rötliches Dämmerlicht empfing uns im Ruheraum. Von irgendwoher war leise Loungemusik und beruhigendes Vogelgezwitscher zu vernehmen. Einige Saunaliegen, ein Wasser- und ein Massagebett luden nach einem Saunagang oder einem anstrengenden Tag zum Entspannen ein.

Henry und 5231 ließen wir Aufstellung nehmen.

„Wie Zwillinge sehen die beiden nicht gerade aus!", flüsterte ich Michelle belustigt zu und spielte damit auf das vollkommen unterschiedliche Auftreten der beiden Männer an. Während Henry eine Gummizofe abgab, hatten wir 5231 das Outfit anziehen lassen, dass normalerweise Adam trug, wenn er als Kerkermeister auftrat: Latexchaps an den Beinen und am Oberkörper einen aufwändig gearbeiteten Harnisch mit breiten Riemen, spitzen Nieten und Stahlringen. 5231 trug dieselbe Maske vom Vortag. Augen und Mund waren jedoch frei.

„Unten freimachen!", wies ich die Sklaven an. „Wir wollen euch präparieren!"

Der Unterleib und die Genitalien der beiden Männer wurden von uns eingehend geprüft. Sie waren sauber rasiert. Nicht das kleinste Härchen gab Anlass zur Klage. Stahlringe um die Peniswurzeln und ein stramm angelegtes Penisgeschirr ließen ihre Pimmel und Hoden sogar im schlaffen Zustand nach oben ragen. Ich freute mich schon auf den Anblick, wenn sie steif werden würden. Einmal mit Blut gefüllt, sorgte das enge Edelstahlgeschirr für eine dauerhafte Erektion und eine lang anhaltende Potenz.

„Vorhaut nach vorne schieben, so weit, dass wir die Krokodilklemmen daran anbringen können!"

Ich hatte alle Mühe, Zeigefinger und Daumen zusammenzudrücken, um die Teufelsdinger zu öffnen. Es musste eine Tortur sein, diese über einen längeren Zeitraum an der Vorhaut hängen zu haben. Als sich der spitze

Zahnkranz in die Vorhaut von 5231 fraß, hielt dieser den Atem an, versuchte so, seinen Schmerz zu verarbeiten.

„Keinen Mucks!", riet ich in warnendem Ton und sah zu meiner Linken, dass Henry ähnliche Qualen durchlief.

Die Unterleiber unserer beiden Sklaven zitterten, ihre Finger ballten sich zu Fäusten.

Michelle wies auf eine an der Wand angebrachte Uhr.

„In einer halben Stunde ist es dreiundzwanzig Uhr! Bis dahin wollen wir unsere Ruhe haben und nicht den kleinsten Mucks hören! Um Punkt elf Uhr dürft ihr kräftig mit euren Schwänzen wackeln und uns so wecken!"

Michelle und ich behielten die Bademäntel und die um unsere Haare geschlungenen Handtücher an und wählten das große Wasserbett. Ich legte mich auf den Rücken und schloss die Augen, bemerkte, dass Michelle sofort meine Nähe suchte. Unter uns gluckste bei jeder kräftigeren Bewegung das Wasser. Ich schoss die Augen und kuschelte mich dichter an meine Freundin heran. Diese schnippte einmal mit den Fingern.

„Vortreten, am Fußende niederknien und Füße sanft massieren!", sagte sie in einem schläfrigen Ton.

Ein paar Sekunden später legten sich feinfühlige Finger um unsere Zehen, kümmerten sich um die neuralgischen Punkte an unseren Füßen, die so oft in High Heels steckten. Es war so herrlich entspannend, dass ich in einen Halbschlaf fiel.

*6. Das richtige Outfit, sowie ein passendes Make up anlegen!*

Beim Outfit fällt in der Regel meine erste Wahl auf Latex. Das Anlegen dieser faszinierenden Kleidung nimmt aufgrund seiner besonderen Eigenschaften einen ganz besonderen Platz in meinem sexuellen Vorspiel ein. Egal ob ich nur in einen knappen Tanga schlüpfe oder mir ein aufwändiges Heavy

Rubber Outfit anlege: Die Prozedur des Ankleidens wird von mir buchstäblich zelebriert! Belohnt wird es mit Gefühlen, die sich nur schwerlich mit Worten beschreiben lassen.

Wichtig ist, dass die Kleidungsstücke von einem fähigen Schneider auf Maß gearbeitet sind und nach dem Ankleiden zu einer zweiten Haut werden. Erst dann kann diese Wäsche ihr volles Potenzial auf den Körper der Trägerin ausspielen. Jedoch habe auch ich in dieser Beziehung einmal bescheiden angefangen. Für den Einstieg eignen sich daher auch einfache Modelle aus getauchtem Material, die günstig im Internet erworben werden können. Schaffen es diese Teile, dich mit diesem ganz bestimmten Virus zu infizieren, entsteht eine Liebe, die das ganze Leben über bestehen bleibt.

Voller Vorfreude blickte ich auf das, was unsere treuen Helfer auf dem Massagebett ausgelegt hatten. Seidig matt glänzte das schwarze Material im rötlichen Licht und wartete darauf, sich an unsere Körper zu schmiegen.

Ich wies die beiden Sklaven an, den Raum zu verlassen und auf weitere Anweisungen zu warten. Erleichtert stöhnten sie auf, als wir sie noch schnell von den quälerischen Penisklammern befreiten. Nicht einen Ton hatten die Glöckchen in der vergangenen halben Stunde von sich gegeben. Erst pünktlich um elf Uhr hatte uns ihr süßes Klingeln aus dem Schlummer geholt. In einer grotesken Stellung hatten die beiden sich uns in diesem Moment präsentiert. Mit breiten Beinen und halb hockend hatten sie mit ihren Penissen gewackelt. Mir waren bei dem aberwitzigen Anblick die zum Gottesdienst rufenden Glocken eines Kirchturms in den Sinn gekommen.

Wir warteten, bis Henry und 5231 den Raum verlassen hatten und konnten es kaum mehr erwarten, in unsere Sachen zu kommen.

„Sie haben an alles gedacht!", hörte ich Michelles anerkennende Worte, womit sie Henry und 5231 gemeint hatte.

„Ja, in der Tat! Die beiden funktionieren prima als Team!", stimmte ich zu. „Nicht einmal Talkum und Anziehhilfe haben sie vergessen!"

„Hast du gesehen, wie ehrfurchtsvoll sie die Wäsche auf der Liege ausgelegt haben?"

„Die Chemie zwischen den beiden scheint zu stimmen. Sicher sind sie jetzt in Henrys Zimmer und tauschen sich über das Erlebte aus", vermutete ich und spielte damit auf eine Eigenart an, die ich oft bei männlichen Sklaven in Gruppenerziehungen beobachtet hatte. Egal, welch Herkunft, Stand oder Beruf sie im bürgerlichen Leben bekleideten und sie sich zuvor noch nie gesehen hatten: Fast immer entstand zwischen ihnen eine Bindung! Bei uns konnte man sich als Gleicher unter Gleichgesinnten fühlten. Hier war man unter sich, konnte miteinander über verbotene Fantasien reden und geheimste Wünsche ausleben, ohne als pervers, abartig oder krank angesehen zu werden. Eine Unterwerfung gemeinsam mit Geistesverwandten zu erleben, war eine Erfahrung, die zusammenschweißte.

Ich nahm meinen Catsuit vom Bett und setzte mich. Wie von alleine glitt erst der eine, dann der andere Fuß in das aufgekrempelte Hosenbein. Mein Herz pochte schneller, denn nun kam der schönste Moment. Langsam zog ich ihn über meine Waden, die Schenkel und den Unterleib, der sofort von einem wundervollen Kribbeln durchzogen wurde. Das kaum einen halben Millimeter dünne, flexible Material schmiegte sich über die Pobacken, legte sich auf Bauch und Brüste. Meine Arme verschwanden in den Ärmeln. Ich drehte mich zu Michelle, die den Zipper des Ganzkörperanzugs vom Po bis vorne zu meinem Hals zuzog.

Nun war ich fast vollständig in Latex eingeschlossen. Mein Körper wurde von einer Welle der Erregung erfasst. Eine Weile blieb ich so sitzen und genoss die Gefühle, die auf mich wirkten, schaute Michelle dabei zu, wie sie schwarze Latexstrümpfe an ihren langen Beinen hochzog. Ich nahm mir meine Kurzhandschuhe und glättete letzte Falten an meinem Catsuit.

Gegenseitig halfen wir uns danach in die Unterbrustkorsetts. Natürlich waren auch sie aus unserem Lieblingsmaterial gefertigt. Ich trug sie über dem Catsuit, so dass noch stärker der Eindruck einer kompletten Latexhaut darunter entstand.

„Heute kein Slip und kein BH? Nur Korsett und Strümpfe?", fragte ich sie, als ich die Metallclips von Michelles Strapskorsett an den oberen Abschlüssen ihrer Strümpfe befestigte. Einladend baumelte ihr Penis genau vor meinem Gesicht. Ich musste unvermittelt an Claire denken, als ich den Drang bekam, diesen süßen Prachtkerl mit Küssen zu überziehen.

„Meine weiblichen und meine männlichen Attribute sollen schön exponiert sein. Titten und Schwanz bleiben also frei!", lachte sie zurück. „Hilfst du mir in die Handschuhe?"

Da Michelle gerne sehr enge Gummihandschuhe trug, erwiesen sie sich trotz der Anziehhilfe als äußerst widerspenstig und ich hatte einige Probleme, die langen Dinger bis zu ihren Schultern hochbekommen.

„Jetzt noch die Stiefel! Die Maske lege ich mir erst nach dem Schminken an!", bedeutete ich mit einem Kopfnicken zu den beiden Stiefelpaaren von Dolce & Gabbana. Während eines Italienurlaubs vor einigen Monaten hatten wir sie in einem Geschäft in Rom entdeckt und uns sofort darin verliebt. Gleich vier sündhaft teure Paare – Vera, Seiyoua,

Michelle und ich kauften welche – konnte die junge Verkäuferin an uns absetzen und hatte damit wohl das beste Tagesgeschäft seit Langem gemacht. Das Lackleder war weich und glänzte ähnlich wie unsere Wäsche. Hohe Pfennigabsätze und die spitzen Zehenkappen unterstrichen die Dominanz der Trägerinnen. Sie waren wie geschaffen für eine Session. Jedoch trug ich sie auch gerne Alltags zu einem Minikleid, zu einem Poncho oder ganz einfach zu einer Jeans.

Ich griff nach meiner Maske und jeder nahm sich einen der beiden für uns bereitliegenden Lackmäntel, die wir auf dem Latex tragen wollten. Gemeinsam gingen wir danach zurück in den Spa Bereich. Dort wartete der Schminktisch auf uns.

\*\*\*

Das Make up ist ein wichtiger Aspekt im Vorspiel. Um die in einem herrschende Stimmung zum Ausdruck zu bringen und sich passend in Szene zu setzen, kommt es nicht nur auf das Outfit an. Gute Schminke ist das letzte Mosaiksteinchen, um das Erscheinungsbild zu perfektionieren. Je nach Stil kann man femininer, reifer, jünger oder auch dominanter erscheinen. Ich bevorzuge eine Mischung aus mehreren Attributen. Entsprechend setzte ich es an Augen und Mund, die schon bald letzten noch sichtbaren Stellen meines Körpers, ein. Auch künstliche Wimpernverlängerungen durften natürlich nicht fehlen.

Ich kämmte mein feuchtes Haar zurück, bat die vor dem Spiegel neben mir sitzende Michelle – sie föhnte gerade ihre Löwenmähne, die mit jeder Sekunde mehr Volumen annahm – mir die Maske anzulegen. Der Föhn verstummte. Gespannt schloss ich die Augen. Eine dünne, kühle Gummihaut legte sich nur eine Sekunde später auf mein Gesicht und spannte sich um meinen Kopf. Ein leises, gleichmäßiges Surren war zu vernehmen, als sich der Zipper am Hinterkopf schloss. Ich erhob mich und öffnete die Lider.

Das Herz schlug schneller, ein sanftes Prickeln zog durch den Bauch und schien sich zwischen meinen Schenkeln zu konzentrieren. Ich wurde feucht von meinem eigenen Anblick. Schwarz, lasziv, geheimnisvoll, erotisch und gleichzeitig beängstigend präsentierte sich das Latexwesen im Spiegel vor mir. Gefühle von Stärke, Macht und Unnahbarkeit sollten ab nun mein Denken und Handeln bestimmen.

Der Schwarze Schwan war geweckt! Erotische Gefühle die während des Vorspiels immer wieder in meinem Inneren hochgeschwappt waren, ebbten ab. Sie wichen der Lust, einen Sklaven zu quälen, ihn bis an die Grenzen zu demütigen. Als wir uns gemeinsam im Spiegelglas betrachteten, schien Michelle ähnliche Gedanken zu haben. Ihr Penis war halb erigiert. Er sah aus, als könne der kleine Prachtkerl es nicht mehr abwarten, von einem Mund oder einer geschickten Hand verwöhnt zu werden. Zu guter Letzt halfen wir uns gegenseitig die Mäntel, zwei halblange, schwarze Trenchcoats aus glänzendem Lack, die vorne nur mit einem Gürtel zusammengehalten wurden.

Schließlich wollten wir zumindest ein Kleidungstück tragen, das man während der Session ablegen konnte.

Mit knallenden Absätzen, deren Stakkato mit jedem Schritt von der Gewölbedecke zurückhallte, passierten wir den Kerker. Die hier untergebrachten Sklaven waren an die Gitter ihrer Gefängniszellen getreten. Ganz offenbar wollten sie sich den Anblick zweier dahineilender Ladys in Lack und Latex nicht entgehen lassen. Die Finger um die Eisenstäbe gekrallt, folgten ihre Augen unserem entschlossenen Gang. Sicher ahnten Sie, wohin wir wollten, überlegte ich und genoss ihre Blicke. Gewiss hatte 5231 ihnen bereits von der geplanten

Session erzählt. In den Zellen sprach sich alles immer sehr schnell herum.

Ein paar Schritte hinter uns: Henry und 5231. Beide trugen große Silbertabletts mit Sexspielzeugen in den Händen. Sie hatten Mühe, mit uns mitzuhalten.

Unser Ziel war die Folterkammer, dort, wo Punkt sieben des Vorspiels beginnen würde.

*7. Passende Hintergrundmusik und die Wahl der Zuchtinstrumente.*

Maria Callas Interpretation der Arie „Vissi d´arte" aus Giacomo Puccinis Oper „Tosca" schien von überall her zu kommen. Toscas Stimme erfüllte wie eine sehnsuchtsvolle Klangwolke die elektrisierte Atmosphäre im Raum. Andächtig seufzend hob sie die Arie an, begleitet von den absteigenden Akkorden der Streicher. *Vissi d´arte, vissi d´amore!* „Ich lebte für die Kunst, ich lebte für die Liebe", klagte sie. Die Melodiebögen wurden länger, kulminierten nach zwei Anläufen in einem ergreifenden Höhepunkt. Es gibt keine bessere Musik als diese, um in die richtige Stimmung für eine Session zu kommen.

Mein aufmerksamer Blick wanderte über die aus groben Steinquadern gemauerte Wand. Reitgerten, Rohrstöcke und Peitschen in allerlei Größen, Materialen und Farben reihten sich wie die Soldaten einer Wachparade an ihr auf. Auf welches Instrument sollte meine Wahl heute fallen?

Ich nahm ein klassisches Modell der Firma Döbert von der Wand. Fünfundachtzig Zentimeter mit weißem Nappaleder bezogenes Nylon zum Abrichten von Reittieren und Sklaven: Genau das Richtige für den Anfang!

Meine Hand glitt in die Lederlasche am Griff. Ein paarmal ließ ich das herrliche Zuchtinstrument durch die Luft fahren, so dass alle Anwesenden dieses unverkennbare Sausen vernehmen konnten. Vorwitzig tanzten bei jeder Bewegung

213

die kurzen, an der Spitze befindlichen Lederbänder des Gertenbuschs hin und her.

„Sie liegt wahnsinnig gut in der Hand!", bekräftigte ich und sah, dass Michelle ein ungewöhnlich langes Fabrikat der Marke Fleck wählte.

Jede von uns Ladys hatte eben ihre eigenen Favoriten.

Auch Michelle machte ein paar Schläge durch die Luft. Ich vernahm, dass ihre Gerte ein etwas markanteres Sausen von sich gab, als meine es getan hatte. Ob es wohl an der dünnen Lederzunge lag, die an der Spitze ihres Instruments angebracht war?

„Sie hat das Zeug, dem kräftigsten Zuchtbullen aufzuzeigen, wer die Herrin im Hause ist!", werde ich von meiner Freundin angelacht.

Als hätten wir denselben Gedanken gehabt, drehten wir uns gleichzeitig zu den beiden Männern um. Sie knieten brav in der Mitte des Raums und hielten noch immer die Silbertabletts in ihren Händen. Ein leichtes Vibrieren an den Tabletts verriet mir, dass sie entweder aufgeregt waren oder Furcht vor den ihnen bevorstehenden Torturen verspürten. Ich konnte es kaum erwarten, ihre Ängste wahr werden zu lassen. Es war schon erstaunlich, aber alleine der Anblick einer Reitgerte in der Hand einer Latexherrin brachte unsere beiden Domestiken um den Verstand.

Es kribbelte gewaltig in mir, der Schwarze Schwan wurde immer unruhiger. Und dabei war ich noch nicht einmal mit dem Vorspiel fertig, denn Punkt acht wartete auf uns:

*8. Abhängig von meiner Lust und der Art der Session, präpariere ich mich mit Plugs oder lege einen Strap-on an!*

Ein paarmal flanierten wir vor den beiden vor uns knienden Männern auf und ab. Meine skeptischen Blicke waren auf die Silbertabletts und das auf ihnen liegende Spielzeug gerichtet.

Irgendwie konnte ich mich nicht entscheiden, welchen Plug ich in mir haben wollte. Anal oder vaginal? Oder beides gleichzeitig? Aufpumpbar und aus Gummi oder aus flexiblem Silikon? Vielleicht sollte ich doch besser einen aus Metall nehmen? Möglicherweise könnte ich mir von Michelle aber auch den schlanken Glasdildo einführen lassen? Es war wie in einem Restaurant, in dem die Menükarte so reichhaltig war, dass man sich einfach nicht auf ein Gericht festlegen konnte.

Gespannt wartete man auf meine Entscheidung.

„Ich will den Strap-on mit den beiden Innendildos haben!", platzte es zur Erleichterung aller aus mir heraus.

Michelle nahm das Stück meiner Wahl und betrachtete es eine Weile. „Mund auf und befeuchten!", herrschte sie Henry an und schob ihm die beiden Plugs abwechselnd zwischen die roten, feminin geschwungenen Lippen seiner Latexmaske. Genüsslich nahm er sie auf, bewegte seinen Kopf einige Male vor und zurück, so dass meine baldigen Freudenspender genügend Gleitfähigkeit bekamen.

„Das reicht! Du wirst heute noch genug Gelegenheit bekommen, an Schwänzen zu lutschen!", wurde Henry von Michelle angeherrscht, der daraufhin erschrocken zusammenzuckte.

Sie zog den Dildo aus seinem Mund und drückte sich von hinten an mich heran. Ich schnurrte vergnügt, denn ich wusste, was nun geschehen würde. Voller Vorfreude legte ich meinen Kopf nach hinten an ihre Schulter. Unsere Lackmäntel rieben knarzend aneinander. Kurz darauf spürte ich ihre Hand an meinem Po. Mein Atem wurde schneller. Dann öffnete sich der Zipper am Schritt meines Catsuits und nur Sekunden später verschwanden die schlanken, wie Penisse geformten Plugs in meinem Hintern und in meiner Vagina. Mein Schnurren verwandelte sich in einen langgezogenen Keuchlaut, mit dem ich die in mir aufgestaute Lust herauslies. Geschickte Hände arbeiteten an meinem Unterleib,

Lederriemen spannten sich um meine Hüften und durch den Schritt. Wie automatisch wanderte meine Hand in die Mantelöffnung und umschloss die volle Pracht des steifen Gummipimmels, den ich nun besaß.

„Ich halte es nicht mehr aus. Lasst uns endlich beginnen!", wisperte ich Michelle ins Ohr und spielte dabei erwartungsvoll mit meinem neuen Schwanz.

Das Vorspiel war beendet.

Es hatte über sechs Stunden gedauert.

# 15.

## Forced Bisexuality I

Wie bereits von mir erwähnt, war ich stets auf der Suche nach neuen Herausforderungen in der Welt des SM. Ich wollte Grenzen überschreiten und neue Wege erkunden. Die Gründe dafür waren vielfältig. Sie führten mich nicht nur dazu, über den Tellerrand der eigenen Sexualität zu blicken oder einen neuen Kick zu bekommen, sondern sie lieferten auch die Stoffe für neue Romane. Oft war es so, dass ich meine sexuellen Fantasien zunächst als Geschichte verarbeitete, um sie eines Tages in der Realität auszuleben. Genauso konnte es andersherum sein: Reale Erlebnisse boten die Vorlagen für Romanstoffe. In solch einer Situation steckte ich einmal mehr. Michelles anregende Erzählungen hatten eine bizarre Idee in mir entstehen lassen. Das Samenkorn war in mir gekeimt und zu einer festen Absicht herangereift: Ich wollte Henry mit den Wonnen der Bisexualität vertraut machen!

\*\*\*

Es war mittlerweile weit nach Mitternacht. Das Schlagen der alten Standuhr hatte ich kaum noch gehört. Nach dem langen Vorspiel war der Schwarze Schwan in mir immer allgegenwärtiger geworden.
Meine Erregung war so stark, dass ich mich zusammenreißen musste, um 5231 die Handschellen anlegen zu können. Ich ließ ihn aufstehen und befestigte die kurze Verbindungskette zwischen seinen Händen an einer stärkeren, von der Decke hängenden Kette. Ich sah, dass Michelle mit Henry das Gleiche tat. Im Gegensatz zu 5231 waren Henrys

217

Hände jedoch nicht auf dem Bauch, sondern hinter dem Rücken zusammengebunden.

Ich betätigte die rote Taste der Fernbedienung. Es summte kurz, dann rasselte es metallisch, als die Kettenglieder sich spannten und nach oben in die Dunkelheit der Gewölbedecke gezogen wurden. Die Arme von 5231 folgten der Kette. Ich stoppte den Elektromotor erst, als 5231 fast schon auf Zehenspitzen stehen musste. Ein wenig tänzelnd versuchte er vor seinem feminisierten Sklavenkollegen das Gleichgewicht zu halten.

Nervös verfolgte Henry das, was sich vor ihm abspielte. Aufregung war in seinen Augen zu lesen. Ob er ahnte, was ich mit ihm vorhatte?

Nochmals drückte ich die Fernbedienung. Langsam zogen sich jetzt auch Henrys auf dem Rücken gefesselten Arme mit der Kette nach oben. Ich musste bei ihm jedoch Vorsicht walten lassen: Würde die Zugvorrichtung nur eine Sekunde zu spät gestoppt, dann könnten seine Schultergelenke nach oben hin auskugeln oder sich Muskeln und Sehen zerren, was das Ende der Session bedeuten würde. Als ich den Motor anhielt, befand er sich in einer skurrilen Körperhaltung. Breitbeinig stand er da. Sein Oberkörper war nach vorne gebeugt, während der Po nach hinten und die Arme halb nach oben gestreckt waren. Er keuchte auf, halb vor Panik, halb vor Schmerz.

Michelle und ich mussten unvermittelt lachen.

„Welch einen erbärmlichen Anblick diese Sklaven abgeben. Der eine trippelt wie eine Ballerina, der andere steht ihm genau gegenüber und krümmt sich zu einem Häkchen!", prustete es aus ihr heraus.

„Und das ist nur der Anfang!", entgegnete ich vergnügt und öffnete bei 5231 die beiden vorderen Druckknöpfe am Gürtel seiner Chaps. Das kleine Dreieck, das Penis und Hoden bisher verdeckt gehalten hatte, klappte nach unten. Seine Genitalien waren nun frei zugänglich.

Ich ging zwischen den beiden Sklaven in die Hocke. Mein Kopf war auf einer Höhe mit dem Unterleib von 5231 und Henrys Gesicht. Auffordernd lächelte ich meinen Ehesklaven an, legte meine Finger um die Peniswurzel von 5231, so dass Glied und Hoden sich noch weiter nach vorne drückten. Ein Stöhnen kam von oben. Unbeholfen trippelten die Fußspitzen auf dem Boden herum. Ganz offenbar bereitete mein Griff ihm erhebliche Schmerzen. Das war aber zweitrangig, denn momentan war 5231 nicht mehr als ein Mittel zum Zweck.

„Ein prächtiges Ding hat er, nicht wahr?", fragte ich Henry, während ich spürte, dass der Pimmel in meiner Hand eine ansehnliche Härte erreicht hatte. Mein Griff verstärkte sich, provozierend ließ ich die Eichel ein paar Zentimeter vor dem Mund meines Mannes kreisen.

Auch wenn Henry eine Maske trug, konnte ich die nervösen Zuckungen seiner Lippen und um die Augen erkennen. Er war sichtlich aufgewühlt. „Was meinst du, wie es wäre, wenn mein feminisierter Ehemann einmal direkt vor meinen Augen einen Schwanz blasen würde? Was hältst du davon?"

Meine Stimme hatte eine gekünstelte Freundlichkeit angenommen. Noch ein wenig mehr zog ich den Penis in Richtung seiner zusammengekniffenen Lippen.

Sein Adamsapfel sprang auf und ab. Kaum merklich schüttelte er den Kopf.

„Schau dir doch einmal diese schön geformte Eichel an!"

Wieder ein Schlucken.

„Wie warm sie ist!"

Henrys Mundecken zuckten.

„Und so weich!"

Er schloss die Augen.

„Ziert sich mein kleines Mädchen etwa?"

Nicken.

„Mach die Augen auf und sieh, wie einfach es ist!", sagte ich sanft. Ich wartete, bis sich Henrys Lider geöffnet hatten, beugte mich dann vor, öffnete meine Lippen und spielte mit meiner Zunge genüsslich an der Penisspitze herum. Erneut kam ein unruhiges Stöhnen von oben. Der Duft von Männlichkeit benebelte meine Sinne. Ich konnte nicht mehr anders. Mit einer Bewegung ließ ich die ganze Eichel in meinem Mund verschwinden. Sanft bewegte ich meinen Kopf vor und zurück, während meine freie Hand die Hoden liebkoste. Eine Zeitlang beglückte ich 5231 mit der süßen Qual meiner Zunge und meiner Lippen.

„Gefiel dir, was ich gemacht habe?", erkundigte ich mich bei meinem Haussklaven.

Seine Lippen bewegten sich, versuchten Worte zu formulieren. Ich wusste, dass er noch zu viele Vorbehalte in sich trug, um diesen Schritt zu vollziehen.

Bevor er etwas sagen konnte, verpasste ich ihm eine Backpfeife.

„Genug der Freundlichkeiten! Ich werde deinen Willen schon brechen!", herrschte ich ihn an und erhob mich.

Wie von mir erwartet, kam ich mit freundlichen Worten allein nicht weiter. Schmerz und Qual sollten ab jetzt seine ständigen Begleiter auf dem Weg in die Bisexualität sein.

Ich griff wieder nach der Krokodilklemme mit dem Glöckchen, um sie an 5231 zu befestigen. Da sein Penis zu hart war und sich die Vorhaut ganz nach hinten gezogen hatte, befestigte ich sie an seinen Hodensack.

Auch Henry musste sich dieser unangenehmen Behandlung mit der Metallklammer unterziehen. Von ihm war kein Mucks zu hören, als Michelle den metallischen Quälgeist an seinen Hodensack klemmte. Ganz offenbar hatte ihn die Angst um das, was ihm bevorstand zum Schweigen gebracht. Tapfer, ja stoisch nahm er den Schmerz als sein naturgegebenes Schicksal hin. Ich war in diesem Moment richtig stolz auf meine kleine Gummizofe. Machte es einer Sadistin doch viel mehr Spaß, einem Mann die Bisexualität gewaltsam aufzuzwingen, als dass es aus eigenem Antrieb geschah …

*\*\**

„Hatte war euch beiden schon gesagt, dass ihr uns heute Nacht nicht mit zu heftigen Schmerzlauten belästigen dürft?", fragte Michelle unsere Schützlinge mit einem erwartungsvollem Unterton in der Stimme. Diese beantworteten es mit einem vorsichtigen: „Nein, Herrin!", und schüttelten die Köpfe.

Sie nickte daraufhin zustimmend und schmiegte sich von hinten an 5231 heran. Ihre langen Fingernägel spielten mit den über seine Brust gespannten Lederriemen des Harnischs. „Was meint ihr?", fragte sie mit erwartungsvoller Stimme. „Wie können wir euch also am besten zum Schweigen bringen?"

„Die Mundknebel habt ihr leider vergessen. Also müssen wir uns nach Ersatz umsehen!", antwortete ich und betätigte die Stellschraube am Blasebalg von Henrys Analplug. Zischend ließ der kleine Dildo die Luft ab. Ein zweites Zischen war zu hören, als Michelle am Plug von 5321 die Schraube öffnete. Fast gleichzeitig setzten wir uns in Bewegung und wechselten unsere Plätze. Es war erstaunlich, aber Michelle und ich verstanden uns intuitiv, so als würden wir unsere Gedanken lesen können.

5231 machte uns keine Probleme. Seine Lippen öffneten sich sofort, als ich ihm Henrys Analplug davorhielt. Fast andächtig nahm er ihn in sich auf und schloss sie wieder. Ein paar Pumpbewegungen sorgten dafür, dass er den Mundraum ausfüllte. Kurz wartete ich, überzeugte mich davon, dass er gleichmäßig durch die Nase atmete, also keine Probleme mit dem Luftholen hatte. Weitaus störrischer stellte sich hingegen einmal mehr mein Henry an. Er warf den Kopf hin und her, schloss die Augen und wollte den Plug partout nicht aufnehmen.

Ich lächelte nachsichtig, hatte ich diese Reaktion bei ihm doch erwartet. Es bereitete ihm ja stets Probleme, wenn er Neuland zu betreten hatte. Hier half nur der Einsatz von sanfter Gewalt, um ihn auf die von mir gewünschte Spur zu bringen.

„Du willst ihn nicht aufnehmen?", fragte ich in einem lieblichen Ton, sah, dass Michelle mich zustimmend anlächelte.

Kopfschütteln.

„Du möchtest nicht die Freuden einer neuen, wundervollen Erfahrung kennenlernen?"

Kopfschütteln.

„Du machst es nicht für dich! Du machst es für die Eheherrin!"

Nach diesen Worten geschahen zwei Dinge gleichzeitig. Meine linke Hand zog ruckartig an der Klammer an seinem Hodensack. Gleichzeitig betätigte Michelle einmal kurz die Fernbedienung, so dass sich die Kette ein kleines Stückchen zur Decke hob. Henrys langgezogener Schrei hallte durch das Gewölbe. Seine Schulterblätter kamen raus und er zappelte wie eine Marionette, deren Fäden wahllos gezogen wurden. Im selben Moment steckte ich den Plug in seinen geöffneten Mund und pumpte ihn auf. Ich stöhnte vor Lust auf und spürte einen Ausstoß von warmer Feuchtigkeit in meiner Grotte.

Henry riss die Augen auf. Ein gurgelnder Laut schien zunächst aus den Tiefen seiner Seele aufzusteigen, eine kurze Weile war Irritation in seinen Augen zu lesen. Dann entspannte sich sein starrer Blick, und auf einmal begann er wie ein zufriedenes kleines Baby am Plug zu nuckeln.

Ich stellte fest, dass sein Glied es zu einer beachtenswerten Steife gebracht hatte. Dass er sich auch immer wehren musste! Wusste ich doch viel besser als er, was gut für ihn war!

Michelle gab der Kette wieder mehr Spiel und ich ließ die Klammer los. Zufrieden schauten wir uns an, denn Henry hatte den ersten Schritt erfolgreich hinter sich gebracht.

## 16.

### Forced Bisexuality II

Michelle und ich hatten uns in den Ledersesseln der Sitzecke des Studios niedergelassen und ließen es uns gutgehen. Die Standuhr schlug. Es war zwei Uhr morgens. Vor einer Stunde hatten wir uns von Zoe noch ein kleines Nachtmahl in Form von Fingerfood bringen lassen. Wir hatten miteinander geplauscht und geschäkert, ein paar Zigaretten geraucht, Champagner getrunken und der klassischen Musik gelauscht.

Gerade erzählte ich ihr von meinen Plänen über ein neues Buchprojekt.

„Hast schon du schon einen Titel?", erkundigte sie sich.

„Nein, noch nicht!", antwortete ich und nahm noch einen Schluck Champagner. „Vielleicht `Die Schule der Feminisierung!` oder `Ins Röckchen gezwungen: Mein Ehemann, die Transe!`"

Ich blickte zu Henry und 5231. Nach einem ersten Auspeitschen hatten wir ihnen eine längere Pause, Mineralwasser und etwas Entspannung gegönnt. Danach waren sie eine Weile gemeinsam in einem der hier im Raum befindlichen Sklavenkäfige gesperrt worden, wo sie in einem engen Körperkontakt zueinander stehend auf ihr weiteres Schicksal warten mussten. Mittlerweile waren sie wieder an Ketten aufgezogen und hatten ihre grotesken Körperhaltungen eingenommen.

Es war alles eine Sache der Gewöhnung bei meinem Henry, wusste ich.

„Vielleicht nenne ich den Roman auch `Mein Gatte, die Bi-Hure!`", sinnierte ich so laut, das er es mitbekommen musste. An seiner Reaktion merkte ich, dass die Worte ihn aufwühlten. Aufgeregt sah er mich an. Mehrfach atmete er durch die Nase ein und aus und nuckelte an seinem Plug im Mund. Mein Blick wanderte über seinen nackten, nach hinten ausgestreckten Po. Der Reifrock seines Kleidchens war hochgeschlagen und deutlich waren die Striemen unserer Schläge auf dem Hintern zu erkennen.

„Er hat schon einiges für seine neue Bestimmung einstecken müssen!", stellte ich fest.

„Noch wehrt sich sein Innerstes davor!"

„Eine anständige Schmerzbehandlung noch. Dann haben wir ihn soweit."

„Er ist standhaft!"

„Nicht mehr lange!", schloss ich das Gespräch ab und griff nach meiner Gerte.

Wie ich es gerne vor einer anständigen Abreibung tat, umkreiste ich gemeinsam mit Michelle die beiden Sklaven einige Male. Sanft arbeiteten bei jeder Körperbewegung die kleinen Plugs in mir, tasteten sich buchstäblich in die empfindlichen Regionen meines Unterleibs, was mir ein angenehmes Kribbeln bescherte. Der Gummipimmel wackelte bei jedem meiner Schritte auf und ab. Locker ließ ich die Reitgerte in meiner Hand mitschwingen. Außer dem Klacken unserer Absätze war nichts mehr zu hören. Schweigend und in Erwartung dessen, was auf sie zukommen würde, harrten die beiden Männer aus. Sie wagten nicht einmal, ihre Latexherrinnen anzuschauen.

An Henrys ausgestrecktem Po stoppten wir.

„Schmerzen!", sagte ich und zog mit der Fingerspitze einen roten Striemen auf seiner Haut nach. Der Hintern zitterte leicht unter der Zärtlichkeit meines Fingers.

„Schmerzen schaffen Glück!", hörte ich Michelles Worte.

„Qualvoller Schmerz hingegen ... ", ich machte eine rhetorische Pause, „... qualvoller Schmerz befreit den Geist!

Er ist wie eine göttliche Offenbarung, die neue Zustände des Seins erzeugt!"

Als ich den Satz beendet hatte, setzte Michelle das Wechselspiel fort:

„Qualvoller Schmerz schafft die notwendigen Erkenntnisse, um die Existenz des Stillstands zu überwinden. Den Schmerz anzunehmen, bedeutet Kraft für ein Leben mit neuen Qualitäten zu gewinnen!"

„Schmerz ist Schöpfung!", schloss ich unseren Diskurs ab und nickte Michelle zu. Ich machte einen Schritt zurück, sah aus dem Augenwinkel, dass meine Freundin es mir gleichtat.

„Bald schon wird es die größte Erfüllung für dich sein, im Dienste deiner Herrin die Schwänze von Männern zu blasen!", zischte ich Henry an und holte zum Schlag aus.

Ein Zischen durchschnitt die erotisch aufgeladene Atmosphäre des Raums.

Abwechselnd schlugen Michelle und ich mit unseren Reitgerten auf Henrys Hintern ein.

Sein Körper wurde bei jedem Hieb wie von einem elektrischen Schlag durchgeschüttelt. Ich schlug jetzt so kräftig zu, wie es nur ging. Er musste sich völlig fallen lassen und seine gegenwärtige Existenz abstreifen, um sich an die unbekannten Bereiche seiner Seele herantasten zu können.

Nach zwei Dutzend kräftiger Streiche hing er epileptisch zitternd in den Fesseln. Schlag um Schlag hatten wir ihn durch ein höllisches Fegefeuer geschickt. Doch er verbat sich noch immer jeden Schrei, jede Äußerung der Pein, die er empfand. Lediglich gepresste Laute des Stöhnens entwichen seinem mit dem Analplug geknebelten Mund.

Noch einmal überzogen wir ihn dieser Behandlung. Die Gerten schnitten erbarmungslos in seinen bereits puterroten Hintern. Jeder Schlag war ein neues Martyrium, begleitet vom süßen Klang des Glöckchens, das an seinem Hodensack baumelte.

Dann hörten wir auf. Urplötzlich verstummten die Instrumente. Noch ein oder zweimal war das leise Klingeln des Glöckchens zu hören. Dann trat Stille ein. Henry war jetzt allein mit seinem Schmerz. Er zitterte am ganzen Körper und sein tranceartiger Blick war starr auf den aufgerichteten Penis von 5231 fixiert. Hastig atmete er durch die Nase ein und aus. Ich kannte ihn zu gut, um nicht zu wissen, was in ihm vorgegangen war: Seine Ängste und Vorbehalte waren im Feuer des Schmerzes restlos verbrannt.

Er war bereit, eine neue Bewusstseinsebene zu betreten.

Von dieser Erkenntnis beflügelt, brach der Schwarze Schwan in mir aus. Mein erster Orgasmus fand nicht im Körper, sondern im Kopf statt. Hinter meiner Netzhaut blitzte es auf. Mein Geist schien sich vom Körper zu lösen und es war, als würde der Boden unter meinen Füßen verschwinden. Ich schwebte. Der Atem ging schneller und das Herz raste. Meine Muschi stieß einen neuen, kräftigen Schwall Saft aus. Alles geschah nun wie von alleine. Mit zitternden Händen öffnete ich die Gürtelschnalle meines Mantels und löste den Plug aus Henrys Mund.

Der zögerte nun keine Sekunde mehr. Kaum davon befreit, umschlossen seine Lippen die Eichel von 5231. Ich keuchte voller Lust auf. Der Schwarze Schwan war nun überall, die Atmosphäre im Raum war von seiner Anwesenheit erfüllt. Wirre Gedankenblitze schossen durch meinen Kopf. Hektisch umklammerte ich mit den Händen die Hüften meines Ehesklaven. Ich führte den Strap-on an seinen Anus, benetzte ihn mit Speichel und drang brutal in ihn ein. Henry keuchte unter mir auf. Schmerz, Lust und Erleichterung interpretierte ich aus diesem voller Inbrunst ausgestoßenen Lauten. Er bedankte sich für meine Aufmerksamkeit mit einem intensiven Blowjob an unserem attraktiven Kunden. Als Antwort trieb ich den Silikonpimmel stärker in seinen Anus, was von ihm wiederum mit einer noch hingebungsvolleren Mundarbeit quittiert wurde. Unermüdlich trieb der Penis von 5231 in die Mundöffnung seiner Latexmaske. Henry und ich bewegten uns so synchron, dass es mir fast war, als würden Herrin und Sklave ein perfekt eingespieltes Team bilden.

Die Plugs arbeiteten wie wild in mir, schienen bei jedem meiner Stöße in die Tiefen von Henrys Unterleib noch weiter in mich eindringen zu wollen. Meine empfindlichen Punkte wurden immer mehr gereizt. Ich hörte meine eigene Stimme wie von weit entfernt, als ich Michelle vorschlug, die Zofe für ihre Lernfähigkeit zu belohnen. Rasch und kompromisslos solle sie zum sexuellen Höhepunkt kommen. Meine Freundin ließ sich das nicht zweimal sagen und gesellte sich zu Henry. Ihre Hand umklammerte seinen Pimmel und stimulierte ihn mit schnellen Bewegungen. Meine Beine waren wie Butter, ich zitterte und Gänsehaut bildete sich überall auf meinem Körper. Das lange Vorspiel, das Erwecken des Schwarzen Schwans, das Latex auf meiner Haut, die in mir arbeitenden Plugs, mein Sadismus und der bizarre Anblick, der sich mir bot, waren einfach zu viel und hatten das Fass zum überlaufen gebracht.

Mein körperlicher Orgasmus kam wie ein nicht mehr aufzuhaltender Orkan. Der Unterleib prickelte und kribbelte. Wie ein Flächenbrand schien es sich von dort auszubreiten und den gesamten Körper zu erfüllen. Ich schrie und stieß wie von Sinnen zu. Auch 5321 bekam seinen Höhepunkt. Sein Sperma ergoss sich in den Mund und auf der Maske meines folgsamen Ehemannes. Henry stöhnte unter dem Diktat von Michelles geschulten Fingern, bis auch er unter mir zuckte und sich sein warmer Saft auf die Steinplatten am Boden spritzte.

Dass die Standuhr in diesem Moment drei Uhr schlug, bekam ich nicht mehr mit.

*  *  *

Ein erneutes Schlagen der Uhr ließ mich aus meinem Schlummer erwachen. Schwerfällig öffnete ich meine Lider. Ein Blick auf das Ziffernblatt sagte mir, dass es schon früher Morgen war. Wie ich genau auf das Bett in der Folterkammer gekommen war, wusste ich nicht. Ich spürte die Wärme von Michelles Körper, der sich an mich geschmiegt hatte, sich aber nun bewegte.

Offenbar war sie die ganze Zeit über wach gewesen.

Sie gab mir einen Kuss und flüsterte mir ein paar Anzüglichkeiten ins Ohr. Die Worte waren aufputschend und erregend. Davon angefacht, rieb ich meinen Hintern an ihrem Schwanz. Sie stöhnte. Ich wiederholte es ein paar Mal, und bekam eine kribbelnde Lust. Dann fragte sie flüsternd, ob sie die Sklaven zu uns ins Bett rufen solle.

„Lass sie noch ein bisschen dabei zusehen, wie wir es miteinander treiben! Zum Abschluss will ich eure Schwänze gleichzeitig in mir haben!", flüsterte ich mit halb verschlafener Stimme.

„So, wie Cora?"

„So, wie die Hundedame Cora!", antworte ich voller Vorfreude und bemerkte nun, dass ich noch immer von Kopf bis Fuß in Latex gekleidet war, jedoch weder den Mantel anhatte noch der Strap-on umgeschnallt war. Wann hatte ich sie abgelegt und wo waren sie? Wie so oft fehlten mir die letzten Minuten, wenn der Schwarze Schwan sich richtig in mir ausgetobt hatte.

Eine Sekunde später war ich hellwach. Es fühlte sich an, als ob ich schwebte, als Michelle mich anhob und umdrehte, so dass mein Rücken ihr zugewandt war. Sie zog den Zipper meines Catsuits am Schritt und Po auf. Eine Hand legte sich auf meine Hüfte, ein raues Knurren des Vergnügens ertönte aus mir, als ihre schlanken Finger um meine freiliegenden Löcher fuhren. Mein Körper reagierte. Ich konnte nichts tun, um das fiebrige Verlangen nach ihr zu stoppen. Alles in mir vibrierte, als ihre Hände dann über meine Latexhaut glitten. Ihre verlangenden Finger rieben über meine Brustwarzen, zogen eine prickelnde Spur über meinen Bauch bis zurück zwischen meine Schenkel, wo es wieder feuchter wurde. Während ein Arm meine Taille umfasste, öffnete eine Hand meine Schenkel. Einen Augenblick sich drückte sich die Steifheit ihres Schwanzes zwischen meine Pobacken. Ich streckte meinen Po weiter nach hinten, genoss die heiße, samtige Spitze von Michelles Erektion.

Dann stieß sie sanft zu und ihre weiche Schwanzspitze drang in meinen Anus ein. Ein Finger legte sich auf meine Klitoris, strich über meine Feuchtigkeit, die andere hielt meine Hüfte gepackt. Michelle senkte den Oberkörper, ihr Mund küsste mich innig auf Rücken und Schultern. Sanft stieß sie zu. Ich fand ihren Rhythmus, trieb ihren Schwanz tiefer in mich.

Ich keuchte beglückt auf und blickte zum Bettende, wo die Sklaven saßen. Wie zwei kleine Pimpfe, die heimlich ein Liebespaar beobachteten, begafften sie uns. Sie hatten heute zwei hervorragende Objekte abgegeben, befand ich. Der Schwarze Schwan in mir war beruhigt, meine sadistischen Gelüste gestillt und Henry hatte ich dahin bekommen, wohin ich ihn haben wollte. Ja, die beiden hatten tatsächlich einen exklusiven Fick mit uns verdient! Ich gab ihnen zu verstehen, dass sie sich zu uns gesellen durften.

***

Das Gefühl für Zeit und Raum ging mir vollends verloren, als alle drei Schwänze in mir steckten und wir uns im Liebesspiel ineinander verschlungen auf dem Bett räkelten. Kurz kamen mir die im Liebesspiel verschlungenen schwarzen Schlangen von der Deckenmalerei im Ballsaal, von der Michelle erzählt hatte, in den Sinn. War ihre Vision eine Art Vorsehung gewesen? Unsere Latexhaut war ebenso schwarzglänzend wie die der Schlangen! Ich verspürte in diesem Moment große Lust, 5231 dauerhaft an mich und Henry zu binden. Diese Gedanken befeuerten mich, die Geilheit hatte mich mit ihrem brennenden Griff gepackt, glühend, ganz und gar. Henrys und Michelles Eicheln stimulierten sich gegenseitig durch die dünnen Wände meines ausgefüllten Unterleibs, während ich die Eichel von 5231 immer wieder in meinem Mund verschwinden ließ. Hände und Münder berührten mich, glitten gefühlvoll über meinen glatten Latexkörper. Eine Fingerspitze legte sich auf meine geschwollene Knospe. Ich wusste nicht, wessen Finger es war, doch streichelte er mich fest und schnell, rieb vor und zurück, erregte mich über alles erträgliche Maß. Es fehlte nicht mehr viel, um mich erneut zum Orgasmus zu bringen. Voller Hingabe liebkosten meine Lippen und Zunge den Penis in meinem Mund. Noch leidenschaftlicher bediente man meine Löcher; bedächtiger, tiefer, mit quälerischer Langsamkeit, und auf einmal überwältigte mich mein Höhepunkt. Lange Wellen der Lust spülten über mich hinweg, als wir vier kamen und einen rauschhaften, kollektiven Orgasmus erlebten.

**ENDE**

231

# Epilog

Kurz vor Kelly Bray verließ ich die A 388 und bog rechts ab in Richtung Pensilva/Middlehill. Von dort war es nicht mehr weit bis zum Siblyback Lake. Es knarzte unter mir, als ich beim Hochschalten meine Sitzhaltung änderte. Das schwarze Nappaleder meiner nagelneuen Leggins korrespondierte herrlich mit dem roten Lederbezug des Fahrersitzes, befand ich. Bei der Restauration des historischen Sportwagens war das Sitzleder seinerzeit lediglich aufgearbeitet und nicht erneuert worden, so dass die schöne Patina erhalten geblieben war.

Am Steuer des Jaguar E-Type bekam ich allmählich das Gefühl, wieder ein Teil der Welt zu sein. Jede Bodenwelle gelangte über die harten Stoßdämpfer an meinen Hintern. Ich krallte meine Finger fester ans Lenkrad. Als ich das Gaspedal drückte, reagierten die zwölf Zylinder sofort. Unter der langgestreckten, schwarzlackierten Motorhaube röhrte es. Hart wurde ich in den Sitz gedrückt.

Das Fahren dieses historischen Sportcabriolets bereitete eine wahre Freude. Ganz augenscheinlich war auch Henry, der neben mir auf dem Beifahrersitz saß, von ähnlichen Gedanken erfüllt. Ein verklärtes Lächeln lag auf seinen roten Lippen, als er das Haar seiner blonden Langhaarperücke zu bändigen versuchte.

Ursache und Wirkung! Nichts im Leben geschieht ohne Grund! Die langen Gespräche mit Michelle hatten einen Schaffensprozess ausgelöst und mir gezeigt, zu welch schöpferischer Kraft unser Bewusstsein in der Lage ist. Das durch Michelles Erzählungen gelegte Samenkorn war aufgegangen und zu einer prächtigen Blume herangewachsen. Das Ergebnis saß nun neben mir auf dem Fahrersitz.

Ich überlegte, ob Michelle meinem Henry nicht zu viel vom Make up aufgelegt hatte. *Nein, so sah ein Mädchen vom*

*Straßenstrich eben aus*, verwarf ich die Bedenken gleich wieder und ließ mir den Fahrtwind durch die Haare wehen. Alle störenden Gedanken schienen so in die grüne Hügellandschaft von Cornwall hinausgeweht zu werden. Was zurückblieb, war ein Gefühl von Freiheit im Spiegel des blauen Himmels über uns.

Mit Schrittgeschwindigkeit passierten wir eine Reisegruppe, die gerade aus einem Reisebus aus Deutschland stieg. Die mit Ferngläsern, Loafers, Tweed Caps und Barbour Jacken bewaffneten Touristen glotzten sich die Augen an uns aus. Sicher wieder eine dieser Studienreisen, überlegte ich. Eine Woche Gärten und Parks in Cornwall! Hier erlitten die pseudo-intellektuellen Touris einen ersten Kulturschock, freute ich mich. Als ich wieder Gas gab, blieben sie wie angewurzelt und mit geöffneten Mündern in der Abgaswolke des Jaguars zurück.

Zwei Meilen vor dem Siblyback Lake lenkte ich den Sportwagen auf einen in einem Waldstück gelegenen, einsamen Parkplatz. Ich stellte den Motor ab und drückte den Aufnahmeknopf meines Camcorders.

Meine Kamera schwenkte langsam über Henrys langes Perückenhaar, über seine von einer großen Sonnenbrille verdeckten Augen und das auffallend geschminkte Gesicht, über den Perlenschmuck an den Ohren und um den Hals. Durch die schwarze, transparente Tüllbluse wölbten sich zwei große Brüste unter einem ebenfalls schwarzen, mit Spitze besetzten Büstenhalter. Sie hielten die Silikoneinlagen mit dem ausladenden Maß Doppel-D knapp im Zaum. Die Kamera schwenkt tiefer. Ein knapper Lackmini verdeckte nur das Nötigste und gab einen Blick auf die Abschlüsse der Netzstrümpfe frei. Im Fußraum glänzten Schnürstiefel, die ebenso knallrot leuchteten wie der Rock.

„Wie fühlst du dich?", fragte ich, fuhr mit der Kamera wieder nach oben und ging in die Nahaufnahme seines Gesichts über. Eine dicke Schminkschicht war deutlich erkennbar.

„Ich bin stolz, denn ich betrachtete mich als ihr uneingeschränktes Eigentum, Herrin! Ich sehe den heutigen Tag als eine wichtige Prüfung dafür an, ob ich meiner Berufung gewachsen bin."

„Um welche Art von Berufung handelt es sich?"

„Ich bin eine Bi-Hure, der es eine Ehre sein wird, ihre Einnahmen an die Herrin abzugeben!"

„Wie hast du dich auf deine Aufgabe vorbereitet?"

„Zwei Stunden bin ich heute im Bad und am Schminktisch vorbereitet worden. Lady Michelle hat ein Waxing an mir vorgenommen und mich geschminkt. In den vergangen vier Wochen hat sie mir beigebracht, auf High Heels zu gehen und mich so weiblich wie möglich zu geben!"

„Du hast Hemmungen vor dem Körper eines Mannes?"

„Diese habe ich dank Ihrer strengen Erziehung ablegen können. Sie haben es mir gelehrt, eine willige Nutte zu sein, die bereit ist, das Gelernte nun auch an Kunden anzuwenden!"

„Du freust dich auf deinen ersten Blowjob?"

„Ja, Herrin! Und ich verspreche Ihnen, dass der Kunde ihn nie vergessen wird!"

„Wie viel Geld wird er mir einbringen?"

„Einhundert Pfund, Herrin! Wie vereinbart werde ich mir das Geld vorher geben lassen und Ihnen aushändigen. Erst danach werde ich in den Wagen des Kunden einsteigen."

Henrys Blick ging nach den Worten zum Armaturenbrett, dorthin, wo sich mittig die runde Instrumentenuhr befand. Er fragte mich, wo der Kunde bliebe. Man hätte sich schließlich für 17:00 Uhr verabredet. Ein leicht besorgter Unterton war aus seiner Stimme herauszuhören.

Ich antwortete ihm nicht, gab ihm stattdessen zu verstehen, den vorderen Zipper seines Minis zu öffnen und den Schwanz herauszuholen. Irritiert befolgte er meine Anweisung.

„Aber der Kunde ist doch noch gar nicht …"

In diesem Moment beugte ich mich zu ihm und legte meinen Zeigefinger auf seinen Mund. Dann drückte ich ihm zwei Fünfzigpfundnoten in die Hand.

„Davon kaufst du dir ein schönes Kleidchen, meine Süße!", sagte ich, senkte meinen Kopf und begann hemmungslos seinen Schwanz zu blasen.

Der Kunde war von mir frei erfunden worden. Es hatte weder einen Freier, noch eine Verabredung gegeben. Mein Ehesklave hatte mir aber heute den Beweis dafür abgeliefert, wie ergeben er war und was er für die Herrin auf sich genommen hätte.

Für diese Erkenntnis bekam er jetzt etwas Unbezahlbares von mir zurück: Die Hingabe einer im tiefsten Herzen in ihren Sklaven verliebten Herrin!

235

# DIE KORREKTORÄTIN
Doreen Männel
dm@die-korrektoraetin.de